KB059282

기러기

모리 오가이 중단편선

기러기

모리 오가이 지음 | 김영식 옮김

문예출판사

雁
森鷗外

차례

기러기

1

오래전 이야기다. 그때가 메이지(明治) 13년(1880)이라는 것을 나는 우연히도 기억한다. 어떤 연유로 정확히 기억하고 있는가 하면, 그때 나는 도쿄의대 건너편에 있는 가미조(上條)라는 하숙집에서 이 이야기의 주인공과 벽 하나를 사이에 두고 옆방에 살았기 때문이다. 가미조가 메이지 14년에 화재로 불타버렸을 때, 나도 급히 몸을 피했던 기억이 생생한지라 그 화재가 발생하기 1년 전의 일이라는 것을 나는 또렷이 기억하고 있다.

가미조에 하숙을 하는 사람은 대부분 의대생이었다. 그 밖에 도쿄의대 부속병원으로 통원치료를 받으러 다니는 환자들이 좀 있었다. 대개 어느 하숙집이든 특별히 행세깨나 하는 하숙객이 있게 마련이다. 그런 손님은 아무래도 주머니 사정도 좋고 넉살도 좋은 편이라, 하숙집 아줌마가 화로를 끼고 앉아 있는 방 앞의 복도를 지날 때면 으레 말을 걸곤 한다. 때로는 그 화로 맞은편에 주저앉아 세상 돌아가는 이야기를 나누기도 한다. 방 안에 술상을 크게 벌여놓고는 안주를 만들어달라고 부탁하는 등 주인아줌마를 귀찮게 하며 뻔뻔스럽게 굴지만, 그런 사람이 실은 하숙집 수입을 짭짤하게 올려준다. 아무래도 하숙집에서는 이런 부류가 인기 있게 마련이다. 그런 사람이 인기를 등에 업고 위세를 부리는 것을 흔히 볼 수 있었다. 그런데 가미조에서 인기가 있었던 내 옆방 남자는 그런 모습과는 분위기가 사뭇 달랐다.

그는 오카다(岡田)라는 학생으로 나보다 한 학년 밑이었으니 그때 졸업을 눈앞에 두고 있었다. 오카다가 어떤 남자인지 설명하자면 먼저 금세 눈에 띄는 특징부터 들어야 할 것이다. 그는 빼어난 미남이었다. 얼굴이 희멀겋고 호리호리한 미남이 아니라 혈색 좋고 체격도 좋았다. 나는 그런 얼굴의 남자를 본 기억이 거의 없다. 굳이 찾아보자면 그로부터 꽤 오랜 세월이 지난 후에 나는 가와카미 비잔(川上眉山)[1869~1908]을 알게 되었다. 만년에 궁핍 속에서 비참한 최후를 마친 문인 가와카미 말이다. 그의 청년 시절 모습이 오카다와 좀 비슷했다. 하지만 당시 조정 선수였던 오카다는 체격 면에서 가와카미보다 훨씬 좋았다.

수려한 용모를 가진 자는 세상 사람들의 사랑을 받는다. 그러나 그것만으로는 하숙집에서 인기를 얻을 수 없다. 그래서 평소 그의 품행이 어떤지도 봐야 하는데, 나는 당시 오카다처럼 균형 잡힌 생활을 하는 학생은 보기 힘들 것이라고 생각했다. 매학기 학점을 더 잘 받으려고 노력하거나 장학금을 노리는 공부벌레가 아니었다. 공부할 때는 확실히 공부해서 성적이 늘 중상위권을 유지했고, 놀 때는 또 확실히 놀았다.

저녁 식사 후에는 꼭 산책을 나갔다가 열 시 전에는 반드시 돌아왔다. 일요일에는 조정 연습을 하러 나갔고, 연습이 없을 때는 멀리 외출했다. 조정 시합을 앞두고는 동료 선수들과 무코지마(向島)에 가서 합숙훈련을 했다. 고향에 내려가는 여름방학 때 외에는 옆방에 그가 있는 시간과 부재중인 시간이 항상 정확했다. 정오를 알리는 포성에 시계 맞추는 걸 깜빡 잊은 사람은 시각을 묻기 위해 오카다의 방을 찾았다. 하숙집 마루의 벽시계도 때때로 오카다의 회중시계에 맞춰지곤 했다.

오카다의 행동을 오랫동안 지켜보면 볼수록 사람들은 그가 믿음직한 남자라는 느낌을 강하게 받았다. 가미조의 주인아줌마가 입에 발린 소리를 하지 않고 돈도 파격적으로 쓰지 않는 오카다를 칭찬하기 시작한 것은 이 신뢰에 근거한 것이었다. 물론 다달이 하숙비를 틀림없이 치른다는 사실이 그것을 뒷받침했음은 말할 나위도 없다.

"오카다 씨를 본받아요." 종종 주인아줌마의 입에서 이런 말이 나왔다.

"어차피 나는 오카다 군을 따라가기 힘들어." 아예 아줌마의 입을 막아버리는 학생도 있었다. 이렇게 오카다는 어느새 가미조의 모범 하숙생이 되어 있었다.

오카다가 매일 하는 산책은 대체로 그 코스가 정해져 있었다. 한적한 무엔자카(無緣坂)를 내려가 오하구로(お齒黑)[1]처럼 검은 아이소메 천(藍染川)이 흘러들어가는 시노바즈 연못(不忍池) 북쪽을 돌아 우에노 산(上野山)으로 걸어간다. 그리고 유명한 요릿집인 마쓰

---

1 이를 검게 물들이는 데 사용하는 액. 고대부터 상류층 부인의 상징으로 이를 검게 물들였는데, 근세에는 유부녀나 화류계 여성들 사이에 유행했다.

겐(松源)이나 간나베(雁鍋)가 있는 히로코지(廣小路)로 가서, 좁고 번잡한 나카초(仲町)를 지나 유시마텐진(湯島天神) 신사 경내를 통해 음산한 가라타치데라(カラタチ寺)의 모퉁이를 돌아서 온다. 가끔 나카초에서 오른쪽으로 꺾어 무엔자카로 돌아올 때도 있다. 이것이 하나의 코스였다.

어떤 때는 도쿄대학 교정을 가로질러 아카몽(赤門)[2]으로 빠져 나간다. 데쓰몽(鐵門)[3]은 일찍 닫히기 때문에 환자가 출입하는 나가야몽(長屋門)[4]을 통해 가는 것이다. 나가야몽은 훗날 철거되어 지금은 하루키초(春木町)에서 막다른 곳에 검은색 문이 새로 생겼다. 아카몽을 나와서 혼고(本郷) 거리를 걸어가, 떡치는 모습을 시연하며 장사하던 좁쌀떡 가게 앞을 지나서 간다(神田) 신사 경내로 들어간다. 그 당시에는 신기한 구경거리였던 안경교(眼鏡橋)[5]로 내려가서 야나기하라(柳原) 천변 거리를 잠시 걷는다. 그리고 오나리미치(お成道)로 돌아와서 서쪽의 좁은 아무 골목길이나 질러서 역시 가라타치데라 앞으로 나온다. 이것이 또 하나의 코스였다. 이 외의 길은 거의 가지 않았다.

산책 도중에 오카다가 하는 일은 종종 헌책방을 들여다보는 정도였다. 우에노 히로코지와 나카초 사이에 있던 헌책방은 지금 두세 곳 정도 남아 있다. 오나리미치에도 당시의 가게가 그대로

---

2 도쿄대 남서쪽의 붉은 문. 도쿄대의 속칭.
3 도쿄대 의대의 철문. 도쿄대 의대의 속칭.
4 영주나 사무라이 저택의 대문 양식. 문 양쪽으로 길게 늘어선 건물에 많은 방이 있어 가신이나 하인들이 살았다.
5 옆에서 보아 반원형 두 개가 나란한 형태의 다리.

있다. 야나기하라에 있던 가게는 모두 다 없어졌다. 혼고 거리에 있던 것은 거의 다 위치도 주인도 바뀌었다. 오카다가 아카몽에서 나와 좀처럼 오른쪽으로 꺾어서 가지 않았던 것은 모리가와초(森川町)는 길이 좁아 답답하기도 했지만, 당시 헌책방이 서쪽으로 한 군데밖에 없었던 것도 하나의 이유였다.

오카다가 헌책방을 들여다본 것은 요즘 말로 하자면 문학 취미가 있었기 때문이었다. 그러나 그 당시는 요즘 같은 소설이나 각본은 아직 나오지 않았을 때다. 서정시도 시키(子規)[6]의 하이쿠(俳句)나 뎃칸(鐵幹)[7]의 단가(短歌)가 나오지 않았던 때였으므로, 모두 당지(唐紙)[8]에 찍은 《가게쓰신시(花月新誌)》[9]나 백지(白紙)[10]에 찍은 《게이린잇시(桂林一枝)》[11]와 같은 잡지를 읽고, 카이난(槐南)[12]이나 무코(夢香)〔성명 미상〕 등의 한시가 가장 세련된 문학작품이라고 생각하는 정도였다. 나도 《가게쓰신시》 애독자였으므로 기억한다. 서양소설 번역물을 그 잡지가 처음 실었다. 내 기억으로는 서양의 어떤 대학생이 귀향하는 도중에 살해당한다는 이야기로, 그것을 구어체로 번역한 이는 간다 다카히라(神田孝平)[13]였을 것이다. 그것이 아마 내가 처음 접한 서양소설이지 싶다. 그런 시대였

---

6 1867~1902. 유명한 하이쿠 시인. 하이쿠는 5 · 7 · 5조의 짧은 시.
7 1873~1935. 일본 고유의 단가 시인. 단가는 5 · 7 · 5 · 7 · 7조.
8 국산 종이 혹은 그런 식으로 만든 종이. 묵의 흡수가 좋아 서화용으로 사용.
9 메이지 시대의 문학잡지.
10 중국에서 건너온 희고 얇은 종이.
11 한시나 단가 등을 중심으로 한 문학잡지.
12 1863~1911. 메이지 시대 한시의 일인자.
13 1830~1898. 정치가이자 학자.

으므로 오카다의 문학 취미도 한학자가 시문으로 쓴 새로운 세상사를 재미있게 읽는 정도에 지나지 않았다.

나는 사교성이 별로 없는 성격이라 학교에서 자주 마주치는 사람이라도 용건이 없으면 말을 걸지 않았다. 같은 하숙집에 있는 학생들에게 모자를 벗고 인사한 적도 별로 없었다. 그런 내가 오카다와 어느 정도 가까워진 데에는 헌책방이 매개가 되었다. 나의 산책로는 오카다처럼 정해진 코스가 아니었다. 다리 힘이 좋아 혼고에서 시타야(下谷), 간다를 종횡무진 휘젓고 다니다가 헌책방이 있으면 걸음을 멈추고 안을 들여다보았다. 그때 종종 오카다와 가게 앞에서 우연히 만나곤 했다.

"헌책방에서 자주 마주치는군."

이 비슷한 말을 누가 먼저 했는지 모른다. 어쨌든 오카다와 내가 친근하게 말을 나누게 된 것은 그때가 처음이었다.

그 당시 간다 신사 앞의 언덕을 내려가면 길모퉁이에 평상을 내놓고 고서적을 팔던 책방이 있었다. 그곳에서 어느 날《금병매》[14]를 발견하여 주인에게 책값을 물으니 7엔이라 했다. 5엔으로 깎아달라고 하자 그가 말했다. "아까 오카다 씨가 6엔이면 사겠다고 했지만 안 팔았거든요." 마침 그때 돈이 여유가 있어서 그냥 부르는 값에 샀다. 이삼일 지나 오카다와 마주치자 그가 먼저 말을 꺼냈다.

"자네 참 못됐군. 내가 모처럼 찾아놓은《금병매》를 사버렸다며?"

---

14 중국 명대의 장편소설. 추악한 사회상을 폭로한 내용으로 노골적인 성 묘사가 많다.

"그래. 자네랑 흥정하다 깨졌다고 책방 주인이 말하더군. 자네가 갖고 싶다면 양보하지."

"뭐 그럴 것까지야. 옆방이니 자네가 읽은 후에 빌려주면 안 되겠나?"

나는 기꺼이 승낙했다. 이 일을 계기로 그때까지 오랫동안 벽을 사이에 두고 살면서도 왕래가 없었던 오카다와 나는 서로의 방을 오가는 사이가 되었다.

2

그 당시에도 무엔자카 남쪽에 이와사키의 저택[15]이 있었는데 지금과 같이 높은 토담은 없었다. 거칠게 쌓은 돌담의 이끼 낀 돌들 사이로 고사리와 쇠뜨기가 보였다. 그 돌담 위쪽은 평지였는지 작은 동산처럼 되어 있었는지 이와사키 저택 안으로 들어가 보지 않아 지금도 알 수 없다. 어쨌든 그때는 돌담 위로 크게 자란 잡목이 우거져서 길에서는 나무의 밑동까지 보였고, 그 주변에 무성하게 자란 풀을 거의 베어내는 적이 없었다.

언덕 북쪽에는 초라한 집들이 늘어서 있었다. 그래도 봐줄 만한 집이라곤 판자로 울타리를 친 작은 집과 가내수공으로 직물을 짜는 집 정도였다. 가게는 잡화점이나 담뱃가게 정도밖에 없었다. 그중에서 거리를 지나는 사람들의 눈에 띄는 집은 바느질을 가르

---

15 미쓰비시 그룹의 3대 사장 이와사키 히사야(1865~1955)가 세운 양옥.

치는 여자의 집으로, 낮에는 창 안쪽에 많은 소녀들이 모여앉아 바느질을 하고 있었다.

날씨 좋은 날 창문이 열려 있을 때, 우리 같은 학생들이 지나가면 늘 재잘재잘 수다를 떨던 소녀들이 갑자기 모두 고개를 들고 길 쪽을 내다보다가 다시 웃고 떠들고는 했다. 그 옆집에 언제나 말끔한 격자문 집이 있었는데, 때때로 저녁에 지나가다 보면 화강암을 깔아놓은 뜰에 물이 뿌려진 것을 볼 수 있었다. 추울 때는 창문이 닫혀 있었고, 더울 때는 창에 대나무발이 쳐져 있었다. 그리고 바느질집이 떠들썩했던 탓에 이 집은 언제나 한층 더 적막했던 것으로 기억한다.

이 소설의 사건이 있던 해의 9월경, 오카다가 고향에서 돌아온 지 며칠 지난 어느 날이었다. 저녁 식사를 마치고 여느 때처럼 산책을 나가 가가한(加賀藩) 영주의 고택에 임시로 설치된 해부실을 지나 천천히 무엔자카를 내려가다가, 우연히 목욕탕에 다녀오는 듯한 차림의 여자가 바느질집 옆의 적막한 집으로 들어가는 것을 보았다. 이미 완연한 가을이라 사람들이 더위를 피해 밖으로 나와 있던 때가 아니었다. 인적이 끊어진 언덕길을 막 지나갈 때, 그 적막한 집 앞에서 문을 열려던 여자가 문에 손을 댄 채 오카다의 발소리를 듣고 돌연 뒤를 돌아보았다. 오카다와 그녀의 얼굴이 마주쳤다.

주름 잡힌 감색 홑옷에 검은색과 갈색의 고급 천을 안팎으로 짠 허리띠를 매고, 가냘픈 왼손에 수건과 비눗갑, 때수건과 스펀지 등을 넣은 대바구니를 힘없이 들고 오른손을 문에 댄 채 뒤돌아보는 여자의 모습은 오카다에게 그리 깊은 인상을 주지는 못했다. 그러나 막 새로 틀어 올린 듯한 머리 아래로 귀밑머리와 오뚝한 코, 어딘지 쓸쓸한 분위기의 갸름한 얼굴이 이마에서 볼에 걸쳐 좀 밋밋한 느낌을 주었다. 하지만 오카다에게는 그런 지각이 단지 찰나에 불과했으므로 언덕을 내려왔을 때는 이미 그 여자에 관한 것은 깨끗이 잊은 뒤였다.

그러나 이틀 정도 지난 후 오카다가 다시 무엔자카 쪽으로 걷다가 그 집 가까이 갔을 때, 며칠 전 목욕을 다녀오던 여자의 모습이 돌연 기억의 심연에서 의식의 표면으로 떠올랐다. 오카다는 힐끗 그 집을 쳐다보았다. 수직으로 대나무를 박아 넣고 수평으로는 가늘게 깎은 나무를 2단으로 매어놓은 창문이 보였다. 30센티 정도 열린 창문 안으로 달걀 껍데기를 엎어놓은 만년청 화분이 보였다. 이런 것들을 얼마간 주의 깊게 보느라 걸음이 느려져 집 앞에 가기까지 수 초간의 여유가 있었다.

그렇게 집 바로 앞에 갔을 때, 뜻밖에도 만년청 화분 위로 지금까지 진회색 어둠에 감춰졌던 배경에서 하얀 얼굴이 떠올랐다. 더구나 그 얼굴은 오카다를 보며 미소 짓고 있었다.

그 후로 오카다는 산책길에 그 집 앞을 지날 때마다 그 여자의 얼굴을 거의 매번 보게 되었다. 오카다가 펼치는 공상의 영역에 때때로 그녀가 끼어들더니 점차 제 세상인 양 멋대로 행동하기 시작했다. 내가 지나가길 기다리는 걸까, 그렇지 않으면 별 생각 없이 밖을 내다보다가 우연히 나와 얼굴이 마주친 걸까, 하는 의문이 생겼다. 그래서 목욕탕에서 돌아오던 여자를 본 날 이전으로 거슬러 올라가, 그 집 창에서 여자가 얼굴을 내밀던 적이 있었는지 기억을 더듬어보았다. 무엔자카 거리에서 가장 시끄러운 바느질집 옆은 항상 깨끗이 청소된 적막한 집이었다는 것 외에는 아무런 기억이 없었다. 누가 살고 있을까 궁금했던 적은 있는 듯하나 그조차 확실치 않았다. 아무래도 그 창은 언제나 굳게 닫혀 있거나 발이 쳐져 있어서 쥐죽은듯 조용했던 것 같았다. 그렇다면 그녀는 최근 들어 바깥에 신경을 쓰기 시작해 창문을 열고 내가 지나가길 기다리게 된 것 같다고 오카다는 마침내 결론을 내렸다.

지나갈 때마다 얼굴을 마주치는 동안 이런 생각을 하며 오카다는 점차 '창가의 여자'에게 친근한 느낌이 들기 시작했다. 2주 정도 지났을 때였던가. 어느 날 저녁 그 창 앞을 지날 때 오카다는 무의식중에 모자를 벗고 머리를 숙였다. 그때 여자의 하얀 얼굴이 갑자기 발갛게 물들며, 쓸쓸하던 얼굴이 화사하게 웃는 얼굴로 변했다. 그 후로 오카다는 늘 창가의 여자에게 인사를 하며 지나가게 되었다.

3

오카다는 중국 청대의 설화집 《우초신지(虞初新誌)》를 좋아했는데, 그중에서도 〈대철추전(大鐵椎傳)〉[16]은 전문을 암송할 정도였다. 오래전부터 무예를 닦아보려는 생각도 했으나 결국 기회가 없어 아무것도 시작하지 못했다. 근년에 조정을 시작하여 열심히 노

---

16 송나라 장군의 식객으로 무용이 뛰어나 큰 쇠몽둥이로 도적을 물리쳤다는 호걸의 전기.

력한 결과 동료들로부터 선수로 추천받을 만큼 실력이 늘는 것은 이 방면에 대한 그의 의지가 힘을 발휘한 덕분이었다.

그《우초신지》중에 오카다가 좋아하는 작품이 또 하나 있었다. 그것은 〈소청전(小靑傳)〉[17]이었다. 요즘 말로 표현하자면 저승 사자를 문 밖에 기다리게 하고 차분히 화장한다는 말과 같이, 죽음 앞에서도 아름다움을 생명처럼 생각하는 그 여자가 왠지 모르게 오카다에게 감동을 준 것이리라. 여자는 어디까지나 아름답고 사랑스러운 존재이므로 어떤 경우라도 평온하게 그 아름다움과 사랑스러움을 지켜야 한다고 오카다는 생각했다. 그것은 그가 평소 아름답고 시정이 풍부한 여성적 서정시나, 감상적이고 숙명론적인 명청 시대 유명 시인들의 문장을 읽는 사이에 자신도 모르게 영향을 받았기 때문일 것이다.

오카다는 '창가의 여자'에게 가벼운 인사를 하게 된 뒤로 꽤 오랜 시간이 지나서도 그녀의 신상을 캐보려고 하지 않았다. 물론 집의 모양이나 여자의 차림새로 보아 그녀가 첩 비슷한 여자일 것이라는 감은 있었다. 그러나 그것을 별로 불쾌하게 생각하지 않았다. 이름도 몰랐지만 구태여 알려고도 하지 않았다. 문패를 보면 이름을 알 수 있으리라 생각한 적도 있지만, 창가에 그녀가 있을 때는 그 여자에게 신경이 쓰였다. 그렇지 않을 때는 이웃 사람들이나 거리를 지나는 사람들의 눈이 꺼려졌다. 결국 처마의 그늘에 가려진 작은 문패에 어떤 글자가 쓰여 있는지 보지도 못하고 지나다녔다.

---

17 시에 뛰어난 미소녀 소청이 귀공자의 사랑을 받지만 첩의 시기로 18세에 죽는다는 내용.

4

창가의 여자의 신상은 사실 오카다를 주인공으로 해야 하는 이 사건이 과거사가 되고 난 후에 알게 됐지만, 편의상 여기에 간단히 서술하기로 한다.

의과대학이 아직 시타야에 있을 때였다. 석회 바른 회색 벽돌을 쌓아 올린 바둑판 모양의 벽 곳곳에 팔뚝 두께의 나무를 세로로 나란히 끼워놓은 창이 달린 도도 저택(藤堂屋敷)[18]의 몽나가야(門長屋)[=나가야몽]가 기숙사로 사용되고 있었다. 좀 심한 말이지만 학생들은 그 안에서 짐승과도 같은 생활을 했다. 물론 지금은 그런 창을 찾아보려고 해도 마루노우치(丸の內)의 성루에나 약간 남아 있을 뿐이다. 사자와 호랑이를 가둬놓은 우에노 동물원 우리의 창살도 그것보다 훨씬 가늘었다.

기숙사에는 사환이 있었다. 학생들은 그자를 외부 용무에 부릴 수가 있었다. 흰색 면으로 된 허리끈에 고쿠라하카마(小倉袴)[19]를 입은 학생들이 구매를 부탁하는 물건은 대개 정해져 있었다. 소위 '양갱(羊羹)'과 '콘베이도(金米糖)'라는 것이었다. 양갱은 군고구마이고 콘베이도는 콩튀김이었다는 것을 문명사의 참고자료로 기록해놓을 가치가 있을지도 모르겠다. 사환은 한 번의 심부름 대가로 2전을 받았다.

사환 중에 스에조(未造)라는 사람이 있었다. 다른 사람들은 턱

---

18 미에 현 영주였던 도도의 에도 저택.
19 고쿠라 지방의 두껍게 짠 면으로 만든 하의. 치마 모양도 있음.

수염을 밤송이처럼 기르고 그 수염 사이로 입을 멍하니 벌리고 있었는데, 이 남자는 언제나 깨끗하게 면도한 파르스름한 턱에 입을 꼭 다물고 있었다. 다른 사람은 지저분하게 입고 다녀도 이 남자만큼은 깔끔한 차림이었다. 어떤 때는 고급스러운 무명옷에 앞치마까지 단정하게 두른 것을 본 적도 있었다.

누가 내게 처음 소문을 전했는지는 알 수 없다. 돈이 없을 때는 스에조가 융통해준다는 말을 들었다. 처음에는 50전이나 1엔 정도였는데 점차 5엔이나 10엔을 빌려주었다. 빌리는 사람에게 차용증을 쓰게 하고, 금액이나 기한을 변경할 때는 차용증을 새로 고쳐 쓰게 했다. 그러는 사이에 스에조는 어느덧 어엿한 사채업자가 되었다. 도대체 자금이 어디서 났을까. 설마 2엔밖에 안 되는 심부름값을 모아 자금을 만들었을 리는 없겠지만, 한 사람이 가진 최대한의 정력을 일시에 쏟는다면 세상에 불가능한 일은 없지 않을까.

어쨌든 학교가 시타야에서 혼고로 이사할 즈음 스에조는 이미 사환이 아니었다. 그러나 그때 시노바즈 연못가 이케노하타(池之端)로 이사한 스에조의 집에는 무분별한 학생들의 출입이 끊이지 않았다.

스에조가 사환이 된 것은 그의 나이 서른이 넘었을 때였다. 가난한 집안이긴 하지만 그에게는 처자식도 있었다. 그런 사람이 사채업으로 성공하여 이케노하타로 이사한 후로는 못생기고 잔소리 심한 아내가 불만스럽다는 생각이 들기 시작했다.

그때 스에조는 어떤 여자를 떠올렸다. 자신이 네리베초(練塀町) 뒤의 좁은 골목을 지나 대학에 통근할 때 이따금 본 적이 있는 여

자였다. 수챗구멍을 덮는 널빤지가 늘 깨져 있는 곳 근처에, 1년에 반은 문이 닫혀 있는 어두컴컴한 집이 한 채 있었다. 밤에 그 집 앞을 지나다 보면 처마 밑으로 노점 수레가 놓여 있어서, 그렇지 않아도 좁은 골목을 옆으로 비켜서서 지나가야 했다. 처음에 스에조의 주의를 끈 것은 그 집에서 들리는 샤미센 소리였다. 나중에 그 소리의 주인이 열예닐곱 살의 어여쁜 소녀라는 사실을 알게 되었다. 가난해 보이는 집에 어울리지 않게 소녀는 언제나 아름다운 모습으로 옷도 깔끔하게 입고 있었다. 문 입구에 서 있다가도 사람이 지나가면 금방 어두컴컴한 집 안으로 들어가버렸다. 매사에 주의 깊은 성격의 스에조는 구태여 뒷조사를 할 것도 없이 자연스레 들리는 소문으로 그 소녀의 이름이 오다마(お玉)이며, 어머니는 없고 늙은 아버지와 단둘이 살고 있으며, 아버지는 아키하바라(秋葉原) 거리의 엿장수라는 사실 등을 알게 되었다.

얼마 후 이 뒷골목 집에 혁명적인 변화가 일어났다. 처마 밑에 세워둔 노점 수레가 어느 날 밤 지나가며 보니 사라진 것이었다. 언제나 적막한 집과 그 주위로, 당시 유행했던 말로 하자면 '개화'라는 것이 찾아오기라도 한 것인지 반은 부서지고 반은 튀어나왔던 수채의 널빤지가 새로 깔리고, 현관의 모양도 달라지고 격자문도 새것으로 바뀌었다. 어느 날에는 현관에 구두가 놓여 있는 것이 보였다. 그리고 얼마 후 그 집에 새 문패가 걸려서 보니 순사 아무개라고 쓰여 있었다. 스에조는 마쓰나가초(松永町)와 나카오가초(仲徒町)를 돌아다니면서 이런저런 물건을 사는 동안, 이번에도 역시 자연스레 들리는 말로 엿장수 영감 집에 사위가 들어왔다는 것을 알게 되었다. 문패의 아무개 순사가 바로 그 사위였다.

오다마를 애지중지 키운 영감은 험상궂게 생긴 순사에게 딸을 내주는 것이 마치 짐승에게 딸을 빼앗기는 심정이었다. 순사가 자기 집에 들어오는 것을 걱정한 나머지 평소 친한 이웃들에게 물어봤지만, 누구 한 사람 거절하라고 딱 부러지게 말해주는 이가 없었다. 그것 봐라, 좋은 상대를 소개해준다고 했는데도 외동딸이라 아깝다는 둥 쓸데없는 말만 하더니 결국 이렇게 거절하기 어려운 사위를 보게 되었다고 말하는 이도 있었다. 영감이 싫다면 어디 먼 곳으로 이사 가는 방법이 있긴 하나, 상대가 순사이다 보니 금방 어디로 이사 갔는지 찾아내서 절대 도망갈 수 없을 것이라고 겁주는 자도 있었다. 그중에서 그래도 세상일을 좀 안다고 평판이 높은 어느 할멈의 말은 이러했다.

"오다마가 인물이 좋고 기예에도 소질이 있다고 샤미센 선생이 칭찬하니 일찌감치 게이샤 수업을 보내라고 내가 입이 닳도록 말했잖아. 홀몸인 순사는 온 동네를 돌아다니다가 예쁜 여자가 눈에 띄면 뺏다시피 해서 데려가지. 그런 사람한테 걸렸으니 운이 없다고 체념하는 수밖에."

대충 이런 말을 했다고 한다. 스에조가 이 소문을 듣고 불과 석 달 정도 지났을 때일 것이다. 어느 날 아침에 보니 엿장수 영감의 집 문이 닫혀 있고, 문에 "세놓음. 관리인은 마쓰나가초 서쪽 끝에 있음"이라는 글이 붙어 있었다. 그래서 물건을 사러 나간 길에 소문을 들어보니, 순사에게는 고향에 아내와 자식이 있었는데, 어느 날 시골의 아내가 갑자기 집으로 쳐들어와 난리를 치자, 오다마가 우물에 빠져 죽겠다고 뛰쳐나가는 것을 밖에서 구경하고 있던 이웃 여자가 겨우 말렸다는 것이었다.

순사가 사위로 들어온다고 할 때 영감은 여러 사람과 상담을 했다. 그때 상담한 사람 중에 어느 누구도 영감의 법률 고문이 되어준 자가 없었기에, 영감은 호적이 어떻게 되었는지, 어떤 내용이 신고되어 있는지 전혀 알 수 없었다. 순사가 손가락으로 콧수염을 꼬며, 혼인신고 같은 것은 모두 자신이 알아서 할 테니 걱정하지 말라기에 조금도 의심하지 않았던 것이다. 그때 마쓰나가초의 기타즈미(北角)라는 잡화점에 하얗고 둥근 얼굴에 턱이 짧은 소녀가 있어서 학생들이 '무턱'이라고 불렀는데, 그 소녀가 스에조에게 이렇게 말했다.

"정말 그 애 불쌍해요. 순진한 애라서 진짜 사위라고 생각하고 있었는데, 순사는 하숙하는 셈 치고 들어왔던 거래요."

승려처럼 머리를 빡빡 민 가게 주인이 옆에서 끼어들었다.

"영감도 불쌍하지. 동네 사람들에게 얼굴을 못 들겠고 이대로는 살 수 없다며 니시도리고에(西鳥越) 쪽으로 이사를 가버렸다오. 그래도 장사는 단골들이 있는 곳에서 해야 하니 아키하바라에는 나온다고 해요. 노점 수레도 팔아버려 그게 사구마초(佐久間町)의 고물상에 나와 있는 것을 사정사정해서 겨우 되찾았다 합디다. 그건 그렇고, 이사도 해서 돈이 꽤 들었을 텐데 아마 매우 어려울 거요. 순사가 시골의 마누라와 자식들은 굶기면서 거만한 얼굴로 술도 못 먹는 영감을 술상대로 앉혀놓고 있던 동안, 뭐, 영감은 한순간이나마 편안한 노후를 꿈꾸지 않았겠소?"

매끈한 머리를 슥슥 쓰다듬으며 주인은 이렇게 말했다. 그 후로 스에조는 엿장수의 딸 오다마를 오랫동안 잊고 있었다. 그런데 돈을 벌어 점차 여유가 생기자 오다마가 불쑥 생각난 것이었다.

지금은 인맥도 넓어진 스에조인지라 손을 써서 니시도리고에 쪽을 수소문한 끝에 류세이자(柳盛座) 뒤 인력거꾼의 집 옆에 엿장수 영감이 살고 있다는 것을 알아냈다. 오다마는 홀몸이었다. 그래서 어느 거상이 첩으로 삼고 싶다는데 어떠냐며 사람을 보내 교섭을 했다. 처음에는 첩이 되는 건 싫다던 오다마도 착한 딸인지라 그것이 결국 아버지를 위하는 길이라 하여 마쓰겐에서 맞선을 보는 것으로 일이 진행되었다.

5

스에조는 돈 문제 외에는 무엇 하나 관심이 없었다. 하지만 오다마의 거처를 찾아내자마자 아직 상대방이 승낙할지 거절할지도 모르면서 혼자서 근처의 셋집을 찾아다녔다. 몇 군데 살펴본 끝에 스에조의 마음에 든 집이 두 채 있었다. 하나는 같은 이케노하타에 있는 집으로, 자신이 살고 있는 후쿠치 겐이치로(福地源一郞)[20]의 저택 옆집이었다. 그 당시 유명했던 메밀국수집인 렌교쿠안(蓮玉庵)의 한가운데쯤으로, 연못 서남쪽 끝에서 약간 렌교쿠안 쪽으로 도로에서 조금 안으로 들어간 곳에 있었다.

대나무 울타리 안에는 금송(金松) 한 그루와 작은 노송이 두세 그루 있고, 나무들 사이로 대나무 격자창이 보였다. 집을 세놓는다는 글이 붙어 있어 들어가 보니 아직 사람이 살고 있어, 쉰 살

---

20 1841~1906. 저널리스트이자 정치가.

정도의 여자가 안내하여 집 안을 보여주었다. 묻지도 않았는데 여자가 말했다. 남편은 주고쿠(中國)²¹ 지방 어느 영주의 가신이었는데 폐번(廢藩)²²이 되고 나서는 용돈이나 벌자고 대장성(大藏省)[재무부]의 하급 관리로 근무하고 있다. 환갑이 넘었지만 깔끔한 것을 좋아해 온 시내를 돌아다니며 새 집을 찾아서 세 들어 살다가 조금 낡으면 곧바로 이사를 한다. 자식들과는 따로 산 지 오래돼서 집을 어지럽히는 사람이 없지만, 아무래도 살다 보면 창호지도 새로 붙이고 다다미도 갈아야 한다. 그런 귀찮은 일을 가급적 하지 않으려고 금방금방 이사를 한다는 것이었다. 여자는 그것이 마음에 안 드는지, 모르는 사람에게 남편에 대한 불평을 늘어놓으며 집 안을 구석구석 보여주었다.

"집이 아직 이렇게 깨끗한데도 벌써 이사를 가겠다고 한다오."

집 안 곳곳이 아주 깨끗하게 청소되어 있었다. 스에조는 괜찮은 집이라고 생각하며 보증금과 월세, 관리인의 이름 등을 수첩에 적고 밖으로 나왔다.

또 다른 집은 무엔자카 중턱에 있는 작은 집이었다. 그 집에는 세를 놓는다는 글 같은 것도 붙어 있지 않았으나 팔려고 내놓았다는 얘기를 듣고 보러 갔다. 집주인은 유시마기리도오시(湯島切通し)에 있는 전당포 주인이었다. 그의 늙은 부친이 이 집에서 살다가 얼마 전에 세상을 떠났는데 홀로 남게 된 할멈을 본가에서 모시게 되어 집이 비었다고 했다. 옆집이 바느질을 가르치는 곳이

---

21 히로시마 등 5개 현에 걸친 중부 지방.

22 메이지 4년(1871) 중앙집권화를 위해 번을 폐지하고 지금의 부현(府縣)제도로 통일한 개혁. 이로 인해 무사들이 실업자가 됨.

어서 조금 시끄럽기는 하나, 집 안의 정원수도 세심히 골라 심어서 왠지 살기 좋을 것 같은 느낌이 들었다. 입구의 격자문에서 화강석이 깔린 뜰에 이르기까지 깔끔하고 정취가 있었다.

스에조는 밤늦게까지 잠자리에서 뒤척이며 두 집 중 어디로 할까 고민했다. 옆에는 아내가 아이들을 재우려고 함께 누웠다가 잠들어 큰 입을 헤 벌리고 여자답지 않게 코를 골았다. 남편이 빌려준 돈의 이자를 계산하며 밤늦게까지 자지 않는 것이 항상 있는 일이라, 아내는 평소에 그가 늦게 자건 말건 전혀 신경 쓰지 않았다. 스에조는 내심 웃음을 참을 수 없었다. 집 생각을 하다가 아내 얼굴을 보고 이렇게 생각했다.

아, 같은 여자라도 이렇게 못생긴 여자도 있군. 오랫동안 못 봤지만 오다마는 아직 소녀티가 남아 얌전하면서도 톡 쏘는 맛이 있어서 꼭 껴안아주고 싶은 얼굴이었지. 지금은 성숙한 여인이 되었겠지. 얼굴 볼 날이 기다려지는군. 못난 마누라, 태평스럽게 잘도 자네. 내가 항상 돈만 생각한다고 여기면 큰 잘못이지. 어, 모기가 벌써 돌아다니네. 시타야는 이래서 싫어. 이제 모기장을 쳐야겠군. 마누라야 상관없지만 애들이 물리잖아.

이런 생각을 하다가 다시 집 문제를 고민하기 시작했다. 이런저런 생각 끝에 결론에 이른 것은 한 시가 넘어서였다.

이케노하타의 집은 전망이 좋다고들 하지만, 전망이야 이 집에서 보는 걸로 충분하지. 월세가 싸긴 해도 셋집은 어쨌든 이런저런 번거로운 점이 많아. 게다가 왠지 너무 트인 곳 같아 사람들 눈에 띄기 쉽지. 괜히 창문이라도 열어뒀다가, 아이들 데리고 나카초에 외출하는 마누라한테 들키면 큰일이다. 무엔자카의 집은 좀 음침하지만 산책하는 학생들 외에는 사람들이 별로 다니지 않는 곳이다. 돈을 일시불로 주고 사는 것이 좀 부담스럽긴 해도 좋은 목재로 지어진 것에 비하면 싼 편이다. 보험이라도 들어놓으면 언제 팔아도 원금은 건질 수 있으니 걱정 없다. 그래, 무엔자카로 하자. 그 집에 오다마를 들어앉히고, 저녁에 목욕하고 옷도 빼입고 마누라한테는 적당히 둘러대고 가야지. 그 집 격자문을 열고 스윽 들어가면 어떤 모습일까? 오다마, 이 귀여운 것. 고양이나 한 마리 무릎에 올려놓고 앉아 쓸쓸히 기다리고 있겠지. 물론 예쁘게 화장하고 말이지. 옷 같은 건 얼마든지 사주지. 아, 아니야. 쓸데없이 돈을 쓸 수는 없지. 전당포에서 나오는 물건도 괜찮은 게 많아. 딴 남자들처럼 고지식한 방식으로 여자 옷이랑 머리에 돈을 들일 필요는 없어. 이웃집에 사는 후쿠치인지 뭔지 하는 작자는 나보다 큰 집을 가지고 있고, 스키야마치(數奇屋町)의 게이샤와 이케노하타를 돌아다니며 학생들의 부러움을 사고 희희낙락하지만 실제로는 돈도 없어. 학자라니 웃기지도 않아. 거짓말을 잘도 써대고 있으니. 가게 점원이라도 그런 식으로 거짓 장부를 만들어 돈을 빼돌렸다가는 당장 모가지야. 아, 그렇지. 오다마는 샤미센을 켤 수 있지. 손가락으로 멋지게 튕겨주면 좋을 텐데, 순사랑 결혼해본 것 말고는 세상 경험이 없으니 안 되겠지. 한번 켜보라고 해도 부끄러워 못하겠다 뭐다 하면서 안 하려고 할걸. 정말 매사 부끄러움을 잘 타지. 얼굴이 빨개져서 어쩔 줄 몰라 할 거야. 첫날밤에는 어떻게 나올까?

공상은 날개를 달고 날아가 멈출 줄을 몰랐다. 이럭저럭 하는 사이에 상상의 그림이 조각조각 흩어지고 하얀 살결이 눈앞에 떠

28

올랐다. 달콤한 속삭임이 들려왔다. 스에조는 기분 좋게 잠이 들었다. 옆에 누운 아내는 여전히 코를 골고 있었다.

6

마쓰겐에서 보게 될 맞선은 스에조에게 하나의 화려한 의식이었다. 흔히 수전노를 비유하길, 등불 기름이 아까워 손가락에 불을 붙인다고도 하는데, 그런 사람도 여러 종류가 있다. 자잘한 것에 신경을 써 휴지도 반으로 잘라 사용하거나, 엽서 한 장에 글을다 써넣기 위해 현미경 없이 읽기 어려울 만큼 글자를 깨알같이적거나 하는 것은 누구에게든 공통된 성질일 것이다. 그러나 그것을 절대적으로 자기 생활의 전반에 걸쳐 철저하게 실천하는 사람과 어딘가에 하나쯤 구멍을 뚫어놓고 숨을 쉬는 사람이 있다. 지금까지 소설에 나오거나 연극에 등장하는 수전노는 거의 절대적으로 인색한 인물들뿐인 것 같다. 그러나 현실의 수전노 중에는실제로 그렇지 않은 자가 많다. 인색하지만 여자에게는 정신을 못차린다든지, 이상하게도 밥만큼은 잘 사준다든지 하는 것 말이다.

앞에서도 잠깐 말했지만 스에조는 멋부리는 것을 즐겼다. 대학에서 사환으로 일할 때도 휴일이면 싸구려 제복을 벗어던지고 멋진 상인 같은 옷으로 갈아입곤 했다. 그리고 그것을 하나의 취미로 즐겼다. 학생들이 가끔 길을 가다 고급 무명옷으로 몸을 감싼스에조를 만나 깜짝 놀란 것도 이런 이유에서였다.

그 밖에는 이렇다 할 만한 취미가 없었다. 게이샤나 창녀와 관계를 맺은 적도 없거니와 요릿집에 술을 먹으러 다닌 적도 없었다. 기껏해야 렌교쿠안에서 메밀국수를 먹는 정도가 스에조로서는 꽤 큰 사치였다. 그래서 처자식들은 얼마 전까지만 해도 그런 곳은 구경조차 못하고 살았다. 그는 자신의 옷차림과 아내의 옷차림에 균형을 맞추려고 하지 않았다. 아내가 뭔가 해달라고 조르면 그때마다, "바보 같은 소리 마. 당신과 난 처지가 달라. 난 사람들을 만나야 하니까 어쩔 수 없이 이렇게 입고 다니는 거야"라고 말하며 물리쳤다.

그 후 돈을 꽤 많이 벌었을 때 스에조도 요릿집에 출입을 하기는 했다. 그러나 그것은 거의 회식이 있을 때뿐이었고 혼자 간 적은 없었다. 그러다가 이제 오다마와 맞선을 보게 되자 갑자기 격식을 차리고 싶다는 생각이 들어 마쓰겐에서 선을 보자고 한 것이었다.

그리하여 이윽고 선을 보게 되었을 때 피할 수 없는 문제가 생겼다. 그것은 오다마의 예복이었다. 오다마뿐이라면 괜찮지만 장인이 될 영감의 예복까지 해줘야 할 처지였다. 중매를 선 할멈도 이 요구에 몹시 난처해했다. 하지만 영감이 무슨 말을 하건 딸은 무조건 아비 말을 따르고, 그걸 억지로 누르려고 하면 근본적으로 혼담이 깨질 우려가 있다고 하니 어쩔 수가 없었다. 영감의 논리는 대충 다음과 같았다.

오다마는 내 소중한 외동딸이다. 그것도 다른 외동딸과 달리 내가 유일하게 기댈 곳이다. 자식도 없이 오로지 마누라만을 의지하고 살다가, 마누라 나이 서른이 넘어 간신히 오다마를 얻었다. 그런데 마누라는 아이를 낳자마자 병을 얻어 저세상으로 갔다. 나는 젖동냥을 해가며 아이를 길렀다. 겨우 넉 달이 지났을 때, 아이가 온 시내에 퍼진 홍역에 걸려 의사가 가망 없다고 한 것을 내가 장사도 다 집어치우고 간호해서 겨우 살려냈다. 세상이 흉흉한 때라 이이 나오스케(井伊直弼)[23]가 암살된 지 2년째였고, 나마무기(生麥)에서는 서양인이 칼을 맞는[24] 사건이 일어난 해였다. 그 후로 가게고 뭐고 다 때려치우고 차라리 죽어버릴까 하는 생각도 몇 번이나 했다. 그런데 오다마가 그 작은 손으로 내 가슴을 만지작거리며 맑고 큰 눈으로 내 얼굴을 보고 웃는 것을 보니, 도저히 이 가련한 아이가 나와 함께 죽어선 안 된다는 생각이 들어 온갖 고생을 견뎌내며 하루하루 목숨을 이어왔다. 오다마가 태어났을 때 내 나이 마흔다섯. 더구나 고생을 많이 해서 나이보다 더 늙어 보였다. 한 사람 입은 못 먹어도 두 사람 입은 먹을 수 있다며, 돈 있는 과부를 소개해주겠으니 아이를 양녀로 보내라고 자상하게 말해준 사람도 있었다. 하지만 난 오다마가 불쌍해서 딱 잘라 거절했다. 가난하면 머리도 둔해진다더니 내가 참 바보 같지. 그렇게 애지중지 기른 오다마를 사기꾼 순사놈의 노리개로 빼앗겼던 것이 분하고 억울할 따름이다. 다행히도 참한 딸이라고 모두가 칭찬하는 아이니, 어떡하든 착실한 사람에게 시집보내려고 했다. 하지만 나 같은 늙은 아비가 있으니 아무도 딸에게 청혼하지 않았다. 무슨 일이 있어도 정부나 첩으로는 보내지 않겠다고 생각하고

---

23 1815~1860. 에도 말기의 대신. 왕의 칙허를 얻지 않은 상태에서 일·미수호통상조약에 조인함. 반대 세력인 양이파(攘夷派)를 탄압하다가 자객들에게 암살당함.
24 1862년 사쓰마 번의 번주 시마즈 히사미쓰 일행이 에도에서 돌아오던 길에 요코하마의 나마무기 촌에 이르렀을 때, 말에서 내리지 않고 그대로 행렬 앞을 가로지른 영국인 네 명을 살상한 사건. 다음해 사쓰마 전쟁의 원인이 됨.

있었는데, 틀림없는 양반이라고 할멈이 말하고, 오다마도 내년에는 스물이 되니 한창때가 가기 전에 빨리 보내고 싶은 마음에 결국 내가 양보하게 된 것이다. 그런 소중한 오다마를 보내는 것이니 내가 반드시 함께 나가서 서방 될 사람을 보는 것은 당연하다.

이 이야기를 들었을 때 스에조는 자기 생각이 조금 빗나갔다는 것이 불만스러웠다. 오다마가 마쓰겐에 나오면 중매쟁이 할멈은 가급적 빨리 돌려보내고 오다마와 마주앉아 오붓한 시간을 보내려던 계획이 빗나가게 되었기 때문이다. 아무래도 영감이 같이 나오면 생각지도 않게 격식을 차리는 자리가 될 것이다. 스에조 자신도 일종의 격식을 차릴 마음의 준비는 하고 있었다. 그러나 그것은 지금까지 누르고 눌러왔던 욕망의 속박을 푸는 첫걸음을 내딛는다는 기쁨의 의미로, 오다마와 단둘이 마주하는 것이 그 첫 번째 요건이었다. 그런데 그곳에 영감이 나오게 되면 그 격식의 성질이 전혀 달라진다.

할멈의 말에 따르면, 부녀가 둘 다 심지가 곧은 사람들이라 처음에는 첩살이가 싫다며 입을 모아 거절하는 걸 어느 날 할멈이 딸을 밖으로 살짝 불러내어, 이제 돈 벌기가 점점 힘들어지는 아버지를 편히 해드릴 생각은 없느냐며 갖가지 말로 꾀어 마침내 설득했고, 연달아 영감도 납득시켰다는 것이다. 이 말을 들었을 때 스에조는 그리도 아름답고 얌전한 딸을 자기 것으로 할 수 있다는 사실에 마음속으로 은근히 쾌재를 불렀다. 그러나 그토록 올곧은 부녀가 함께 나오면 마쓰겐에서의 첫 대면은 사위가 장인에게 인사하는 모양새가 될 것이다. 그렇게 방향이 달라진 격식은 스에조의 뜨거운 머리에 냉수를 한 사발 끼얹는 꼴이었다.

그러나 스에조는 자신이 어디까지나 훌륭한 실업가라는 과대
선전을 충실히 수행해야 한다고 생각해, 상대방에게 대범한 면을
보이고 싶은 마음에 결국 두 사람의 예복 건을 받아들였다. 그것
은 오다마를 내 것으로 한 이상 아무래도 그 아버지를 모른 체할
수는 없는 것이니, 그저 나중에 할 일을 먼저 하는 것에 불과하다
는 체념도 작용한 결정이었다.

그래서 보통 예단비라는 명목으로 상대방에게 목돈을 건네는
것이 관례이나 스에조는 그렇게 하지 않았다. 멋부리는 취미가 있
는 스에조는 단골집에 사정을 말하고 두 사람의 예복을 적당히
만들게 했다. 중매쟁이 할멈을 통해 오다마에게 단지 치수만을 확
인시켰다. 안타깝게도 오다마 부녀는 이렇게 빈틈없이 인색한 스
에조의 조치를 오히려 대단한 선의로 해석하여, 스에조가 자신들
을 존중하기 때문에 현금을 건네지 않았다고 생각했다.

7

우에노 히로코지는 화제가 별로 없는 곳으로, 마쓰겐이 불탄
기억은 없으니 지금도 그 집이 있는지 모르겠다. 조용한 작은 방
한 칸을 예약해놓은 스에조는 하녀의 안내를 받아 현관에서 올라
가 곧바로 복도를 조금 걸어가 왼쪽의 6조[25] 다다미방으로 들어
갔다.

---

25 다다미가 여섯 장 깔린 방으로 약 10평방미터 크기.

시루시반텐(印半纏)²⁶을 입은 남자 종업원이 기름종이로 된 커다란 차양을 말아 올리고 있었다.

"아무래도 날이 완전히 저물 때까지는 햇빛이 들어오거든요."

안내한 하녀가 설명을 하고 물러갔다. 스에조는 진위를 알 수 없는 육필 우키요에(浮世繪)²⁷ 족자와 치자꽃을 꽂아놓은 작은 꽃병이 있는 도코노마(床の間)²⁸를 등지고 앉아 예리한 눈으로 주위를 둘러보았다.

시노바즈 연못가 길은 그 후로 살풍경하게도 경마장 울타리가 되었다가 다시 상전벽해의 세월이 지나 경륜장이 되었다. 이층과 달리 일층 객실은 그 연못가 길에서 보이지 않도록 밖에 대나무 울타리가 둘러쳐져 있었다. 울타리와 건물 사이에는 띠처럼 좁고 긴 땅이 있을 뿐 애초부터 정원 같은 것을 만들 수도 없었다. 스에조가 앉은 자리에서 기름걸레로 닦은 듯 줄기가 미끈한 벽오동이 두세 그루 나란히 서 있는 것이 보였다. 그리고 석등이 하나 있었다. 그 밖에는 드문드문 작은 노송이 서 있을 뿐이었다. 한동안 해가 계속 내리쬐어 히로코지 거리를 지나는 사람들의 발치에서 하얀 흙먼지가 일었지만, 울타리 안쪽 마당에는 물을 뿌려 이끼가 파릇파릇해 보였다.

하녀가 곧 모기향과 차를 가지고 주문을 받으러 왔다. 스에조는 사람들이 다 오면 주문하겠다며 하녀를 돌려보낸 후 담배를

---

26 등에 상호가 들어간 종업원용 상의.

27 에도 시대의 풍속화. 프랑스 인상파 화가들에게 영향을 끼쳤다.

28 방 정면에 바닥보다 한 단 높게 만든 곳으로 족자를 걸고 도자기나 꽃병으로 장식한다.

물었다. 처음에는 좀 더운 듯했으나 잠시 있으니 부엌과 변소 근처를 지나 몇 가지 희미한 향기를 품은 바람이 복도 쪽에서 때때로 불어와, 옆에 하녀가 놓고 간 더러운 부채를 들 필요가 없었다.

스에조는 도코노마 기둥에 등을 기대곤 담배 연기로 고리 모양을 만들어 뿜어대며 공상에 빠졌다. 그 집 앞을 지나면서 참한 여자라고 생각했을 때만 해도 오다마는 아직 소녀였지. 지금은 어떤 여인이 되었을까. 어떤 모습을 하고 올까. 어쨌든 영감이 같이 나오게 된 것은 아주 난처한 일이야. 어떻게 하면 영감을 빨리 돌려보낼 수 있을까……. 이층에서 샤미센을 조율하는 소리가 들리기 시작했다.

복도에 두세 사람의 발소리가 나더니 하녀가 먼저 방으로 얼굴을 내밀고 말했다.

"일행이 오셨습니다."

"자, 어서어서 들어가세요. 서방님은 너그러운 분이니 꺼리실 것 없어요."

여치가 우는 듯한 어조로 이렇게 말한 사람은 중매를 선 할멈인 듯했다.

스에조는 자리에서 벌떡 일어났다. 복도로 나가 보니, 허리를 굽힌 채 벽 모퉁이에서 쭈뼛거리고 있는 영감 뒤로 기죽은 기색 없이 신기한 듯 주위를 둘러보며 서 있는 여자가 바로 오다마였다. 볼록하니 둥근 얼굴을 한 예쁜 소녀라고 생각했는데 어느새 갸름한 얼굴이 되어 있었고, 몸도 전보다 더 날씬했다. 깔끔하게 머리를 틀어 올리고 오늘 같은 날 흔히 하는 짙은 화장도 하지 않아 거의 맨얼굴과 다름없었다. 상상했던 것과는 분위기가 다를 뿐 아니라 한층 더 아름다웠다. 스에조는 그 자태를 눈으로 빨아들이듯 바라보며 속으로 대단히 만족스러워했다.

오다마 입장에서는 어차피 아버지의 고생을 덜어주기 위해 자기를 파는 것이니, 상대가 어떤 사람이든 상관없다며 될 대로 되라는 심정이었다. 그런데 안색이 좀 검고 예리한 눈에 부드러움이 담겨 있는 스에조가 고상하고 수수한 옷차림을 하고 있는 것을 본 순간 버린 목숨을 다시 건졌다는 생각이 들어 오다마도 찰나의 만족을 느꼈다.

"어서 이리로 들어오시죠."

스에조는 영감에게 정중히 말하며 방을 가리켰다. 그리고 다시 오다마에게 "자, 이리로"라고 권했다. 그렇게 둘을 방으로 들여보내고는 중매쟁이 할멈을 한쪽 구석으로 데려가 봉투를 손에 쥐어주곤 뭐라고 속삭였다. 할멈은 검은색이 벗겨져 물들인 흔적이 지저분하게 남아 있는 이[29]를 드러내고, 공손한 것 같기도 하고 어쩐지 사람을 비웃는 것 같기도 한 웃음을 지으며 머리를 두세 번 꾸벅이고는 돌아갔다.

스에조는 방으로 들어와 아직 쭈뼛거리며 한데 모여 서 있는 부녀에게 상냥하게 자리를 권하고, 기다리며 서 있는 하녀에게 요리를 주문했다. 잠시 후 간단한 안주와 술이 나와 우선 영감에게 잔을 권하며 말을 나눠보니, 원래 분수에 맞는 생활을 했던 만큼 느닷없이 비싼 옷을 맞춰 입고 방에 들어선 사람 같지는 않았다.

처음에는 영감을 방해꾼으로 생각해 마음이 불편했던 스에조

---

29 이를 검게 물들이는 풍습이 있었으나 메이지 시대 들어 사라짐.

도 점차 감정이 누그러져 전혀 예상치 않은 차분한 대화를 나누게 되었다. 스에조는 자기가 가진 선량한 면을 최대한 밖으로 드러내면서, 속으로는 얌전한 성격의 오다마에게 신뢰감을 줄 수 있는 절호의 기회가 이렇게 우연히 만들어진 것을 기뻐했다.

요리가 들어왔을 즈음에는 마치 한 가족이 놀러 나갔다가 요릿집에 들렀다고 생각될 정도의 분위기가 되었다. 평소 처자식에게 폭군 같은 스에조는 때로 반항하고 때로 굴종하는 아내의 모습만 보아왔던 터라, 하녀가 방을 나간 후 수줍어서 빨개진 얼굴에 얌전한 웃음을 띠고 술을 따르는 오다마를 보며 지금까지 경험하지 못한 담백하고 수수한 환희를 느꼈다. 그러나 스에조는 이 자리에서 환영과 같이 떠오른 행복의 그림자를 무의식적으로 직감하면서도, 왜 자신의 가정에서는 이런 느낌이 없었는지 반성하거나, 이런 색다른 감정을 지속적으로 유지하기 위해서는 어느 정도의 노력이 필요하며, 그 노력이 자신과 아내에게 과연 충분한지 헤아려볼 정도로 깊이 생각하지는 못했다.

돌연 울타리 밖에서 '딱딱' 하고 딱따기 치는 소리가 났다. 이어서 "예이, 뭐 하나 좋아하는 배우를 말씀하시면"이라는 말이 들렸다. 이층의 샤미센 소리가 멈추고 하녀가 난간에 기대어 뭐라고 말했다. 그러자 밑에서 "예이, 그러면 나리타야(成田屋)의 고우치야마(河內山)랑 오토와야(音羽屋)의 나오자무라이(直侍)[30]를 한번 해보죠. 그럼 고우치야마부터"라고 하며 배우의 성대 모사를 하기

---

30 나리타야와 오토와야는 유명 배우. 그들이 출연한 가부키에서 맡은 역할이 각각 고우치야마와 나오자무라이임.

시작했다.

새 술병을 가져온 하녀가 말했다.

"어머, 오늘 하는 사람은 진짜네요."

스에조는 그게 무슨 말인지 몰랐다.

"진짜도 있고 가짜도 있고 여러 가지가 있나?"

"아뇨. 요즘에는 대학생도 돌아다니며 소리를 한다고 하네요."

"악기도 갖고 다니고?"

"예, 옷차림이랑 뭐랑 다 똑같은 모습으로요. 그래도 소리를 들어보면 알 수 있죠."

"그럼 정말 잘하는 사람이네."

"예, 한 사람밖에 없어요."

"아가씨도 잘 아나?"

"우리 가게에도 가끔 오시는 분이니까요."

그때 영감이 옆에서 끼어들었다.

"대학생 중에도 잘하는 사람이 있긴 하지요."

하녀는 아무 말도 하지 않았다. 스에조가 묘하게 미소 지었다.

"아무래도 그런 학생은 공부를 못하죠."

이렇게 말하며 머릿속으로는 자기에게 자주 찾아오는 학생들을 생각했다. 그중에는 예인 흉내를 내며 작은 요릿집을 속이는 것이 재미있다고 평소에도 예인 같은 말투를 하는 자가 있기는 하다. 그러나 설마 본격적으로 요릿집을 돌아다니는 학생이 있으리라고는 생각지도 못했다. 스에조는 좌중의 이야기를 가만히 듣고 있는 오다마를 힐끗 보며 말했다.

"오다마 씨는 어느 배우를 좋아하죠?"

"저는 좋아하는 배우 같은 거 없어요."

그러자 영감이 덧붙였다.

"연극 같은 걸 전혀 보러 가지 않으니까요. 류세이자 극장이 가까이 있어서 동네 계집들이 모두 보러 가도 오다마는 한 번도 안 갔죠. 연극 좋아하는 계집들은 그 쿵짝쿵짝 하는 소리만 들려도 엉덩이가 들썩거려 집에 붙어 있지 못한다는군요."

영감의 말은 어느덧 딸 자랑으로 이어지는 것이었다.

8

일이 잘 성사되어 오다마는 무엔자카로 이사하게 되었다. 그러나 스에조가 아주 간단하게 생각한 이사에 다소 번거로운 문제가 생겼다. 오다마가 아버지를 가능하면 가까운 곳에 모셔두고 가끔 찾아가 돌봐드리고 싶다는 말을 꺼냈기 때문이었다. 애초부터 오다마는 자기가 받는 돈에서 적지 않은 돈을 아버지에게 보내, 이미 환갑을 넘긴 아버지가 불편하지 않도록 하녀도 한 사람 붙여주려고 생각했다. 그렇게 하면 지금까지 살았던 도리고에의 인력거꾼 집 옆 초라한 거처에 아버지를 홀로 남겨두지 않아도 된다. 이왕이면 좀 더 가까운 곳으로 이사 오게 하고 싶었다. 스에조는 집 한 칸만 장만해서 오다마를 맞으면 될 것이라고 생각했지만, 마치 선볼 때 딸만 불러낸 장소에 아버지가 따라 나온 것처럼, 결과적으로는 두 사람을 다 이사시켜야 할 상황이었다.

물론 오다마는 아버지 이사는 자기가 알아서 할 것이라며, 절대 서방님께는 폐를 끼치지 않겠다고 했다. 그러나 일단 그 말을 들은 이상 스에조가 모른 체할 수 없는 것은 당연한 일이었다. 선을 보고 오다마가 한층 더 마음에 들어버린 스에조는 자신이 대범하다는 것을 보여주고 싶었다. 결국 오다마가 무엔자카로 이사할 때, 스에조가 예전에 함께 봐둔 이케노하타의 집으로 영감도 이사하도록 주선했다. 이런 식으로 일단 의논 상대가 되고 보니 오다마가 아무리 자기가 받는 돈의 범위 내에서 만사를 해결하겠다고 해도 생활이 어려워지는 것을 보고만 있을 수는 없으니 매번 무슨 일이 생길 때마다 돈이 들어갔다. 그것을 스에조가 싫은 기색 없이 턱턱 내주니 중매를 선 할멈도 때때로 눈을 휘둥그레 뜨고 감동했다.

두 집의 이사가 마무리된 것이 7월 중순경이던가. 자기 일을 할 때는 매우 엄하고 까다로운 스에조도 오다마의 앳되고 순진한 말투와 행동이 아주 마음에 들었던지, 거의 매일 밤 무엔자카를 찾아와서는 모든 수단을 다하여 그녀를 기쁘게 해주었다. 여기에는 역사가가 흔히 말하는 '영웅의 이면'과 같은 것이 있는 듯하다.

스에조는 단 하룻밤도 자고 가지 않았다. 그러나 거의 매일 밤 찾아왔다. 오다마는 중매쟁이 할멈이 소개해준 우메(梅)라는 열세 살 소녀를 하녀로 두고 부엌에서 아이들 소꿉놀이 흉내를 내듯이 부리고 있을 뿐이라 점차 이야기 상대가 없다는 데 지루함을 느끼고, 저녁이 되면 어서 빨리 서방님이 오기를 기다리는 자신을 깨닫고는 스스로도 우습다고 생각했다. 도리고에에 있을 때도 아버지가 장사하러 나간 후에 오다마는 혼자 집을 지키며 부업을 했다. 이제 이것만 다 하면 얼마가 되고, 그러면 아버지가 돌아와 놀라시겠지 하고 생각하며 일에 몰두했기에 동네 여자아이들과 사이좋게 놀지 않았어도 심심하다고 느낀 적이 없었다. 그러나 이제 생활의 어려움이 없어짐과 동시에 비로소 따분함이라는 것을 알게 되었다.

그래도 오다마의 따분함은 밤이 되면 서방님이 찾아와 위로해 주니 그나마 나은 편이었다. 문제는 이케노하타로 이사 온 영감의 신세였다. 그도 생활에 쫓기며 살다가 갑자기 너무 편해져서 여우에 홀린 것 같다고 생각했다. 그리고 여태껏 작은 등불 아래서 오다마와 도란도란 세상 이야기를 하며 지내온 둘만의 밤이 어느덧 지나가버린 아름다운 꿈처럼 그립기만 했다. 그래서 오다마가 지금이라도 찾아오지 않을까 끊임없이 그것만 생각하며 기다렸다. 그런데 벌써 날이 꽤 흘렀음에도 오다마는 한 번도 오지 않았다.

처음 하루 이틀은 깨끗한 집에 살게 된 것이 기쁜 나머지, 시골 출신 하녀에게는 물을 길어오거나 밥 짓는 일만 시키고 자신이 직접 정리정돈이나 청소를 했다. 때때로 뭔가 부족한 것이 생각나면 곧바로 하녀를 나카초에 심부름 보내 사오게 했다. 저녁이 되면 영감은 부엌에서 하녀가 달깍달깍 내는 소리를 들으며 창밖의 노송 주위로 물을 뿌렸다. 그리고 담배를 한 대 피우면서 우에노 산에서 시끄럽게 우는 까마귀 소리를 들으며 나카지마 벤텐 숲[31]과 연꽃이 핀 연못 위로 저녁 안개가 서서히 흐르는 것을 바라보았다. 영감은 모든 것이 고맙고 만족스러웠다. 그러나 그때부터 왠지 뭔가 부족한 듯한 생각이 들기 시작했다. 그것은 갓난아기 때

---

31 시노바즈 연못 가운데 섬에 있는 벤텐 신사의 숲.

부터 자기 손으로 키워 아무 말 하지 않아도 서로 마음이 통하던 오다마, 언제나 다정하게 아비를 대하던 오다마, 집으로 돌아오면 반갑게 맞아주던 오다마가 이제는 없기 때문이었다. 창가에 앉아 연못의 풍경을 바라보았다. 거리를 지나는 사람들을 내다보았다. 방금 수면으로 풀쩍 뛰어오른 것은 커다란 잉어다. 방금 지나간 서양 여자의 모자에는 마치 새가 한 마리 앉아 있는 것 같다. 그때마다 오다마에게 '저것 좀 보라'고 말하고 싶었다. 오다마가 없다는 사실이 허전하기 그지없었다.

삼사일이 지났을 때는 점점 초조해져 하녀가 옆에 와서 뭘 해도 마음에 들지 않았다. 벌써 몇십 년 동안이나 하인을 부려본 적이 없지만, 원래 선한 성품이므로 쓸데없이 나무라지는 않았다. 단지 하녀가 하는 일이 매사 마음에 들지 않아 불만스러울 뿐이었다. 행동이 조신한 데다 무슨 일이든 매끄럽게 처리해내는 오다마와 비교가 되니 시골에서 갓 올라온 하녀가 답답하지 않을 수 없었다. 결국 사일째 아침 식사 시중을 받을 때 국그릇 안으로 엄지손가락을 집어넣은 것을 보고는 "야야, 이제 식사 시중은 관두고 저리 가거라"라고 말해버렸다.

식사를 마치고 창가에서 밖을 내다보니 하늘은 흐리지만 비가 올 것 같지는 않았다. 오히려 화창한 날보다 덥지 않을 것 같아 기분 전환을 할 겸 밖으로 나갔다. 그래도 혹시 집에 없을 때 오다마가 오지 않을까 신경이 쓰여 자꾸 문 쪽을 뒤돌아보면서 연못가를 걸었다. 그러다가 가야초(茅町)와 시치겐초(七軒町) 사이에서 무엔자카 쪽으로 가는 길에 놓여 있는 작은 다리까지 갔다.

나온 김에 딸네 집에 가볼까도 싶었으나 왠지 어색한 느낌이

들어 자기가 생각해도 이상하게 꺼려졌다. 내가 어미라면 어떤 경우라도 이런 거리감은 생기지 않을 텐데, 이상하다 이상해. 이런 생각을 하면서 영감은 다리를 건너지 못하고 다시 연못가를 걸었다. 그러다 문득 느낌이 이상해서 다시 쳐다보니 스에조의 집이 바로 도랑 건너편에 있었다. 중매쟁이 할멈이 이번에 이사 온 집 창가에서 스에조의 집이 저기라고 가르쳐줘 알고는 있었다. 쳐다보니 과연 훌륭한 집이었다. 높은 토담 바깥쪽으로는 끝을 비스듬히 자른 날카로운 대나무들이 둘러쳐져 있었다. 유명한 학자 후쿠치가 산다는 옆집은 넓기는 하나 건물이 오래됐고, 이 집에 비하면 화려한 면과 위엄도 없었다. 잠시 멈춰 서서 낮에도 엄중하게 닫혀 있는 맨 나무로 된 뒷문을 보았으나 그 안으로 들어가 보고 싶은 마음은 생기지 않았다. 그저 아무 생각 없이 왠지 덧없고 쓸쓸한 느낌에 휩싸여 잠시 망연히 서 있었다. 말로 표현하자면, 몰락하여 딸자식을 첩으로 보낸 아비의 심정이라고나 할까.

이윽고 일주일이 지나도 딸은 여전히 오지 않았다. 그립다, 보고 싶다는 일념이 가슴 깊이 파고들어, 그놈 이제 몸이 편해지니 아비는 잊은 게 아닐까, 하는 의심이 머리를 들기 시작했다. 이 의심은 일부러 일으켜서 심심풀이로 희롱하고 있다고 해야 할 정도로 극히 희미한 것이어서, 의심을 하면서도 딸이 밉다는 생각은 들지 않았다. 마치 남에게 말할 때 쓰는 반어법과 같이 차라리 딸이 미워졌으면 좋겠다고 생각해보는 것에 지나지 않았다.

그래도 영감은 이런 생각을 하며 외출하곤 했다. 집에만 있으면 온갖 잡념이 떠오르니 지금부터 외출을 하는데, 나중에 딸이 찾아와 나를 만나지 못한다면 애석해하겠지. 설령 애석해하지 않는다 해도 모처럼 왔는데 헛수고라는 생각은 하겠지. 그 정도 마음고생은 시켜도 될 거야.

우에노 공원에 가서 그늘이 드리워진 벤치에 앉아 공원을 지나가는 포장 친 인력거를 보며, 지금쯤 내가 없는 집에 딸이 찾아와 어쩔 줄 몰라 하고 있지는 않을까 상상했다. 지금은 고소한 기분이라 생각하고 싶다고 스스로 시험해보는 듯한 느낌이었다. 요즘은 밤에도 후키누키정(吹拔亭)[32]에 만담가 엔초(円朝)[1839~1900]의 이야기나 고마노스케(駒之助)의 기다유(義太夫)[33]를 들으러 갈 때가 있다. 객석에 앉아서도 여전히 딸이 집에 오지 않았을까 하는 상상을 했다. 그런가 하면 또 문득 딸이 여기에 와 있지는 않을까 하는 생각이 들어 머리를 틀어 올린 젊은 여자를 찾아볼 때도 있었다.

한번은 막간의 휴식시간에 그 당시에는 아직 흔하지 않았던 파나마모자를 깊이 눌러 쓰고 유카타(浴衣)[34]를 걸친 남자와 뒤편의 이층 객석에 나란히 앉아 난간을 잡고 아래층 관객들을 내려다보는 여자를 순간적으로 오다마라고 착각한 적이 있었다. 잘 살펴보니 오다마보다 얼굴이 둥글고 키가 작았다. 게다가 파나마모자를 쓴 남자는 그 여자뿐 아니라 시마다(島田)[35] 머리와 모모와레

---

32 시노바즈 연못가에 있던 연예장으로 만담이나 인형극을 주로 함.
33 샤미센 반주를 곁들이는 이야기 형식으로 주로 인형극과 결합하여 발달함. 고마노스케는 당시 여류 기다유로 인기가 높았음.
34 목욕 후 또는 여름에 입는 무명 홑옷.
35 미혼 여성의 일반적인 머리 모양. 이마와 뒷목을 드러내고 머리를 위로 틀어 올린 모양.

(桃割れ)[36] 머리를 한 여자 서너 명과 함께였다. 모두 게이샤와 오샤쿠(お酌)[37]였다. 영감 옆에 앉아 있던 학생이 "야, 고소(吾曹)[38] 선생님이 오셨다"라고 말했다. 공연이 끝나고 돌아올 때 보니 큰 손잡이가 달리고 빨간색으로 '후키누키정'이라고 흘려 쓴 긴 초롱을 든 여자 뒤로 게이샤들이 줄을 지어 파나마모자를 쓴 남자를 배웅하러 나섰다. 영감은 이들 일행과 앞서거니 뒤서거니 하며 집 앞까지 갔다.

9

오다마는 어릴 때부터 떨어져 살아본 적이 없는 아버지가 어떻게 지내는지 찾아가 보고 싶었다. 그러나 스에조가 거의 매일 찾아오니, 혹시나 집에 사람이 없어 기분 상하게 하면 안 된다는 생각에 이제나저제나 하며 아버지 집에 찾아가지도 못하고 여러 날을 보냈다. 스에조는 아침까지 머무는 적이 없었다. 빠르면 열한 시경에 돌아갔다. 외출을 해야 하는데 잠시 들렀다며 화로 맞은편에 앉아 담배를 피우고 돌아간 적도 있었다. 그래서 오늘은 서방님이 오지 않으리라 확신할 수 있는 날이 없으니 선뜻 외출할 수도 없었다. 낮에 나가는 것이 불가능하지는 않으나 부리는 하녀

---

36 머리를 좌우로 갈라 고리를 만들어 뒤통수에 붙이고 살쩍을 부풀린 복숭아 모양의 머리. 메이지 시대 소녀들 사이에 유행함.

37 견습 게이샤. 시마다 머리는 게이샤이고 모모와레 머리는 오샤쿠임.

38 후쿠치 겐이치로의 별명.

가 아직 어려서 뭐 하나 안심하고 맡겨놓을 수가 없었다. 게다가 왠지 동네 사람들이 얼굴을 빤히 쳐다보는 것 같아서 대낮에는 외출하고 싶지 않았다. 처음에는 언덕 밑 목욕탕에 갈 때도 사람이 없는지 하녀에게 가서 살피고 오라고 한 후에 살짝 다녀올 정도였다.

아무 일 없어도 이런 식으로 주눅 들기 쉬운 오다마를 완전히 기죽게 한 일이 이사 온 지 사흘째 되던 날 일어났다. 이사 온 날 채소장수와 생선장수가 장부를 들고 집에 찾아와 단골 거래를 트자고 하기에 종종 집으로 찾아오라고 했는데, 그날은 마침 생선장수가 오지 않아 어린 우메를 언덕 밑으로 보내 아무 생선이나 사오라고 시켰다.

오다마는 생선 같은 것은 매일 먹고 싶지 않았다. 술을 마시지 않는 아버지는 몸에 해롭지만 않으면 아무 반찬이나 잘 먹는 체질이라, 그냥 집에 있는 반찬으로 식사하는 습관이 몸에 배어 있었다. 그러나 누가 근처의 가난한 집을 가리키며, 저 집은 가난해서 며칠이 지나도 생선 냄새를 못 맡는다고 말하는 걸 들은 적이 있기 때문에 혹시나 우메가 불만스럽게 생각하지나 않을지, 그러면 극진히 대해주는 서방님도 체면이 서지 않을 것이라는 생각에 일부러 언덕 밑 생선가게로 보란 듯이 보냈던 것이다. 그런데 우메가 우는 얼굴을 하고 돌아왔는데 그 이유는 이랬다.

생선가게를 찾아 들어가서 보니 그곳은 우리 집에 장부를 들고 찾아온 생선장수 집이 아니었다. 주인아저씨는 없고 주인아줌마가 가게에 있었다. 아마 바깥주인은 강에서 돌아와 가게에다 팔 생선을 놔두고 단골집을 한 바퀴 돌려고 나갔을 것이다. 가게에 새로 들어온 듯한 싱싱한 생선이 많았다. 우메는 물 좋은 전갱이가 한 무더기 있는 것을 보고 값을 물었다. 그러자 주인아줌마가, "너는 처음 보는 하녀인데 어느 집 애냐"라고 묻기에 이러저러한 집에서 왔다고 대답했다. 주인아줌마가 갑자기 아주 불쾌한 얼굴을 하고 말했다.

"어, 그래? 너한텐 미안하지만 그냥 가거라. 가서 전해. 우리 가게에는 사채꾼 첩 따위에게 팔 생선은 없다고."

그렇게 말하곤 고개를 휙 돌리고 담배를 피우며 전혀 상대를 해주지 않았다.

우메는 너무나 분해서 다른 생선가게에 갈 마음도 없어져 그냥 집으로 달려왔다. 그리고 오다마 앞에서 죄송하다는 듯이 생선가게 여자의 말을 헐떡이며 되풀이했다.

오다마는 이야기를 듣는 동안 안색이 입술까지 창백해졌다. 그리고 잠시 말을 잊었다. 세상물정 모르는 처녀의 가슴속에 복잡하게 뒤얽힌 여러 감정이 뒤죽박죽되어 자기 힘으로는 그 엉킨 실타래를 풀어볼 수도 없었다. 복잡하게 뒤얽힌 감정들이 팔려온 무구한 처녀의 마음을 강하게 압박해서 온몸의 피를 심장으로 흘려보내 안색은 하얗게 변하고 등에는 식은땀이 났다. 이런 때는 그다지 중요하지 않은 것이 가장 먼저 의식되게 마련이라, 오다마는 혹시 이 일 때문에 우메가 집을 떠나겠다고 하지는 않을까 걱정되었다.

우메는 혈색이 사라진 오다마의 얼굴을 보고 마님이 매우 당황했다는 것을 알아차렸지만 무엇 때문에 그런지는 알 수 없었다. 무심결에 화가 나서 돌아오긴 했지만 점심 반찬이 없으니 그냥 있어서는 안 된다는 생각이 들었다. 아까 받은 돈도 아직 허리띠 사이에 끼워둔 채로 그냥 있었다.

"정말 그런 못된 아줌마는 세상에 다시없을 거예요. 그런 집 생선을 누가 사먹겠어요. 좀 더 가면 작은 유부초밥집 옆에 가게가 하나 있으니까 금방 가서 사올게요."

우메는 위로하듯이 오다마의 얼굴을 보며 일어났다. 우메가 자기편이 되어준 순간의 기쁨에 감동해 오다마는 반사적으로 미소 지으며 고개를 끄덕였다. 우메는 곧 후다닥 밖으로 뛰쳐나갔다.

오다마는 한동안 가만히 있었다. 긴장이 좀 풀리면서 점차 솟아나는 눈물이 흘러넘칠 것 같아 소매에서 손수건을 꺼내 눈에 갖다 댔다. 가슴속에서 분하다, 억울하다는 외침이 들려왔다. 이것은 혼란스러운 그 무엇이 내는 소리였다. 생선장수가 안 팔겠다는 것이 밉다거나, 생선을 팔지 않는 신분이라는 걸 알아서 분하다거나 슬픈 것은 물론 아니었다. 그리고 스에조가 사채업자라는 것을 알게 되어 그가 밉다거나, 그런 남자에게 몸을 맡긴 것이 분하다거나 슬픈 것도 아니었다.

오다마도 고리대금업이 나쁘고 무서운 것이며, 세상 사람들의 미움을 받는 일이라는 것쯤은 어렴풋이 들어서 알고 있었다. 그러나 아버지가 전당포 말고는 돈을 빌린 적이 없었고, 그것도 전당포 주인이 매정하게 굴며 원하는 만큼 돈을 빌려주지 않았을 때도 아버지는 단지 곤란한데, 하고 말할 뿐 그를 원망한 적이 없었다. 어린아이가 도깨비나 순사가 무섭다고 하는 것처럼 사채업자가 무서운 존재라는 것을 알고는 있었지만 그다지 실감한 적은 없었다. 그렇다면 무엇이 분한 것일까.

애당초 오다마가 생각하는 분하다는 개념에는 세상을 원망하고 남을 원망하는 뜻이 극히 희박했다. 굳이 무엇인가를 원망하는 의미가 있다고 한다면, 그것은 자신의 운명을 원망하는 것이었다. 나는 아무런 나쁜 짓도 하지 않았는데 주위로부터 냉대를 받는 신세가 되었다. 그것이 고통스러웠다. 분하다는 것은 이 고통을 가리키는 것이었다. 남에게 속고 버림받았다고 생각했을 때 오다마는 처음으로 분하다고 말했다. 그리고 이번에 어쩔 수 없이 첩의 신세가 돼야 했을 때 다시 분함을 느꼈다. 지금은 그것이 단지 첩이어서가 아니라 남들이 미워하는 사채업자의 첩이라는 것을 알게 되니, 어제오늘 '시간'의 톱니에 물려 마모되고 '체념'의 물에 씻겨 색이 바란 '분함'이 다시 선명하고 강렬한 색채로 오다마의 눈앞에 나타났다. 오다마의 가슴에 맺힌 것의 본질을 굳이 조리 있게 따져보면 아마도 이런 것이 아니었을까.

잠시 후 오다마는 일어나서 반침을 열고 인조 코끼리가죽 가방에서 직접 바느질한 비단 앞치마를 꺼내 허리에 두르고 깊은 한숨을 쉬며 부엌으로 갔다. 같은 앞치마라도 비단 앞치마는 그녀에게 일종의 나들이옷과 같이 화려한 것이어서 평소 부엌에 들어갈 때도 두르지 않던 것이었다. 그녀는 유카타조차 깃에 때가 타는 것을 싫어해 머리카락이 닿는 부분에 수건을 접어 넣을 정도였다.

오다마는 이제 어지간히 마음이 가라앉았다. 체념은 그녀가 가장 많이 경험한 심적 작용이었다. 그녀의 정신은 이 방향에서는 윤활유를 바른 엔진처럼 매끄럽게 움직이는 것이 습관처럼 익숙했다.

10

어느 날 밤의 일이었다. 스에조가 집에 들러 화로 건너편에 앉았다. 첫날밤부터 오다마는 그가 들어오면 언제나 방석을 꺼내 화로 건너편에 놓았다. 스에조는 그 위에 책상다리를 하고 앉아 담배를 피우면서 이런저런 이야기를 했다. 오다마는 하릴없이 늘 자기가 앉는 자리에서 화로 가장자리를 쓰다듬거나 부젓가락을 만지작거리며 수줍은 듯 별말 없이 대답만 했다. 화로에서 억지로 떨어져 앉게 하면 몸 둘 곳을 몰라 곤란해하지나 않을까 싶을 정도로 그 모습이 안쓰러웠다. 화로라는 성벽에 기대 간신히 적을 마주하고 있다고 해도 좋을 정도였다.

잠시 이야기하는 동안 오다마는 어느새 신명이 나서 말이 많아졌다. 그것은 지금까지 아버지와 단둘이 살아온 오랜 세월에서 생긴 작은 희로애락 가운데 하나였다. 스에조는 그 이야기의 내용을 듣기보다는 상자에 키우는 방울벌레가 우는 소리처럼 사랑스러운 지저귐을 들으며 자신도 모르게 미소를 지었다. 그때 오다마는 문득 자기가 말이 많아진 것을 깨닫고 얼굴을 붉히며 이야기를 간단히 끝내고는 원래대로 말수 적은 모습으로 되돌아갔다. 그 모든 거동이 참으로 천진난만하여, 어느 방면에서 상당히 예리한 스에조의 눈은 맑은 수반(水盤)의 물을 보듯이 구석구석 죄다 볼 수가 있었다. 이러한 대면은 열심히 일한 후에 알맞게 데워진 욕탕에 들어가 앉아 몸이 따뜻해지는 것을 느끼는 것과 같이 유쾌했다. 이런 맛을 음미하는 것이 스에조에게는 전혀 새로운 경험이었다. 스에조는 그 집을 드나들면서 맹수가 사람에게 길들여지는 것

50

처럼 무의식중에 일종의 교화를 받았다.

그런데 삼사일이 지나고서 평소처럼 화로 건너편에 책상다리를 하고 앉았는데, 오다마가 이렇다 할 용무도 없이 서서 이런저런 일을 하며 안절부절못하는 것을 스에조는 곧 눈치챘다. 수줍어서 눈을 마주치려 하지 않고 대답에 뜸을 들이는 것은 처음부터 그랬으나 그날 밤의 행동에는 뭔가 특별한 사정이 있는 듯했다.

"오다마, 무슨 고민이라도 있나?"

스에조가 담뱃대에 담배를 채워 넣으며 물었다.

이미 정리된 듯한 화로의 서랍을 일부러 반 정도 빼서 찾는 것도 없으면서 그 안을 보고 있던 오다마는 "아니에요"라고 말하며 커다란 눈으로 스에조를 쳐다보았다. 신비로운 옛날이야기라면 모를까, 그리 큰 비밀 같은 것을 감춰둘 수 있는 눈이 아니었다.

자신도 모르게 찡그려졌던 스에조의 얼굴이 다시 자신도 모르게 환하게 펴졌다.

"아니긴 뭐가 아니야. 큰일인데, 어쩌지, 어쩌지, 하고 얼굴에 분명히 그렇게 쓰여 있는데."

오다마의 얼굴이 금세 빨개졌다. 그리고 잠시 묵묵부답. 뭐라고 말할지 생각하는데 마치 정밀한 기계의 작동을 훤히 들여다보는 듯했다.

"저기요, 예전부터 아버지 집에 가봐야지, 가봐야지 하면서도 아직 못 가봤어요."

정밀한 기계가 어떻게 움직이는가는 보여도 무엇을 하는지는 보이지 않았다. 항상 자기보다 크고 강한 것의 박해를 피해야 하는 벌레는 의태(擬態)[39] 기능을 갖추고 있다. 여자는 주로 거짓말을 한다.

스에조는 웃는 얼굴을 하면서 입으로는 나무라는 듯한 투로 말했다.

"난 또 뭐라고. 바로 코앞인 이케노하타로 이사 왔는데 아직 가보지도 않았다고? 건너편 이와사키 저택처럼 큰 집이라면 한집에 있는 거나 마찬가진데. 지금이라도 가려면 금방 갈 수는 있지만 내일 아침에 가는 게 낫겠군."

오다마는 부젓가락으로 재를 휘저으며 스에조의 얼굴을 훔쳐보았다.

"그래도 여러 가지 생각해볼 것도 있고요."

"어허 바보 같은 소리. 그 정도 일이야 생각해볼 것도 없잖아. 언제까지 어린애처럼 그럴 건가."

이번에는 목소리도 부드러웠다. 이 일은 이것으로 끝이 났다. 스에조는 결국 그렇게 내키지 않는다면 자기가 아침에 와서 4~5정(町)[4~5백 미터] 정도 데려다주겠다는 말까지 했다.

오다마는 많은 생각을 했다. 스에조를 만나 그의 믿음직하고 세심하고 다정한 모습을 눈앞에서 보고, 이 사람이 어떻게 그런 혐오스런 장사를 하는지 알 수 없다고도 생각하고, 무슨 말을 해서 건전한 장사를 하게 만들면 안 될까 하는 무리한 생각도 했다. 그러나 아직 사람이 싫다는 생각은 전혀 들지 않았다.

스에조는 오다마가 마음속에 뭔가 숨기고 있는 것을 어렴풋이

---

39 동물이 다른 물체 또는 다른 동물과 매우 비슷한 형태를 띠는 것.

느끼고 슬쩍 속을 떠봤으나 어린아이와 같이 대단치 않은 것이었다. 그러나 열한 시가 지나서 집을 나와 무엔자카를 천천히 내려가면서 생각해보니, 아무래도 아직 그 마음속에 무언가를 숨기고 있는 듯했다. 노련하고 예리한 스에조의 눈은 그 무언가를 놓치지 않았던 것이다. 적어도 어떤 거북한 감정을 불러일으킬 만한 말을 누군가 오다마에게 한 것은 아닐까? 스에조는 온갖 추측을 다 해보았다. 그래도 누가 무슨 말을 했는지는 끝내 알 수 없었다.

11

다음날 아침 오다마가 이케노하타에 있는 아버지의 집을 찾았을 때, 영감은 막 아침상을 물린 뒤였다. 화장하는 데 오랜 시간을 들이지 않는 오다마는 좀 이르지 않을까 생각하며 서둘렀다. 아침잠이 없는 영감은 벌써 문 앞을 깨끗이 쓸고 물을 뿌린 후 손발을 씻고, 새로 간 다다미 위로 올라가 여느 때처럼 쓸쓸한 식사를 막 끝낸 뒤였다.

두세 집 떨어진 곳에 최근에 요릿집이 생겨 저녁이면 시끄러울 때도 있었다. 하지만 양 옆집은 하루 종일 격자문이 닫혀 있어 특히 아침나절에는 주위가 조용했다. 창문에서 밖을 내다보면 노송 가지 사이로 상쾌한 아침 바람에 살며시 흔들리는 버드나무 가지가 보이고, 더 저편 연못에는 무성한 연잎이 보였다. 그 녹음 곳곳에 오늘 아침에 핀 꽃이 선홍빛 점을 엷게 찍어놓은 듯했다. 북향 집이라 춥지 않을까 걱정도 되지만 여름에는 시원해 아주 살기 좋은 집이었다.

오다마는 철이 든 후로 만일 자신에게 여유가 생긴다면 아버지를 이렇게 저렇게 해드리고 싶다는 생각을 여러 가지로 해보았다. 그런데 오늘 눈앞에 보는 것처럼 이런 집에 이렇게 사시게 하는 것만으로도 평소의 소원을 이룬 것 같아 기뻤다. 그러나 그 기쁨에는 한 점 씁쓸한 것이 섞여 있었다. 그런 씁쓸함 없이 오늘 아침 아버지를 만났더라면 얼마나 기뻤을까. 세상은 정말 뜻대로 되는 것이 아님이 안타까웠다.

식사를 마치고 차를 마시던 영감은 여태껏 사람이 찾아온 적 없는 집의 대문이 열리자 깜짝 놀라 찻잔을 내려놓고 현관 쪽을 바라보았다. 두 폭짜리 갈대발에 가려 아직 모습은 보이지 않는데, "아버지" 하고 부르는 오다마의 목소리가 들렸을 때 벌떡 일어나 마중 나가고 싶은 마음을 꾹 누르고 앉아 있었다. 그리고 뭐라고 말할까 머리를 급히 굴렸다. '용케도 아비를 잊지 않고 있었구나'라고 말할까 생각했으나, 서둘러 올라와 정답게 옆에 다가와 앉는 딸을 보니 그런 심한 말은 꺼낼 수 없어, 자신을 불만스럽게 생각하며 말없이 딸의 얼굴을 바라보았다.

아, 얼마나 어여쁜 아이인가. 가난한 살림에도 언제나 자랑으로 여기며 험한 일 시키지 않고 곱게 키워오기는 했지만, 열흘 정도 못 본 사이에 너무나 아름다운 여인으로 다시 태어난 듯했다. 아무리 살림이 바빠도 본능처럼 몸을 깨끗이 하는 딸이었지만, 의식적으로 몸을 가꾸게 된 요즘에 비하면 영감의 기억에 있는 오다마의 모습은 가공되지 않은 옥석 그대로였다. 부모가 자식을 보거나 노인이 젊은이를 보아도 아름다운 이는 누구에게나 아름답게 보인다. 그리고 사람 마음을 부드럽게 하는 아름다움의 위력 앞에서는 부모든 노인이든 굴복하게 마련이다.

일부러 입을 다물고 있던 영감은 떨떠름한 표정을 지으려 했으나 본의 아니게 그만 부드러운 표정이 되고 말았다. 오다마도 새로운 환경에 속한 몸이 되었기에 어릴 적부터 하루도 떨어진 적이 없는 아버지를 몹시 보고 싶어했으면서도 열흘이나 못 본 탓에 머릿속에 담아온 말을 한동안 입 밖에 내지 못하고 그저 반갑게 아버지의 얼굴을 바라보고만 있었다.

"이제 상을 치워도 될까요잉?"

하녀가 부엌에서 얼굴을 내밀고 빠르게 말끝을 올리며 말했다. 그런 말투[40]를 들어보지 못한 오다마는 무슨 말인지 잘 알아듣지 못했다. 머리카락을 위로 올려 빗으로 고정시킨 작은 머리 밑에 통통한 얼굴이 붙어 있는데 아무리 보아도 균형이 맞지 않았다. 그리고 그 얼굴이, 자못 놀랍다는 듯이 오다마를 빤히 지켜보고 있었다.

"어서 상을 물리고 차를 좀 내오너라. 저 선반 위 파란 통에 있는 차."

영감은 이렇게 말하고 상을 앞으로 밀었다. 하녀는 상을 들고 부엌으로 들어갔다.

"어머, 비싼 차 안 주셔도 돼요."

"어허, 괜찮다. 과자도 있지."

영감은 일어나 반침에서 깡통을 꺼내 접시에 달걀로 만든 전병

---

40 이바라키 현 등지의 사투리는 말끝을 올리는 경향이 있다.

과자를 담았다.

"이건 호탄 약국 바로 뒷집에서 만든 거다. 이 동네는 살기가 편해. 그 옆 골목에는 조엔[41]의 반찬가게도 있단다."

"아아, 그 야나기하라 공연장에 아버지랑 같이 갔을 때 무슨 맛있는 음식 이야기를 하다가, 그 맛이라는 게 우리 가게 반찬과 같다고 말해 모두를 웃겼잖아요. 정말 복스럽게 생긴 할아버지죠. 무대에 나오면 갑자기 옷자락을 확 걷어 젖히고 앉잖아요. 전 그게 우스웠어요. 아버지도 그렇게 살이 붙으면 좋겠어요."

"조엔처럼 살이 찌면 곤란하지."

영감은 전병과자를 딸 앞에 내밀었다. 그러는 사이에 차가 나왔다. 부녀는 엊그제도 함께 살았던 것처럼 두서없이 이런저런 이야기를 나누었다. 영감이 문득 뭔가 말하기 어려운 듯 이렇게 물었다.

"어떠냐, 사는 게? 네 서방은 때때로 오는 게냐?"

"예"라고 대답했을 뿐 오다마는 무슨 말을 더 이어가야 할지 몰랐다. 스에조는 '때때로' 오는 것이 아니었다. 매일 밤 얼굴을 보이지 않은 적이 없었다. 시집을 갔으니 부부 사이가 좋으냐고 묻는 것이라면, 아주 좋으니까 안심하시라고 환한 얼굴로 대답했을 것이다. 그러나 자기 신세에 아무래도 서방님이 매일 밤 온다는 것은 마음이 꺼림칙하여 말하기 어려웠다. 오다마는 잠시 생각하고 말했다.

---

41 1832~1898. 옛날이야기를 들려주는 강담의 명인 모모카와 조엔(桃川如燕). 그는 부업으로 반찬가게를 했다.

"좋은 것 같으니 걱정하지 않으셔도 돼요, 아버지."

"그럼 됐다."

그러나 영감은 딸의 대답에서 어딘가 부족한 구석을 느꼈다. 묻는 사람이나 대답하는 사람이나 무의식적으로 애매한 태도로 말하고 있었다. 지금까지 무엇이든 솔직하여 서로 비밀이라곤 없었던 두 사람이, 어쩔 수 없는 비밀이라도 있는 듯 남남처럼 형식적인 문답을 하게 되었던 것이다. 예전에 악질 사위에게 속았을 때에는 단지 이웃에게 얼굴을 들 수 없다고 생각했을 뿐, 잘못은 외부에 있다는 심정이었기 때문에 둘의 대화는 조금도 거리낄 것이 없었다. 그때와 달리 부녀는 혼담이 잘 성사되어 편안한 신세가 되었지만, 친근한 대화 속에 어두운 그림자가 드리운 슬픔을 맛보았다. 잠시 후 영감은 딸의 입에서 뭔가 구체적인 대답을 듣고 싶어 다시 다른 방향으로 물었다.

"도대체 어떤 사람이냐?"

"글쎄요."

오다마는 고개를 갸웃거리고 혼잣말처럼 말을 이었다.

"아무래도 나쁜 사람 같지는 않아요. 아직 며칠밖에 안 됐지만 험한 말은 한 번도 못 들었거든요."

"흠."

영감은 납득이 가지 않는 듯한 표정이었다.

"나쁜 사람일 리는 없지."

오다마는 아버지와 얼굴이 마주치자 갑자기 가슴이 두근거렸다. 오늘 작심하고 온 얘기를 하려면 지금이 좋은 때라고 생각하면서도, 모처럼 편하게 해드렸으니 마음도 그렇게 해드려야 하는

데 새로운 고통을 안겨주는 것이 괴로웠기 때문이었다. 오다마는 그런 생각에 아버지와 거리가 벌어지는 듯한 불쾌감을 억누르며, 숨겨진 여자라는 비밀 외에 또 하나의 비밀을 여기까지 가지고 왔지만 뚜껑을 열지 말고 그대로 돌아가자고, 아슬아슬한 지점에서 결심하고 화제를 돌려버렸다.

"그래도 말이에요. 온갖 고생을 다 겪으며 자수성가한 사람이라잖아요. 저도 어떤 성격일지 몰라 걱정했어요. 글쎄요, 뭐라고 하면 좋을까. 아, 남자다운 사람이라고 해야 할 것 같아요. 깊은 속은 잘 모르지만요, 남들에게는 그렇게 보이려고 말이나 행동에 신경을 쓰는 사람 같아요. 그래요, 아버지. 그런 마음가짐만으로도 좋은 것 아니겠어요?"

이렇게 말하고 아버지의 얼굴을 쳐다보았다. 아무리 정직한 여자라도 마음에 담고 있는 것을 숨기고 다른 말을 하는 것이 남자만큼 어렵지 않다. 그리고 그런 경우에 말이 많아지는 것은 오히려 여자로서는 꽤 정직한 모습이라고 해도 좋을 것이다.

"흠, 그럴지도 모르겠구나. 그런데 왠지 네 서방을 믿지 못하겠다는 투로 말하는 것 같은데?"

오다마는 싱긋 웃었다.

"저 이젠 점점 더 강해질 거예요. 앞으로 남에게 무시당하고 살지 않을 거예요. 장하죠?"

아버지는 얌전하기만 하던 딸이 여느 때와 달리 창끝을 자기에게 겨누고 있는 듯이 느껴져 불안한 얼굴로 딸을 보았다.

"음, 난 사람들한테 꽤나 당할 만큼 당하며 살아온 사람이다. 그런데 말이야, 사람을 속이는 것보다는 속는 것이 마음이 더 편한 법이다. 무슨 장사를 하든 도리에 어긋난 짓은 하지 말아야 하고, 은혜를 입은 사람은 소중히 해야 하는 거다."

"걱정하지 마세요. 아버지는 항상 오다마는 정직하다고 말씀하셨잖아요. 전 정말 정직해요. 그래도요, 요즘 가만히 생각해봤는데요, 이제 더는 속지 않을래요. 내가 거짓말하거나 남을 속이지 않는 대신에 저도 남에게 속지 않을 작정이에요."

"그래서 네 서방이 말하는 것도 그냥 순순히 믿지 못하겠다는 게냐?"

"그래요. 그 사람은 저를 마치 어린애 취급하는걸요. 빈틈없는 사람이니 그렇게 생각하는 것도 무리는 아니지만요. 저 이래 봬도 그 사람이 생각하는 것처럼 어린애는 아닌걸요."

"그럼 뭐지? 지금까지 네 서방이 한 말 중에 뭔가 거짓이 있다는 걸 네가 알아차렸단 말이냐?"

"그래요. 그 할멈이 몇 번 이렇게 말했어요. 그 사람 부인이 아이를 남기고 죽었으니까, 그 사람 여자가 되는 것은 본처는 아니지만 그와 다를 바 없다. 단지 사람들 눈이 있으니 첩을 집으로 들이지 않는다고 말했어요. 그런데 부인이 버젓이 있어요. 본인이 태연히 그렇게 말하더라고요. 깜짝 놀랐어요."

영감의 눈이 휘둥그레졌다.

"뭐라고? 아, 역시 중매쟁이 말은 믿을 수가 없구나."

"그러니까요. 나에 대해서 부인에게 극비로 하고 있겠죠. 부인에게 거짓말할 정도이니 나한테도 거짓말을 안 한다고 어떻게 믿겠어요. 저도 단단히 주의를 해야겠어요."

영감은 담뱃재를 떠는 것도 잊고 왠지 갑자기 커버린 듯한 딸의 모습을 멍하니 쳐다보았다. 딸이 갑자기 생각난 듯 말했다.

"저, 오늘은 이만 갈래요. 이렇게 찾아뵈니 속이 다 시원하네요. 앞으로는 매일같이 올게요. 실은 그 사람이 가라고 말하기 전에 오기가 뭐해서 꺼렸거든요. 결국 엊저녁에 말하고 오늘 아침에 온 거예요. 집에 있는 하녀가 아직 어려서 점심 차리는 것도 제가 돌아가서 도와줘야 하거든요."

"네 서방에게 말하고 왔다면 여기서 점심을 먹고 가면 되잖니?"

"아녜요. 불안해요. 금방 또 올게요. 아버지 안녕히 계세요."

오다마가 일어서자마자 하녀가 서둘러 신발을 바로 놓아주려고 나왔다. 둔한 듯해도 여자는 다른 여자를 만나면 관찰하게 된다. 거리에서 스쳐 지나가도 여자는 자기의 경쟁자로서 다른 여자를 본다고 어떤 철학자[42]는 말했다. 국그릇 안으로 손가락을 넣는 촌뜨기이지만 아름다운 오다마에 대한 관심에 내내 엿듣고 있었던 것이다.

"그럼 또 오너라. 네 서방에게 안부 전하고."

영감은 앉은 채로 이렇게 말했다.

오다마는 허리띠 사이에서 작은 지갑을 꺼내 지폐 몇 장을 종이에 싸서 하녀에게 주고는 게다를 신고 문 밖으로 나갔다.

의지하고 싶은 아버지에게 괴로운 심정을 토로하고 함께 불행을 한탄할 셈으로 들어온 문을, 오다마는 자신이 생각해도 이상할 정도로 기운차게 걸어 나왔다. 모처럼 편해진 아버지에게 쓸데

---

42 키르케고르는 《추억의 철리》에서, "여자는 자기 앞을 지나는 다른 여자가 자기를 주목하는지 직관적으로 알 수 있다. 그래서 여자가 치장을 하는 것은 단지 다른 여자를 의식하기 때문이다"라고 했다.

없는 고민을 안겨주고 싶지 않았다. 꿋꿋하고 강한 모습을 보여주려고 애써 말하는 동안 가슴속에 잠들어 있던 어떤 것이 깨어난 듯, 지금까지 남에게 기대던 자신이 뜻밖에도 독립한 기분이 들어오다마는 환한 표정으로 시노바즈 연못가를 걸어갔다.

벌써 우에노 산을 꽤 벗어난 해가 환히 내리쬐어 나카지마의 벤텐 신사를 붉게 물들이고 있는데도 오다마는 가져온 작은 양산을 쓰지도 않고 걸었다.

12

어느 날 밤 스에조가 무엔자카에서 집으로 돌아와 보니 아내가 아이들을 재워놓고 혼자 깨어 있었다. 평소 아이들이 자면 같이 잠들어버리는데, 그날 밤은 앉아서 고개를 약간 숙인 채 스에조가 모기장 안으로 들어온 것을 알면서도 돌아보지 않았다.

스에조의 침상은 가장 안쪽 벽에서 조금 떨어진 곳에 있었다. 베갯머리에는 방석이 깔려 있고 재떨이와 다구가 놓여 있었다. 스에조는 방석에 앉아 담배를 피우면서 부드러운 목소리로 말했다.

"아직 안 자고 웬일이야?"

아내는 대답하지 않았다.

스에조도 더 양보하려고 하지 않았다. 이쪽에서 강화를 제안했는데도 그에 응하지 않는다면 어쩔 수 없다 생각하고 일부러 태연하게 담배를 피웠다.

"당신, 입때까지 어딜 쏘다니다 왔어요?"

아내는 돌연 고개를 들고 스에조를 바라보았다. 하녀를 두게 된 후로 점차 고상한 말을 쓰기 시작했으나 남편과 마주하면 말이 거칠어졌다. 기껏 '당신'이라는 단어만 유지되었다.

스에조는 날카로운 눈으로 아내를 한 번 쳐다봤으나 아무 말도 하지 않았다. 아내가 무슨 정보를 입수한 것 같다고 느꼈지만, 그 정보의 범위를 헤아릴 수 없기에 아무 말도 함부로 할 수가 없었다. 말을 함부로 내뱉어서 상대에게 빌미를 제공할 남자가 아니었다.

"이미 죄다 알고 있어요."

가시 돋친 목소리였다. 그리고 말끝은 거의 우는 소리가 되어 갔다.

"쓸데없는 소리 하지 마. 뭘 알았다는 거야?"

자못 뜻밖의 일을 당한다는 듯한 어조였지만 목소리는 상냥하고 부드러웠다.

"너무한 것 아니에요? 시치미를 잘도 떼는군요."

남편의 침착한 모습이 오히려 아내를 강하게 자극했다. 아내가 꺽꺽대며 솟아나는 눈물을 잠옷 소매로 닦았다.

"거 참, 답답하군. 뭐라고 말을 해야 알 것 아냐. 도대체 알 수가 없군."

"흥, 뻔뻔스럽기는. 오늘 밤 어디 있다 왔는지 대답하라는데도 딴소리만 하고. 당신 어쩜 그렇게 뻔뻔스러운 거지? 나한테는 사업상 용무가 있다는 등 둘러대더니 첩년 따위나 만들어놓고."

납작코에 불그레한 아내의 얼굴이 눈물로 뒤범벅되고 그 위로 흐트러진 머리카락이 한 줌 달라붙어 있었다. 아내는 옆으로 찢어진 젖은 눈을 한껏 크게 뜨고 스에조의 얼굴을 노려보다가 슥 슥 무릎걸음으로 다가와 담배를 들고 있는 그의 팔에 힘껏 매달 렸다.

"그만둬!"

스에조는 아내의 손을 뿌리치고 바닥에 흩어진 담뱃재를 비벼 껐다. 아내는 훌쩍이면서 다시 스에조의 팔에 매달렸다.

"세상에 당신 같은 인간이 어딨어요. 아무리 돈이 좀 생겼다고 혼자 나리 행세하고, 마누라는 옷 한 벌 해주지 않으면서 아이들 키우는 고생은 다 시키고, 저 잘났다고 계집질이나 하고."

"어허, 그만하라니까."

스에조는 다시 아내의 손을 뿌리쳤다.

"애들이 깨잖아. 게다가 하녀 방까지 다 들리겠어!"

낮은 목소리로 힘주어 말했다. 막내가 몸을 뒤척이며 잠꼬대를 하자 아내도 얼떨결에 소리를 낮춰 이번에는 스에조의 가슴팍에 얼굴을 대고 훌쩍거렸다.

"도대체 내가 어떻게 하면 되죠?"

"어떻게 할 것도 없어. 당신이 귀가 얇아 남의 말에 넘어가는 거야. 첩이라는 둥, 숨겨놓은 여자라는 둥, 누가 그런 소리를 해?"

이렇게 말하면서 스에조는 아내의 머리가 엉망으로 흐트러져 부들부들 떨리는 것을 보며, 못생긴 여자가 왜 어울리지도 않게 둥근 상투 머리[43]를 하는지 모르겠다며 한가로운 생각을 했다. 그 리고 머리의 진동이 점차 약해짐과 동시에, 모든 자식에게 충분한

---

43 가부키 등에서 흔히 보는 기혼 여성의 머리 모양. 미혼 여성은 주로 시마다 머리.

영양을 공급한 커다란 젖가슴이 화로처럼 안기듯 자신의 명치 부근을 압박해오는 것을 느끼면서 다시 물었다.

"누가 그따위 말을 해?"

"누가 그랬는지는 상관없잖아요, 사실이 중요하지."

젖가슴의 압박은 더욱 강해졌다.

"사실이 아니니 누가 말했는지 상관없지 않아. 누군지 말해."

"그건 말해도 상관없죠. 우오긴(魚金)[44] 가게 아줌마가 그래요."

"뭐? 너구리가 웅얼대는 것 같아. 안 들려. 어디의 누구라고?"

아내는 스에조의 가슴에서 얼굴을 떼고 기가 차다는 듯 웃음을 지었다.

"우오긴 가게 아줌마라고 했잖아요."

"흠, 그래? 대충 그럴 거라고 생각했어."

스에조는 부드러운 눈으로 흥분한 아내의 얼굴을 쳐다보며 천천히 담배에 불을 붙였다.

"신문기자 따위가 사회의 제재니 뭐니 잘도 떠들어대지만 나는 그 제재라는 것을 본 적이 없어. 어쩌면 그 떠버리 같은 게 제재인지도 모르지. 동네에 온갖 참견은 다 하려고 드니까. 그런 년이 하는 말은 곧이곧대로 받아들이면 안 돼. 내가 지금부터 사실을 말해줄 테니 잘 들어."

아내는 머릿속이 안개가 낀 것처럼 멍했지만 혹시나 속지는 않을까 하는 의심만은 깨어 있었다. 그래서 스에조의 얼굴을 뚫어져라 보며 귀를 기울였다. 방금 사회의 제재라는 말을 들었을 때도

---

44 생선가게 이름. 오다마의 하녀가 생선을 사러 들렀던 곳으로 추정된다.

그렇지만, 평소 스에조가 신문에서 읽은 어려운 단어를 사용해서 말하면 아내는 주눅이 들어 무슨 말인지 모른 채 굴복해버렸다. 스에조는 담배 연기를 내뿜으면서 여전히 최면을 걸듯이 아내의 얼굴을 빤히 쳐다보며 이렇게 말했다.

"그 사람 너도 알지? 대학 건물이 저쪽에 있을 때 우리 집에 자주 왔던 요시다(吉田)라는 학생이 있었잖아. 금테 안경을 쓰고 늘 흐늘거리는 옷만 입던 사람 말이야. 그자가 치바(千葉)의 병원에 근무하고 있는데 2~3년이 지났는데도 아직 내 돈을 다 갚지 못했거든. 요시다가 기숙사에 있을 때부터 정을 통한 여자가 있어서 얼마 전까지 나나마가리(七曲り)에 셋집을 얻어 그 여자를 살게 했지. 처음엔 그 여자에게 매달 꼬박꼬박 송금을 해줬는데 올해부터는 편지도 없고 돈도 보내지 않는다는 거야. 그래서 그 여자가 요시다와 담판을 해달라고 나한테 부탁을 하더라고. 그 여자가 어떻게 나를 알게 됐냐 하면 말이야, 요시다가 우리 집에 자주 오면 남들 눈에 띄어 곤란하다며 나를 나나마가리의 셋집으로 불러서 차용증 작성 같은 걸 한 적이 있어. 그때부터 그 여자가 날 알게 됐지. 나도 귀찮은 일이지만 어차피 요시다도 만나야 하니 겸사겸사 부탁을 들어줬지. 그런데 그게 해결이 나야 말이지. 여자가 집요하게 물고 늘어지더라고. 괜히 엉뚱한 년에게 걸려들었다 싶어 주체를 못하겠는데, 한술 더 떠서 깨끗하고 싼 집으로 이사하고 싶으니 좀 알아봐달라는 거야. 그래서 기리도오시(切通し) 전당포 노인이 살던 집을 찾아내 이사시켰지. 이런저런 일로 요즘 가끔 가서 담배만 두세 대 핀 적이 있는데, 그걸 보고 동네 사람들이 이러쿵저러쿵 떠벌리는 거겠지. 이웃에 계집애들을 모아놓고 바느

질을 가르치는 집이 있다고 하니 입이 좀 가볍겠어. 그런 곳에 여자를 숨겨놓는 바보가 어디 있어?"

스에조는 경멸하는 듯이 웃었다. 아내는 작은 눈을 반짝이며 열심히 듣고 있다가 이번에는 아양 떠는 목소리로 이렇게 말했다.

"그게 자기가 말한 대로인지 모르지만, 그런 여자 집에 자주 가는 사이에 어떻게 될지 모르는 것 아냐. 어차피 돈으로 마음대로 할 수 있는 여자인걸."

아내는 어느새 '당신'이라는 호칭도 잊어버리고 있었다.

"바보 같은 소리! 나한테는 네가 있는데 내가 다른 여자에게 손을 댈 것 같아? 지금까지 딴 여자를 어떻게 했던 적이 단 한 번이라도 있었냐 말이야. 이제 피차 사랑싸움할 나이도 지났잖아. 적당히 하지."

스에조는 의외로 변명이 쉽게 먹혀들었다고 생각해 마음속으로 쾌재를 불렀다.

"그래도 자기 같은 사람을 여자들이 좋아하니까 걱정이야."

"내 부처가 최고[45]지."

"그게 뭔 말이야?"

"나 같은 남자를 좋아해주는 사람은 너뿐이라는 말이야. 어, 벌써 한 시가 넘었군. 자자, 그만 자자고."

---

45 '제 눈에 안경'이라는 말과 비슷.

13

　사실과 거짓이 섞인 스에조의 변명이 일시적으로 질투의 불을 끈 듯했지만 그 효과는 물론 한시적인 것으로, 무엔자카에 실체가 엄연히 존재하는 한 쑤군거림과 빈정거림이 끊어질 리가 없었다. 소문은 하녀의 입을 통해 '오늘도 서방님이 그 집 문으로 들어가는 걸 아무개가 봤대요'라는 말이 되어 아내의 귀에 들어갔다. 그러나 스에조는 그때마다 잘 둘러댔다. 사업상인지 뭔지가 꼭 그렇게 밤에 있을 리 없다고 말하면, "돈 빌리는 상담을 아침부터 하는 사람이 어디 있어"라고 대답했다. 왜 그럼 여태까지는 그렇지 않았느냐고 물으면, "그건 사업이 커지기 전의 일이지"라고 했다.

　스에조는 이케노하타로 이사 오기 전까지는 모든 일을 혼자 처리했다. 그런데 지금은 근처에 사무실을 두고 있을뿐더러 류센지마치(龍泉寺町)에도 출장소 같은 것을 두어, 학생들이 소위 자금 조달을 위해 먼 길을 찾아올 필요가 없어졌다. 네즈(根津)에서 돈이 필요한 자는 사무실로 달려갔다. 요시와라(吉原)에서 돈이 필요한 자는 출장소로 달려갔다. 나중에 요시와라의 니시노미야(西の宮)라는 찻집[46]과 스에조의 출장소가 서로 연결되어 출장소에서 승낙하면 돈이 없어도 즐길 수 있었다. 영락없이 방탕의 병참기지가 편성된 것이었다.

　스에조 부부는 새로 불화를 일으킬 만한 충돌 없이 한 달가량

46　유곽으로 손님을 안내하는 찻집. 일류 유곽은 손님을 직접 받지 않고 반드시 이곳을 거치게 하는 것이 관례였다.

을 잘 지냈다. 즉, 그동안은 스에조의 궤변이 먹혀들어갔던 것이다. 그런데 어느 날 생각지도 못한 데서 파탄이 생겼다.

마침 남편이 집에 있는 날 아침, 오쓰네(お常)는 선선할 때 장을 보겠다며 하녀를 데리고 히로코지까지 나갔다. 돌아오는 길에 나카초를 지나가는데 뒤에서 하녀가 소맷자락을 살짝 잡아당겼다.

"왜 그러니?"

나무라는 투로 말하고 하녀의 얼굴을 보았다. 하녀는 잠자코 왼쪽 가게에 서 있는 여자를 가리켰다. 오쓰네는 마지못해 그쪽을 보고 자기도 모르게 멈춰 섰다. 마침 그 순간 여자가 뒤돌아보았다. 오쓰네는 그 여자와 눈이 마주쳤다.

오쓰네는 처음에 게이샤인가 생각했다. 만약 게이샤라면 스키야마치에 이 여자만큼 모든 걸 갖춘 미인은 없을 것이라고 급박한 와중에도 순간적으로 판단했다. 그러나 다음 순간, 이 여자는 게이샤가 지닌 무언가가 없다는 것을 느꼈다. 그 무언가를 오쓰네는 말로 표현할 수 없었다. 그것을 굳이 설명하자면 과장된 태도라고나 할까. 게이샤는 기모노를 맵시 있게 차려입는다. 그 맵시에는 반드시 다소의 과장이 엿보인다. 과장됨으로써 조신함의 요소가 없어지는 것이다. 오쓰네의 눈에 그 여자에게 없다고 느껴진 그 무언가는 바로 이 과장이었다.

가게 앞의 여자는 옆을 지나가는 누군가가 멈춰 선 것을 거의 의식하지 못하고 뒤돌아보았으나 그 사람에게서 주의할 만한 점을 전혀 발견하지 못했다. 여자는 살짝 굽힌 무릎 사이에 양산을 기대어놓고는 허리띠에서 작은 지갑을 꺼내 고개를 숙이고 속을 들여다보았다. 동전을 찾고 있는 것이었다.

가게는 나카초 남쪽에 있는 '다시가라야'였다. "다시가라야를 거꾸로 읽으면 야라가시다(やらかした. 저질렀다)야"라고 누가 말한 적이 있는 이 별난 이름의 가게는 금색으로 인쇄한 빨간 종이봉지에 든 치약을 팔았다. 아직 크림 형태의 치약이 수입되지 않았던 그때, 입이 껄끄럽지 않은 고급 제품은 모란향이 나는 기시다(岸田)의 카오산(花王散)[47]과 이곳 다시가라야의 치약이었다. 가게 앞의 여자는 다른 사람이 아니라 아침 일찍 아버지의 집에 다녀오는 길에 치약을 사러 들른 오다마였다.

오쓰네가 너댓 걸음 지나쳤을 때 하녀가 속삭였다.

"마님, 저 여자예요. 무엔자카의 여자가."

오쓰네가 잠자코 고개를 끄덕이며 이 말에 특별히 반응하지 않자 하녀는 이상하게 생각했다. 그 여자가 게이샤가 아니라고 느끼자마자 오쓰네는 본능적으로 무엔자카의 여자라는 것을 알아차렸던 것이다. 하녀가 단지 예쁜 여자가 있다고 해서 오쓰네의 소맷자락을 당기며 쳐다보라고 할 리 없다는 판단도 이미 작용했지만, 또 하나 의외의 요소가 영향을 미쳤다. 그것은 오다마가 무릎에 기대 세워놓은 양산이었다.

벌써 한 달 전의 일이다. 남편이 어느 날 요코하마에 다녀오며 선물로 양산을 사왔다. 손잡이가 아주 길고 양산 살에 붙은 천이 작은 편이었다. 키 큰 서양 여자가 장난감처럼 갖고 다니기에는 좋을지 모르나 땅딸막한 오쓰네가 들어보니, 심하게 말하면 빨래

---

47 신문기자 출신 기시다 긴코(岸田吟香, 1833~1905)가 경영한 라쿠젠도(樂善堂)에서 팔던 가루치약.

장대 끝에 기저귀를 걸어놓은 것 같았다. 그래서 쓰지 않고 그냥 보관만 해두었다. 그 양산은 흰 바탕에 가느다란 남색 체크무늬가 염색된 것이었다. 다시가라야에 있던 여자의 양산이 그것과 똑같은 것임을 오쓰네는 확실히 알 수 있었다.

술집 모퉁이에서 연못 쪽으로 돌아갈 때, 하녀가 비위를 맞추려는 듯이 말했다.

"저, 마님. 그리 예쁜 여자는 아니네요. 얼굴이 넓적하고 키는 멀대같이 크고."

"그런 말 하는 거 아니야."

오쓰네는 이 말을 내뱉고 더는 상대를 하지 않고 성큼성큼 걸어갔다. 하녀는 예상과 다른 반응에 불만스런 얼굴로 뒤따라갔다.

오쓰네는 속이 뒤집힐 듯해 다른 것은 아무것도 생각할 수가 없었다. 남편에게 어떻게 하지, 뭐라고 말을 할까, 하는 생각도 없었다. 그렇지만 빨리 남편과 대면하고 무슨 말이든 해야겠다는 생각이 들었다. 그리고 이런 생각도 했다.

그 양산을 사왔을 때 얼마나 기뻤던가. 지금까지 부탁하지 않으면 뭐 하나 사주는 법이 없던 남편이었다. 웬일로 이번에 선물을 사왔을까 싶어 이상하게 생각했지만, 그 이상함이라는 것도 어째서 남편이 갑자기 친절해졌을까 하는 정도였다. 지금 생각해보니 아마 그 여자 부탁으로 살 때 내 것도 함께 산 모양이지. 틀림없어. 그것도 모르고 나는 고맙게 생각했지 뭐야. 나는 쓸 수도 없는 저런 양산을 받고 말이지. 양산뿐이 아니야. 그 여자 옷이랑 비녀 같은 것도 남편이 사줬는지 몰라. 내가 쓰고 있는 싸구려 양산이랑 저 외제 양산이 다르듯, 나와 그 여자는 몸에 걸치고 있는 것도 다 달라. 게다가 나만이 아니야. 자식들에게 옷을 해 입히려고 해도 웬만해선 들어주지도 않아. 사내아이는 통소매옷 하나면 그만이고, 계집아이는 어릴 때 옷을 만들어주면 손해라고 하지. 몇만 엔이나 되는 돈을 가진 남자의 처자식 중에 우리 같은 옷차림을 한 사람이 있을까? 지금 생각해보니 그 여자 때문에 우리는 신경도 쓰지 않았던 거야. 요시다 씨의 여자인지 뭔지 둘러대는 것도 거짓말일 거야. 나나마가리인가 하는 곳에 있을 때부터 살림을 차려준 건지도 몰라. 아니, 그게 틀림없어. 돈을 좀 벌어 옷이나 물건을 사치하게 된 것을 사업상 필요하다는 둥 말하지만 사실은 그 여자 때문이지. 나는 아무데도 데려가지 않으면서 그 여자는 데리고 다녔을 거야. 아아, 분하다.

이런 생각에 빠져 있는데 갑자기 하녀가 소리쳤다.

"어머, 마님. 어디 가세요?"

오쓰네는 깜짝 놀라 멈춰 섰다. 발끝만 보고 성큼성큼 걸어가다가 자기 집 문 앞을 지나치려 한 것이었다. 하녀가 깔깔 웃었다.

14

아침 식사 후 오쓰네가 설거지를 마치고 장을 보러 나갈 때 스에조는 담배를 피우면서 신문을 보고 있었으나 집에 돌아와 보니 이미 자리에 없었다. 혹시 집에 있었다면 뭐라 말했을지 모르지만 어쨌든 정면으로 부딪쳐 무슨 말이라도 하려던 오쓰네는 김이 빠졌다. 점심 준비도 해야 했다. 이제 곧 입혀야 할 아이들의 겉옷도 바느질을 마저 마쳐야 했다. 여느 때처럼 기계적으로 일을 하는 사이에 남편에게 대들겠다고 생각한 오쓰네는 예봉이 점차 둔해 졌다. 지금까지 지독한 기세로 돌담에 머리를 부딪칠 각오로 남편 에게 대든 적이 몇 번 있었다. 그러나 머리를 되받아치리라 생각 했던 돌담이 언제나 포럼처럼 스윽 통과되는 것에 놀랐다. 그리고 남편이 유창한 말로 도리가 어떻고 이치가 어떻다는 말을 하면 어 느덧 그 논리에 굴복하는 것이 아니라 어쩐지 주눅이 들어버렸다. 오늘은 왠지 그 첫 번째 습격도 잘 될 것 같지 않았다.

오쓰네는 아이들과 함께 점심을 먹었다. 싸우는 아이들 재판도 했다. 바느질을 하고 다시 저녁 준비를 했다. 아이들 등목을 해주 고 자기도 씻었다. 모기향을 피우고 저녁을 먹었다. 밥을 먹고 밖 에 나간 아이들이 놀다 지친 몸으로 돌아왔다. 하녀가 부엌에서 나와 이부자리를 깔고 모기장을 쳤다. 아이들의 손발을 씻기고 재 웠다. 남편 저녁상에 상보를 씌우고 화로에 주전자를 걸어 옆방에 두었다. 남편이 저녁 식사 시간에 돌아오지 않을 때에는 항상 이 렇게 해두었다.

오쓰네는 이런 일들을 기계적으로 해치웠다. 그리고 부채를 하 나 들고 모기장 안으로 들어가 앉았다. 아침에 길에서 만난 그 여 자 집에 지금 남편이 가 있을 것이라는 생각이 새삼스레 떠올랐 다. 아무래도 가만히 앉아 있을 수 없다는 생각이 들었다. 어떻게 할까 생각하는 사이에 살며시 무엔자카의 집으로 가보고 싶어졌 다. 언젠가 후지무라(藤村) 가게에 아이들이 가장 좋아하는 만두 를 사러 갔을 때, 바느질집 옆집이 바로 이 집이구나 생각하며 지 나친 적이 있어 그 격자문 집은 알고 있었다. 문득 그곳까지 가보고 싶었다. 등불에 비친 그림자가 밖에서 보일까? 말소리가 희미하게나마 들릴까? 그것만이라도 보고 싶었다. 아니, 그건 못 해. 밖으로 나가려면 하녀 방을 지나야 해. 더욱이 요즘은 덥다고 장지문도 떼냈는데. 하녀 마쓰는 아직 안 자고 바느질을 하고 있을 거야. 지금 시각에 어디 가냐고 물으면 둘러댈 말이 없어. 뭘 사러 나간다고 하면 자기가 가겠다고 나설걸. 그러니 아무리 가고 싶어도 몰래 가볼 수는 없어. 아아, 어쩌면 좋을까. 오늘 아침 집으로 돌아올 때는 조금이라도 빨리 남편을 대면하겠다고 작정했는데. 그때 대면했으면 나는 뭐라고 말했을까. 나는 무식하니까 횡설수설했을 거야. 그럼 남편은 적당히 둘러대며 나를 속였겠지. 워낙 머리가 잘 돌아가는 사람이니 어차피 말싸움은 이기지 못해. 차라리 말을 하지 말까? 그런데 아무 말 않는다고 해서 뭐가 어떻게 되겠어. 그런 여자가 달라붙어 있는데 나 같은 건 아무래도 상관없다는 마음이겠지. 어떡하지, 어쩌면 좋지?

이런 생각을 몇 번이나 되풀이했지만 생각은 매번 원점으로 되돌아왔다. 그사이에 머리는 멍해져 도대체 뭐가 뭔지 알 수 없었다. 어쨌든 남편을 세게 밀어붙여봤자 소용없으니 그만두자는 결론밖에 나오지 않았다.

그때 스에조가 들어왔다. 오쓰네는 일부러 들고 있던 부채 손잡이를 만지작거리며 잠자코 있었다.

"어, 또 분위기가 이상하네. 무슨 일 있어?"

아내가 으레 하는 '다녀오셨어요'라는 인사말을 하지 않아도 화를 내지 않았다. 기분이 좋았기 때문이었다.

오쓰네는 입을 다물고 있었다. 충돌을 피하자고 생각했으나,

집에 들어온 남편의 얼굴을 보니 분노가 치밀어 반항하지 않고는 견디기 힘들었다.

"또 쓸데없는 생각하고 있지? 그만해라, 그만해."

스에조는 아내의 어깨에 손을 대고 두세 번 흔든 후에 자신의 이부자리에 앉았다.

"내가 뭘 어떡할 거라고 생각하죠? 집을 나가도 갈 데가 없는 데다 아이들도 있고."

"뭐라고? 뭐 어떡할 거라고 생각하냐고? 아무것도 하지 않아도 되잖아. 천하는 무사태평이야."

"당신은 태평스럽게 말할 수 있겠죠. 나 같은 건 어떻게 돼버리는 게 좋을 테니."

"웃기는군. 어떻게 되긴 뭐가 어떻게 돼. 이대로 좋잖아."

"흥. 놀리는 것도 정도가 있지. 내가 있거나 말거나 신경 안 쓰는 인간이니 상대를 않겠다는 거죠? 그렇죠? 아니, 있고 없고가 아니라 아예 없는 편이 좋은 것 아니에요?"

"거 참 단단히 비비꼬인 말투로군. 없는 편이 좋다니, 절대 그렇지 않아. 없으면 곤란하지. 아이들 키우는 것만 해도 큰일을 하고 있잖아."

"나중에 예쁜 계모가 와서 키워주겠죠. 의붓자식이 되겠지만."

"무슨 말인지 모르겠군. 아비 어미가 버젓이 있는데 의붓자식이 되다니."

"그래요. 그렇겠죠. 아아, 뻔뻔한 사람. 그럼 언제까지나 지금처럼 지낼 셈이네요?"

"당연한 것 아니야?"

"그래요? 미녀와 추녀에게 똑같은 양산을 씌우고 말이죠?"

"뭐라고? 저질 농담하고 있네."

"그래요. 어차피 난 저질이에요."

"당치도 않은 소리 말고 좀 진지하게 말해봐. 도대체 그 양산이란 게 뭐야?"

"모른 체하지 말아요."

"뭘 모른 체한다는 거야? 알아듣게 말 좀 해봐."

"그럼 말하죠. 언젠가 요코하마에서 양산을 사왔죠?"

"그게 뭐 어떻다는 거지?"

"그걸 나한테만 사준 게 아니었죠?"

"너 말고 누구한테 또 사주겠어."

"아니죠, 그게 아니죠. 무엔자카의 여자 선물을 사면서 문득 생각이 나 내 것도 사온 것 아니에요?"

아까부터 양산 이야기를 했지만 이렇게 구체적으로 말하자 오쓰네는 분노가 울컥 치밀어 올랐다.

정곡을 찌른다고 할 만큼 적중했기에 스에조는 가슴이 철렁했다. 그러나 반대로 황당하다는 표정을 지어 보였다.

"황당하군. 뭐라고? 네게 사준 양산과 같은 걸 요시다의 첩이 갖고 있다는 말이야?"

"같은 걸 사줬으니까 갖고 있는 게 당연하잖아요."

목소리가 점점 더 날카로워졌다.

"무슨 소리야? 못 말리는 여자로군. 적당히 해. 그래, 요코하마에서 살 때는 샘플로 막 수입한 거라 했는데 아마 지금은 긴자 거리에 널렸을걸. 연극 같은 데서 잘 나오는 말로 이거야말로 '억울한 누명'이라는 거다. 그리고 또 뭐라고? 너, 그 요시다의 여자를 어디서 만나기라도 한 거야? 그 여자인 줄 잘도 알아차렸네."

"알고말고요. 이 동네에서 모르는 사람이 없어요. 미인이니까."

증오에 가득 찬 목소리였다. 지금까지는 스에조가 시치미를 떼면 그런가 하고 넘어갔으나 이번에는 강렬한 직관으로 눈앞에서 일의 전말을 본 듯했다. 그러니 스에조의 말에, '그런가? 그럴 수도 있구나' 하며 넘어가지 않았다.

어떻게 만났지? 말이라도 나누었나? 스에조는 이런저런 생각을 하면서 이 상황에서는 꼬치꼬치 캐묻는 것이 불리하다고 판단해 일부러 더 추궁하지 않았다.

"미인이라니. 그렇게 생긴 걸 미인이라고 하나? 묘하게 얼굴도 넓적한 여자를 말이야."

오쓰네는 잠자코 있었다. 그러나 미운 여자의 얼굴을 비난하는 남편의 말에 약간이나마 감정이 누그러졌다.

오늘 밤에도 부부는 말싸움을 하며 흥분한 끝에 화해했다. 그러나 오쓰네의 가슴에는 깊이 박힌 가시가 빠지지 않는 듯한 고통이 남아 있었다.

15

스에조의 집은 분위기가 점점 가라앉아 무겁게 바뀌었다. 오쓰네는 때때로 하늘만 멍하니 쳐다보며 일이 손에 잡히지 않을 때가 많았다. 그럴 때는 아이들을 돌보는 것조차도 싫어져 아이들이 무엇을 사달라고 하면 곧바로 심하게 야단쳤다. 그러고 나서는 다시 심했다는 생각이 들어 아이들에게 미안하다고 하거나 혼자 울었다. 하녀가 "무슨 반찬을 할까요" 하고 물어도 대꾸하지 않거나 네 마음대로 하라고 대답했다. 스에조의 아이들은 비록 학교에서 사채업자의 자식이라고 친구들에게 따돌림을 당해도 스에조가 원래 깔끔한 걸 좋아해 아이들을 잘 챙기게 하므로 눈에 띄게 청결했다. 그러나 지금은 머리가 까치집이 되어 뜯어진 옷을 입고 길거리에서 노는 모습을 볼 수 있었다. 하녀도 "마님께서 그러시면 안 되지요"라고 한마디 하면서도 타고 가던 말이 주인 말을 듣지 않고 멈춰 서서 길가의 풀을 뜯어먹듯이 일거리를 팽개쳐두니 찬장에서 생선이 썩어가고 채소가 말라비틀어졌다.

집안일을 꼼꼼하게 챙기는 성격의 스에조는 이런 모습을 보는 것이 괴로웠다. 그러나 이렇게 된 원인을 잘 알고, 그것이 자기 잘못이라고 생각하기에 큰소리를 칠 수도 없었다. 게다가 스에조는 평소 잔소리를 할 때도 농담처럼 가볍게 말해 상대가 스스로 반성하게 하는 것이 장기이나, 그런 가벼운 태도가 오히려 아내의 기분을 상하게 했다.

스에조는 가만히 아내를 관찰하기 시작했다. 그리고 의외의 사실을 발견했다. 그것은 오쓰네의 이상한 행동이 남편이 집에 있을 때 특히 심하고, 집에 없을 때는 오히려 각성한 듯이 일하는 경우가 많다는 것이었다. 아이들과 하녀의 말을 듣고 이 사실을 알게 된 스에조는 처음에는 놀랐으나 예리한 머리로 이모저모 생각해보았다.

매사 마음에 들지 않는 나라는 인간의 얼굴을 보고 있을 때면 이런 증상이 나타난다. 나는 마누라가 어떻게 해서든 남편이 냉담하다고 생각하거나 외로움을 느끼게 하고 싶지 않다. 오히려 내가 집에 있을 때 더 불쾌하다면 마치 약을 먹이고도 병을 악화시키는 것이나 마찬가지다. 이보다 한심한 일은 없다. 그럼 앞으로는 한번 반대로 해보자.

스에조는 평소보다 일찍 집을 나서고 늦게 귀가했다. 그러나 그 결과는 매우 나빴다. 일찍 집을 나설 때 아내는 처음엔 단지 놀란 표정으로 잠자코 바라보았다. 늦게 들어올 때는 늘 토라지곤 하던 소극적인 모습과 달리 이제 더는 못 참겠다는 듯, 인내심이 한계에 이른 듯, "당신 지금까지 어디 있었어욧" 하며 압박했다. 그리고 폭발하듯이 울음을 터뜨렸다. 그 다음부터는 일찍 나가려고 하면, "당신, 지금 어디 가욧" 하며 억지로 붙들려 한다. 행선지를 말하면 거짓말이라고 한다. 개의치 않고 나가려고 하면, 꼭 물어보고 싶은 것이 있으니 잠깐만 기다리라고 한다. 옷자락을 붙잡고 놓지 않거나, 현관에서 막아서거나, 하녀의 눈도 개의치 않고 외출을 막으려고 한다.

스에조는 원래 못마땅한 것도 농담처럼 조용히 처리하는 사람인데, 드세게 달라붙는 아내를 뿌리치다가 아내가 쓰러지는 꼴사나운 광경을 하녀에게 보이기도 했다. 그럴 때 스에조가 순순히 포기하고 집에 머물며, "자, 용건을 들어보지"라고 하면, "당신 나를 어떻게 할 생각이죠"라든가, "이렇게 있다가 나는 어떻게 되는 거죠"라든가 하루아침에 해결될 수 없는 어려운 문제를 제시한다. 결국 스에조가 아내의 증상 때문에 시도한, 일찍 나갔다 늦게 돌아오는 치료법은 전혀 효과를 거두지 못했다.

스에조는 다시 생각해보았다. 아내는 내가 집에 있을 때 더 기분이 나쁘다. 그래서 나가려고 하면 억지로 집에 붙들어놓는다. 그렇다면 그것은 내가 스스로 집에 있게 하고 스스로 기분 나쁘게 만드는 것이다. 그에 관해서는 생각나는 일이 있다. 이즈미바시(和泉橋)에 살 때 돈을 꿔준 학생 중에 이카이(猪飼)라는 자가 있었다. 그자는 옷차림 같은 건 전혀 신경 쓰지 않는 듯 맨발에 게다를 신고 왼쪽 어깨를 조금 치켜세운 자세로 돌아다녔다. 그놈이 끝내 돈을 갚지 않다가 만기가 된 차용증을 새로 쓰지도 않고 도망을 가버렸는데, 어느 날 아오이시요코초(靑石橫町) 길모퉁이에서 우연히 만나게 되었다. "어디 가십니까"라고 묻자 "바로 저기 유도 사범 댁에 가네. 그건 조만간 갚겠네"라며 어물쩍 넘기고 가버렸다. 나는 그냥 헤어져 가는 체를 하다가 몰래 다시 돌아와 길모퉁이에 서서 지켜보았다. 이카이가 고급 요정 이요몽(伊予紋)으로 들어가는 것을 확인하고 난 뒤 히로코지에서 일을 보고 잠시 후 이요몽으로 쳐들어갔다.

이카이 놈, 역시나 놀랐지만 그 특유의 호걸 같은 기세로 게이샤를 둘이나 불러 흥청거리고 있는 자리에 나를 억지로 앉혔다. 그러고는 "촌스럽게 굴지 말고 오늘은 한잔하세"라고 하며 나에게 술을 먹이려고 하였다. 그때 처음으로 술자리에서 게이샤를 봤는데 그중에 굉장히 기가 센 여자가 있었다. 오슌이라던가, 그 여자가 술이 취해서 이카이 앞에 앉아 뭐가 기분 나쁜지 독설을 내뱉고 있었다. 그때 그 말을 가만히 듣고 있었는데 지금도 뚜렷이 기억한다.

"이카이 씨, 당신 강한 척하지만 정말 겁쟁이예요. 당신에게 말

해두겠지만, 여자란 종종 때려주는 남자에게 홀려요. 잘 기억해
둬요."

게이샤에게만 해당하는 말은 아닐 것이다. 여자란 존재는 그런
것인지도 모른다. 요즘 오쓰네는 나를 옆에 앉히고 부루퉁한 얼
굴로 대들려고만 한다. 내가 뭔가 해주길 바라는 모습이 보인다.
맞고 싶은 거다. 그래, 얻어맞고 싶은 게야. 그게 틀림없어. 오쓰
네는 내가 지금까지 먹을 것 제대로 못 먹이고 소나 말처럼 부려
먹기만 했으니 짐승처럼 되어버려 여자로서 성질을 드러내지 못
한 거다. 그러다가 이 집으로 이사 온 뒤부터 하녀를 부리고 마님
이라고 불리며 사람답게 살게 되니 보통 여자처럼 굴기 시작한 것
이다. 그래서 그 오슌이라는 게이샤가 말한 것처럼 얻어맞고 싶어
진 거다.

그런데 나는 어떤가. 돈만 생긴다면 남들이 뭐라고 하든 상관
없다. 젖비린내 나는 풋내기에게도 도련님이라 부르며 인사한다.
밟히고 차여도 손해만 나지 않으면 된다고 생각하며 세상을 살아
왔다. 매일 어디를 가든 누구 앞에서든 엎드리고 기었다. 세상 사
람들과 교제하다 보니 윗사람에게 굽실거리는 놈은 아랫사람에게
가혹하고 약자를 괴롭힌다. 취하면 여자와 아이를 때린다. 나에게
는 윗사람도 아랫사람도 없다. 돈을 벌게 해주는 사람 앞에서는
엎드려 긴다. 그렇지 않은 놈은 누구라도 있으나 없으나 마찬가
지다. 아예 상대도 하지 않는다. 신경도 안 쓴다. 사람을 때리는
쓸데없는 수고는 하지 않는다. 그런 쓸데없는 짓을 할 바에야 이
자 계산이나 하겠다. 마누라도 그렇게 대하고 있는 것이다.

오쓰네는 나한테 얻어맞고 싶어진 것이다. 당사자에겐 안됐지

만 이것만은 응해줄 수 없다. 채무자가 유자라면 쓴물이 나올 정
도까지 짜낼 수 있다. 그러나 사람을 때리는 짓만은 할 수 없다.
스에조는 이런 생각을 했다.

16

무엔자카에 사람들의 왕래가 빈번해졌다. 9월이 되어 대학에
신학기가 시작되자 시골에 돌아갔던 학생들이 일시에 혼고 일대
의 하숙촌으로 돌아온 것이다.

아침저녁으로는 이제 선선해졌으나 대낮에는 아직 뜨거운 햇
볕이 내리쬐었다. 오다마의 집은 이사 온 날 바꿔 단 푸른 대나무
발이 색이 바랠 새도 없이 창 안쪽을 위에서 아래까지 빈틈없이
깊게 가렸다. 무료함을 견디기 힘든 오다마는 그 창문 안에서, 화
가 교사이(曉齊)나 제신(是眞)의 그림이 그려진 부채가 몇 개 꽂힌
부채꽂이 아래 기둥에 기대 멍하니 거리를 내다보고 있었다. 세
시가 지나자 학생들이 서너 명씩 무리를 지어 지나갔다. 그때마다
이웃의 바느질집에서 참새들이 지저귀는 듯한 여자아이들 소리가
더 시끄러워졌다. 그 소리에 이끌려 오다마도 어떤 사람이 지나가
는지 자기도 모르게 주의를 기울여본 적이 있었다.

그때의 학생들은 7~8할은 요즘 말하는 장사(壯士)[48] 스타일이

---

48 메이지 중기 자유민권운동의 활동가 또는 정당에 고용된 경호원이나 운동원. 소매
를 걷고 다니는 등 주로 행동가적인 스타일을 보였다.

고, 드물게 신사풍의 학생이 있었는데 그들은 졸업 직전의 학생들이었다. 얼굴이 희고 이목구비가 단정한 남자는 거의 다 경박스럽고 건방져 호감이 가지 않았다. 그렇지 않은 사람들 중에 공부를 열심히 하는 이가 있는지는 모르나 여자 눈에는 우악스럽게 보여 싫었다. 그래도 오다마는 매일 무심결에 창밖을 지나는 학생들을 보았다. 그러던 어느 날 가슴속에 무엇인가가 싹트고 있는 것을 느끼고 화들짝 놀랐다. 의식의 문턱 아래에서 잉태되고 형태가 생긴 후 돌연 뛰기 시작한 듯한 상상의 덩어리에 놀랐던 것이다.

오다마는 아버지를 행복하게 해드리고 싶은 마음 외에는 어떤 목적도 없었기에 완고한 아버지를 설득하다시피 하여 첩이 되었다. 그리고 그것을 타락할 만큼 타락한 것이라고 간주하여 그 이타적 행위 속에서 일종의 위안을 찾았다. 그러나 서방님이라고 믿었던 사람이 하필이면 사채업자라는 사실을 알게 되었을 때는 너무도 놀라 어찌할 바를 몰랐다. 그래서 혼자서는 마음의 고통을 어찌할 수가 없어 그 마음을 아버지에게 털어놓고 함께 아픔을 나눌 생각이었다. 그렇게 생각은 했지만 이케노하타의 아버지를 찾아가 그 평온한 생활을 눈앞에서 확인하자, 차마 노인이 들고 있는 술잔에 한 방울의 독을 떨어뜨릴 수는 없었다. 아무리 괴롭더라도 그 고통을 내 마음 하나에만 담아두자고 결심했다. 그리고 이렇게 결심한 것과 동시에 지금까지 남에게 기댈 줄 몰랐던 자신이 비로소 독립한 듯한 기분이 들었다.

이때부터 오다마는 스스로 자신이 말하거나 행동하는 것을 은근히 관찰하게 되어, 스에조가 와도 예전처럼 순수한 감정으로 대하지 않고 의식적으로 대하게 되었다. 그러는 사이에 오다마의 본

심은 몸에서 떨어져 나와 한발 물러나서 자신을 지켜보았다. 그 본심은 스에조를, 또 그의 소유물이 된 자신을 비웃고 있었다. 오다마는 그 사실을 처음 깨달았을 때 소름이 끼쳤다. 그러나 시간이 지남에 따라 익숙해져 자기의 마음은 그래야 당연하다고 생각하게 되었다.

그로부터 오다마는 스에조를 더욱 극진하게 대했지만 마음은 그로부터 더욱 멀어져 갔다. 그리고 스에조에게 신세를 지고 있는 것이 고맙다는 생각이 들지 않고, 스에조가 베풀어주는 것을 은혜로 여기지 않아도 그것 때문에 그에게 미안한 마음을 가질 필요는 없다고 생각했다. 또 교육을 제대로 받지 못해 아무 재주도 없긴 하지만, 스에조의 여자가 되어 일생을 마치는 것은 아쉽다는 생각이 들었다. 문득 거리를 지나는 학생들을 보고 있으면, 저 사람들 중에 혹시나 믿음직한 이가 있어 나를 지금의 처지에서 구원해주지나 않을까 하는 생각까지 하게 되었다. 그리고 그런 상상에 빠진 자신을 홀연 의식했을 때는 깜짝 놀라곤 하였다.

이때 오다마와 서로 얼굴을 익힌 학생이 바로 오카다였다. 오다마에게는 오카다도 단지 창밖을 지나는 학생들 중 하나에 지나지 않았다. 그러나 눈에 띄게 멋진 홍안의 미소년이면서 건방지거나 역겨운 태도가 보이지 않아 오다마는 왠지 그가 호감이 가는 성품이라고 생각하기 시작했다. 그 후 매일 창밖을 내다볼 때마다 그 사람이 지나가지는 않을까 기다리게 되었다.

아직 이름도 모르고 어디에 사는 누구인지도 모르지만, 자주 얼굴을 마주치게 되니 어느새 자연스레 친숙한 느낌이 들었다. 그리고 어쩌다 오다마 쪽에서 먼저 웃음을 보이게 되었는데, 그것은 어디까지나 마음이 해이해져 억제 작용이 마비된 찰나의 일이었다. 얌전한 성격의 오다마는 자신이 먼저 사랑의 공세를 취하겠다고 의식하며 고의로 그런 짓을 할 마음은 없었다.

오카다가 처음 모자를 벗어 인사했을 때, 오다마는 가슴이 뛰며 자신의 얼굴이 빨개지는 것을 느꼈다. 여자의 직감은 예리하다. 오다마는 그가 모자를 벗은 것이 무의식적 행위이지 고의로 그런 것이 아님을 분명히 느꼈다. 그렇지만 창문을 사이에 둔 안타까운 침묵의 교제가 이제 새로운 전환점에 들어선 것이 너무도 기뻐, 조금 전 오카다의 모습을 몇 번이나 되풀이하여 머릿속에 그려보았다.

첩도 서방이 집에 있으면 여느 여자와 다를 바 없이 보호를 받지만, 숨겨진 여자에게는 남모르는 애로점이 있다. 오다마의 집에도 어느 날 어느 가게 옷인지 시루시반텐을 뒤집어 입은 서른 살 전후의 남자가 찾아와, 고향이 시모우사(下總)인데 집에 돌아가는 길에 다리를 다쳐 걸을 수 없으니 도와달라고 했다. 10전짜리 은화를 종이에 싸서 우메에게 줘 보내자 남자는 종이를 펴보고는 "겨우 10전이야" 하고 히죽 웃더니 "아마 잘못 준 것일 테니 마님께 물어봐라" 하며 내던졌다.

우메가 얼굴이 새빨개져 동전을 주워서 들어가자 남자가 따라와 무턱대고 방으로 올라와 오다마가 숯을 넣고 있던 화로 건너편에 앉았다. 뭐라고 이런저런 이야기를 하는데 종잡을 수가 없었다. 감옥에 있을 때 어쨌다던가 하는 말을 몇 번이나 하며 협박하는가 싶더니 이번에는 우는소리를 했다. 술 냄새가 심해 구역질이 날 정도였다.

오다마는 무서워서 울음이 터지려는 것을 간신히 참고, 그때 통용되던 화투짝 모양의 50전짜리 파란 지폐 두 장을 보는 데서 꺼내 종이에 싸서 잠자코 남자에게 건넸다.

"50전이라도 두 장이면 됐어. 언니, 당신 눈치 빠르네. 꼭 출세할 거요."

남자는 의외로 만족한 듯 절룩거리는 다리로 순순히 문을 나갔다.

이런 사건도 있었기에 오다마는 불안한 마음에 '이웃을 산다'라는 말을 떠올리고 특별한 반찬이라도 만들 때면 우메를 시켜 옆집에 혼자 사는 바느질 선생에게 보내곤 했다.

선생은 오테이(お貞)라는 사람으로 마흔이 넘었지만 살결이 희고 아직 어딘가 젊어 보이는 여자였다. 마에다(前田)[49] 저택에서 나이 서른이 될 때까지 일하고 결혼도 했으나 남편과는 곧 사별했다고 한다. 그녀는 말씨가 고상하고 붓글씨를 잘 썼다. 오다마가 배우고 싶다고 하자 글씨본도 빌려주었다.

어느 날 아침 오테이가 전날 오다마가 보내준 무언가에 대한 감사 인사를 하러 뒷문으로 왔다. 잠시 서서 이야기를 하는 중에 오테이가 이런 말을 했다.

"오다마 씨, 오카다 씨와 친한 사이죠?"

---

49 선조는 마에다 도시이에(前田利家, 1537~1599). 오다 노부나가를 거쳐 도요토미 히데요시의 신하였고 가가(加賀) 번의 번주.

오다마는 아직 오카다라는 이름을 몰랐다. 그렇지만 오테이가 말한 사람이 그 학생이라는 것과, 이렇게 묻는 것은 자기에게 인사하는 것을 보았다는 얘기이며, 이 경우에는 어쩔 수 없이 아는 체를 할 수밖에 없다는 생각이 번개처럼 뇌리를 스치고 지나갔다. 그래서 망설이다가 오테이가 알아듣기 어려울 정도로 빠르게 "예"라고 대답했다.

"정말 멋지게 생긴 분인데 행실도 아주 바르다고 하네요."

오테이가 말했다.

"잘 알고 계시네요."

대담하게도 오다마가 말했다.

"가미조의 주인아줌마도, 많은 학생이 하숙하고 있지만 드물게 훌륭한 분이라고 하더라고요."

오테이는 이렇게 말하고 돌아갔다.

오다마는 자기가 칭찬을 받은 듯한 기분이 들었다. 그리고 '가미조, 오카다'라고 입속으로 되뇌었다.

17

스에조가 오다마를 찾아오는 횟수는 날이 갈수록 줄기는커녕 오히려 늘어났다. 그것도 여느 때처럼 꼭 밤에 찾아오는 것 외에 불규칙한 시간에도 종종 들렀다. 그렇게 된 사정은, 집에서는 오쓰네가 귀찮게 달라붙어 제발 어떻게든 좀 해달라고 조르니 휙 도망쳐서 무엔자카에 오기 때문이다. 오쓰네가 그렇게 나올 때마다 스에조는 어떻게 할 것도 없이 지금처럼 지내면 된다고 말한다. 오쓰네는 그래도 어떻게든 해결해달라고 말하면서 고향에 돌아갈 수도 없고, 아이들을 버릴 수도 없고, 나이는 먹었고 등등, 생활의 변화에 따르는 모든 장애를 열거하며 말이 끝도 없다. 그래도 스에조는 어떻게 할 것도 없고 아무것도 하지 않아도 된다고 거듭 말한다. 그러는 사이에 오쓰네는 점점 더 화를 내며 달려들어 더는 손을 쓸 수가 없다. 그래서 스에조가 집을 뛰쳐나오게 되는 것이다.

모든 일에 논리를 따지고 수학적으로 생각하는 스에조는 오쓰네의 말이 납득이 가지 않았다. 마치 삼면이 벽으로 막혀 있는 방에서 열린 문을 자신이 등지고 막아선 채 어느 쪽으로도 갈 수 없다며 괴로워하는 사람을 보는 것 같았다. 문은 활짝 열려 있잖아, 왜 뒤돌아보지 않지? 이 말밖에 아내에게 할 말이 없었다. 오쓰네의 몸은 예전보다 편해졌으며 전혀 궁색하지 않고 압박이나 간섭도 받지 않는다. 물론 무엔자카의 여자가 새로 출현한 것은 사실이다. 하지만 세상의 다른 남자들처럼 자신은 그 때문에 아내에게 냉담하거나 가혹한 적은 없다. 오히려 예전보다 더 친절하고 관대하다. 문은 여전히 활짝 열려 있지 않은가.

물론 스에조의 이런 생각에는 제멋대로인 면이 섞여 있다. 왜냐하면 물질적으로 아내에게 베푸는 것이 예전과 다르지 않더라도, 또 아내를 대하는 말투와 태도가 변하지 않았다 해도, 오다마라고 하는 존재가 있는 지금을 없었던 옛날과 같이 생각하라고 말하는 것은 무리한 요구이다. 오쓰네에게는 눈엣가시가 된 오다마가 아닌가. 원래 오쓰네는 매사 논리를 세워 생각하는 여자가 아니므로 그런 것을 확연히 인식하고 있지는 않으나, 스에조가 말하는 문은 여전히 열려 있는 것이 아니다. 오쓰네가 현재의 안정과 미래의 희망을 들여다보는 문에는 무겁고 검은 그림자가 드리워져 있는 것이다.

어느 날 스에조는 오쓰네와 부부싸움을 하고 불쑥 집을 뛰쳐나왔다. 시각은 오전 열 시가 넘었을 것이다. 곧장 무엔자카로 갈까 생각했으나 마침 하녀가 막내를 데리고 시치겐초 거리에 가 있으므로 일부러 반대쪽인 기리도오시를 지나 정처 없이 텐진초(天神町)와 고켄초(五軒町)로 바쁜 듯이 걸어갔다. 때때로 "젠장", "에이 쌍" 같은 험한 욕을 중얼거렸다.

쇼헤이 교(昌平橋)에 이르렀을 때 저쪽에서 게이샤가 걸어왔다. 어딘가 오다마와 닮았다고 생각해 옆을 스치며 유심히 보니 얼굴이 주근깨투성이였다. 역시 오다마가 훨씬 예쁘다는 생각이 들어 유쾌함과 만족감을 느끼며 잠시 다리 위에 멈춰 서서 게이샤의 뒷모습을 지켜보았다. 아마 물건이라도 사러 나왔겠지. 주근깨 게이샤는 고무쇼(講武所)[50] 골목길로 모습을 감춰버렸다.

그 무렵 아직 진귀한 구경거리였던 안경교 옆으로 해서 야나기하라 쪽을 향해 천천히 걸어갔다. 강변의 버드나무 아래에 커다란 우산을 펼쳐놓고 그 밑에서 열두세 살 여자아이에게 갓포레[51] 춤을 추게 하는 남자가 있었다. 그 주위에는 여느 때처럼 사람들이 모여서 구경 중이었다. 스에조가 잠시 걸음을 멈추고 그 춤을 보

---

50 에도 시대 말기에 세워진 검술, 창술, 포술 연마소. 여기서는 그 고무쇼에 경비를 조달하는 임대 지역을 말하는데 그곳에도 유곽이 있었음.
51 떠들썩한 속요에 맞춰서 추는 익살스런 춤 또는 그 노래.

고 있는데 시루시반텐을 입은 남자가 부딪칠 듯 스쳐 지나갔다. 재빠르게 뒤돌아본 스에조와 그 남자는 눈이 마주치자 곧 등을 돌리고 다시 걸어갔다.

"뭐야, 눈에 보이는 게 없나."

스에조는 중얼거리면서 소매에 집어넣은 손으로 주머니를 뒤졌다. 물론 잃어버린 것은 아무것도 없었다. 이 소매치기는 실제로 앞이 보이지 않는 자였다. 스에조는 부부싸움을 한 날에는 신경이 날카로워져 평소에는 그냥 넘어가는 것에도 신경이 쓰였다. 예민한 감각이 한층 예민해지는 것이다. 소매치기가 훔치려고 하는 마음을 내기도 전에 그것을 느낄 정도였다. 이렇게 민감할 때에는 평소 자기를 억제할 수 있다고 자부하는 스에조도 그 억제력이 다소 느슨해진다. 그러나 대개의 사람들은 그것을 잘 모른다. 만약 감각이 매우 예민한 사람이 스에조를 유심히 관찰한다면 그가 평소보다 좀 더 말이 많아진 것을 눈치 챌 것이다. 그리고 남을 보살핀다거나 친절한 언동 사이에 어딘가 불안하고 부자연스러운 점이 있다는 것을 알 수 있을 것이다.

집을 뛰쳐나온 지 벌써 시간이 꽤 지난 듯하여, 강변을 뒤로하고 되돌아가면서 회중시계를 꺼내보았다. 이제 열한 시. 집을 나선 지 삼십 분도 되지 않은 시각이었다.

스에조는 다시 정처 없이 아와지초(淡路町)에서 진보초(神保町)로, 뭔가 급한 용무가 있는 듯한 모습으로 걸어갔다. 이마가와코지(今川小路)에 조금 못 미처 오차즈케(御茶漬け)[52]라는 간판을 내

---

52 밥에 뜨거운 찻물을 부은 것. 또는 간단한 식사.

건 가게가 그 당시 있었다. 20전만 내면 밥 한 상에 채소절임과 차까지 나왔다. 스에조는 이 집에 가본 적이 있어 점심이나 먹으러 들어갈까 생각했으나 아직 때가 일렀다. 그곳을 지나쳐서 오른쪽으로 돌아 마나이타 교(俎橋) 앞 넓은 거리로 나갔다. 이 거리는 지금처럼 스루가다이(駿河台) 아래까지 넓게 연결되지는 않았다. 마치 막다른 길처럼 지금 스에조가 온 방향으로 굽어진 곳에서 큰길이 끝나지만, 의대생들이 충양돌기라고 이름 붙인 좁은 골목길이 야마오카 텟슈(山岡鐵舟)[53]라는 글자를 기둥에 조각해놓은 신사 앞으로 통해 있었다. 즉 막다른 길 비슷한 마나이타 교 바로 앞의 넓은 거리를 맹장에 비유한 것이다.

스에조는 마나이타 교를 건넜다. 오른쪽의 새를 파는 가게에서 온갖 새들이 요란하게 지저귀는 소리가 들렸다. 스에조는 지금도 남아 있는 이 가게 앞에 멈춰 서서 처마에 높이 걸려 있는 앵무새와 잉꼬 새장, 밑에 늘어놓은 흰 비둘기와 조선비둘기[54] 새장을 바라보다가, 안쪽에 몇 단이나 쌓여 있는 작은 새장으로 시선을 옮겼다. 우는 소리나 날아다니는 모습이 이 작은 무리가 가장 크고 활발하나, 그중에서도 눈에 띄게 많고 요란스런 것은 밝은 노란색의 외국산 카나리아였다. 그런데 좀 더 자세히 살펴보니, 차분하고 진한 색으로 작은 몸을 장식한 홍작(紅雀)이 스에조의 눈길을 끌었다. 스에조는 문득 저 새를 사서 오다마에게 기르게 하면 아주 잘 어울릴 것이라는 생각이 들었다. 그래서 장사에 별 관심

---

53 1836~1888. 검술가이자 정치가.
54 보랏빛이 도는 비둘기로 금비둘기(金鳩)라고도 함.

없다는 듯한 표정을 짓고 있는 노인에게 값을 묻고 홍작 한 쌍을 샀다. 값을 치르자 노인이 새를 어떻게 들고 가려느냐고 물었다. 새장에 넣어 파는 것이 아니냐고 물으니 그렇지 않다고 했다. 그래서 새장 하나를 팔라고 부탁하듯 사서 거기에 홍작을 넣어달라고 했다. 노인은 홍작이 많이 있는 새장에 쭈글쭈글한 손을 거칠게 집어넣어 두 마리를 꺼내 새장에 옮겨 넣었다. 그래서 암놈이랑 수놈을 잘 골라 넣었는지 물으니 대답도 하기 싫다는 듯 마지못해 "그려"라고 대답했다.

스에조는 새장을 들고 마나이타 교 쪽으로 되돌아갔다. 이번에는 걸음걸이에 여유가 생겨 때때로 새장을 들고 새를 들여다보았다. 싸움을 하고 집을 뛰쳐나왔을 때의 언짢은 기분이 말끔히 사라진 듯, 평소 이 남자의 어딘가에 잠재되어 있는 부드러운 마음이 표면으로 떠올랐다. 새장 안의 새들은 새장이 흔들리는 것이 무서운지 홰를 꼭 붙잡고 날개를 움츠린 채 꼼짝도 하지 않았다. 스에조는 새장을 들여다볼 때마다 빨리 무엔자카에 가져가서 창문 위에 매달아줘야겠다고 생각했다.

이마가와코지를 지날 때 스에조는 오차즈케 집에 들러 점심을 먹었다. 하녀가 차려온 검은 상 건너편에 홍작이 든 새장을 놓고 눈으로는 귀여운 작은 새를 보며, 마음속으로는 사랑스러운 오다마를 생각하며, 그다지 맛있는 음식도 아닌 오차즈케를 맛있게 먹었다.

18

스에조가 오다마에게 사준 홍작은 뜻밖에도 오다마와 오카다가 말을 나누는 데 다리가 되었다.

이 이야기를 꺼내니 그해의 날씨가 생각난다. 돌아가신 아버지가 그때 가을 화초를 기타센주(北千住)의 집 뒤뜰에 가꾸었는데, 토요일에 가미조에서 집으로 돌아가 보니 이제 210일[55]이 얼마 남지 않았다며 조릿대를 많이 사와 마타리와 등골나물에 그것을 하나하나 대어 묶고 있었다. 그러나 다행히도 210일은 무사히 지나갔다. 다시 220일도 위험하다고 걱정했으나 그때도 아무 일 없었다. 그러나 그때부터 날마다 구름이 심상치 않더니 바람이 거칠게 몰아칠 조짐이 보였다. 때때로 다시 여름으로 되돌아갔나 느껴질 정도로 무더운 날도 있었다. 동남쪽에서 불어오는 바람이 강해지는 듯하더니 다시 잠잠해졌다. 아버지는 210일의 할부라고 말했다.

어느 일요일 저녁 기타센주에서 가미조로 돌아왔을 때였다. 학생들이 모두 외출하여 하숙집이 쥐죽은듯 조용했다. 내 방에 들어가 잠시 우두커니 앉아 있는데, 그때까지 아무도 없다고 생각했던 옆방에서 성냥을 켜는 소리가 들렸다. 마침 적적하던 때라 곧바로 말을 걸었다.

"오카다 군, 거기 있나?"

---

55 입춘으로부터 210일째로 양력 9월 1일경. 태풍이 오는 시기로 뒤에 나오는 220일과 더불어 농가에 피해를 주곤 한다.

"어……."

대답이 들렸으나 무슨 말인지 알 수 없는 목소리였다. 오카다와는 꽤 친해져서 남들처럼 의례적으로 대하는 사이가 아니었는데 이때의 대답은 평소와는 달랐다.

나는 속으로 생각했다. 나도 멍하니 있지만 오카다도 그런 모양이다. 뭔가 깊이 생각하고 있었을까. 이렇게 생각한 것과 동시에 오카다가 어떤 얼굴을 하고 있는지 보고 싶어졌다. 그래서 다시 말을 걸었다.

"어이, 건너가도 좋은가?"

"마침 잘됐네. 실은 아까 돌아와서 멍하니 있었는데, 자네가 돌아와서 소리가 나기에 등불이라도 켜려고 했지."

이번에는 목소리가 또렷하게 들렸다. 나는 복도로 나가 오카다의 방문을 열었다. 오카다는 의대 정문을 마주한 창문을 열어놓은 채로 책상에 팔꿈치를 대고 어두컴컴한 밖을 내다보고 있었다. 세로로 쇠창살을 끼워놓은 창밖으로는 좁은 통로에 심은 노송 두세 그루가 먼지를 뒤집어쓰고 서 있었다. 오카다는 내 쪽으로 돌아보며 말했다.

"오늘도 이상하게 후텁지근하군. 내 방에는 모기가 두세 마리 난리를 쳐서 괴로워."

나는 오카다 옆에 책상다리를 하고 앉았다.

"그래, 우리 아버지는 210일의 할부라고 이름 붙이시던데."

"흠, 210일의 할부라……. 재미있군. 과연 그럴지도 모르지. 하늘이 흐렸다가 개었다가 하니까. 나갈까 말까 망설이다 결국 오전 내내 방 안에서 뒹굴다가 자네한테서 빌린 《금병매》를 읽고 있었지. 그러고 나서 머리가 멍해져 점심을 먹고 밖을 돌아다니다가 묘한 사건을 당했네."

오카다는 내 얼굴이 아닌 창문 쪽으로 시선을 향하고 이렇게 말했다.

"무슨 사건?"

"뱀 퇴치 사건."

오카다가 내 쪽으로 얼굴을 돌렸다.

"미녀라도 구한 거야?"[56]

"아니, 새였어. 미녀와도 관계는 있지."

"그거 재미있겠군. 말해보게."

19

오카다의 이야기는 이러했다.

구름이 갑자기 몰려오고 바람이 미친 듯한 기세로 한두 줄기 일어나 삽시간에 거리의 먼지를 휘감아 올리고는 다시 잠잠해진 오후였다. 반나절 읽다 만 중국 소설에 머리가 아팠던 오카다는 어디로 가겠다는 생각도 없이 그저 하숙집을 나와 습관적으로 무엔자카 쪽으로 방향을 틀었다. 머리가 멍한 상태였다. 원래 중국 소설은 거의 다 그렇지만, 그중에서도 《금병매》는 평온한 내용이

---

56 머리와 꼬리가 여덟 개 달린 큰 뱀이 해마다 처녀를 한 명씩 잡아먹었는데, 신이 그 뱀을 물리쳐 처녀를 얻었다는 일본의 신화가 있다.

열 장이나 스무 장쯤 나온 후로는 약속이라도 한 듯 요상한 이야기가 이어진다.

"그런 책을 읽었기 때문일 거야. 아마 멍청한 얼굴을 하고 걸었을 테지"라고 오카다는 말했다.

잠시 후 오른쪽에 이와사키 저택의 돌담이 나타나고 완만한 내리막길이 시작되자, 왼편으로 사람들이 서 있는 것이 보였다. 그곳은 평소 오카다가 특별히 주목하며 지나가는 집 앞이었다. 그러나 오카다는 그 사실을 밝히지 않고 계속 말을 이어갔다. 모여 있는 사람들은 여자만 열 명 정도였다. 대개가 여자아이들이라 참새처럼 떠들어대며 술렁거리고 있었다. 오카다는 무슨 일인지 몰랐지만 구태여 알고 싶다는 호기심도 없이 그때까지 길 한가운데를 걷다가 그쪽으로 두세 걸음 옮겼다.

여자아이들의 눈이 하나의 물체에 집중되어 있었다. 오카다는 그 시선을 따라가 소란의 원인을 발견했다. 그것은 그 집 창문 위에 매달아둔 새장이었다. 여자아이들이 소란을 피우는 것도 무리가 아니었다. 오카다도 그 새장 안의 광경을 보고 놀랐으니까. 새는 날개를 파닥이며 좁은 새장 안을 쩍쩍 날아다녔다. 뭔가가 새를 불안하게 한 것 아닐까 생각하며 잘 살펴보니, 커다란 구렁이가 새장 안에 머리를 집어넣고 있었다. 쐐기처럼 가느다란 대나무살 사이로 머리를 쑤셔 넣은 듯했고, 새장은 언뜻 보아 아직 부서지지 않은 상태였다. 뱀은 자기 몸 정도의 입구를 벌려 머리를 집어넣은 것이었다.

오카다는 자세히 살펴보려고 두세 걸음 앞으로 나아가 여자아이들이 빙 둘러싼 뒤에 서게 되었다. 여자아이들은 오카다를 구원자로 생각했는지 약속이나 한 것처럼 길을 열어 그가 앞으로 나아갈 수 있게 했다. 오카다는 이때 다시 새로운 사실을 발견했다. 새는 한 마리가 아니었다. 날개를 파닥거리며 도망 다니는 새 말고도 같은 색깔의 새 한 마리가 뱀에게 먹히고 있었다. 한쪽 날개를 먹힌 것에 불과했지만 공포심 때문에 죽어버렸는지 다른 쪽 날개를 힘없이 늘어뜨리고 축 처져 있었다.

이때 집주인으로 보이는 약간 연상의 여자가 당황해하면서도 주저하는 모습으로 오카다에게 말했다. 뱀을 어떻게 좀 해달라고.

"바느질하던 옆집 아이들이 금방 많이 와줬지만 아무래도 여자 손으로는 어떻게 할 도리가 없어서요."

여자는 계속 말을 이었다. 그때 여자아이들 중 하나가 말했다.

"새가 난리치는 소리에 이 아줌마가 창문을 열어보니 뱀이 거기 있어서 비명을 꽥 지른 거예요. 일을 멈추고 우리가 모두 달려 나왔는데 정말 어째야 좋을지 모르겠어요. 선생님은 외출 중이시고, 계신다 해도 할머니라 도움이 안 돼요."

바느질 선생은 일요일에 쉬지 않고 끝자리가 1과 6이 되는 날에 쉬므로[57] 학생들이 나와 있었던 것이다. 이 이야기를 할 때 오카다는 이렇게 말했다.

"그 주인 여자라는 사람, 꽤 미인이더라고."

그러나 전부터 얼굴을 알고 있었고 지날 때마다 인사하는 여자라고는 말하지 않았다.

---

57 1과 6이 되는 날을 휴일로 삼던 관습이 있었음. 메이지 시대 초기에도 관청은 이날 휴업했다.

오카다는 대답을 하기 전에 먼저 새장 밑으로 다가가서 뱀을 관찰했다. 새장이 바느질집 쪽으로 난 창에 매달려 있으니 뱀이 이 집과 이웃집 사이 처마 밑을 타고 다가와 새장에 머리를 집어넣은 것이었다. 뱀의 몸통은 밧줄을 걸어놓은 것처럼 처마의 횡목을 가로질렀고 꼬리는 아직 구석의 기둥 끝에 감춰져 있었다. 꽤 큰 놈이었다. 필시 초목이 우거진 가가 영주의 저택 어느 구석에 살던 놈이 최근에 기압 변화를 느끼고 밖으로 나와 돌아다니다가 이 새장의 새를 발견했을 것이다. 오카다는 어떻게 할까 잠시 고민했다. 여자아이들이 어쩔 수 없었던 것도 무리가 아니었다.

"칼 같은 것 없습니까?"

오카다가 주인 여자에게 말했다.

"저기 부엌에 있는 큰 칼을 가져와."

주인 여자가 하녀인 듯한 여자아이에게 말했다. 그 아이는 다른 여자아이들과 같은 유카타를 입고 그 위에 보라색 모슬린으로 꿰맨 다스키(襷)[58]를 하고 있었다. 생선을 자르는 칼로 뱀을 베는 것은 곤란하다고 생각했는지 여자아이는 주저하는 눈빛으로 주인의 얼굴을 쳐다보았다.

"괜찮다. 네 것은 새로 사줄 테니."

주인 여자가 말했다. 여자아이는 알았다는 듯 집으로 달려가 식칼을 가지고 나왔다.

오카다는 식칼을 받아들자마자 신고 있던 게다를 벗어던지고 창문에 한 발을 걸쳤다. 체조는 그의 장기였다. 왼손은 벌써 처마

---

58 유카타를 입고 일할 때 소매를 걷어 올려 매는 끈.

의 횡목을 잡고 있었다. 오카다는 식칼이 새 것이라도 그다지 예리하지 않다는 것을 알고 처음부터 일격에 토막 내려고 하지 않았다. 식칼로 뱀의 몸뚱이를 횡목에 밀어붙이고 칼을 두세 번 앞뒤로 쓱쓱 움직였다. 뱀의 비늘이 잘릴 때 유리가 바스러지는 듯한 촉감이 손에 전해졌다. 이때 뱀은 이미 새의 날개를 삼키고 머리까지 아가리 속으로 넘기고 있었는데, 중상을 입자 물결치듯 몸을 뒤틀면서도 입에 문 새를 뱉거나 새장에서 머리를 빼내려고 하지 않았다. 오카다는 손에 계속 힘을 주어 식칼을 대여섯 번 앞뒤로 움직였다. 예리하지 않은 칼날이지만 이윽고 뱀의 몸통이 도마 위 고기 토막처럼 절단되었다. 몸을 계속 비틀던 뱀의 몸통 아래쪽이 먼저 소엽맥문동을 심어놓은 빗물받이 위로 툭 떨어졌다. 이어서 몸통 위쪽이 창틀 위를 벗어나 새장에 머리를 넣은 채 아래로 축 늘어졌다. 새를 반 정도 삼켜서 커진 뱀의 머리가 부러지지 않고 활처럼 휜 새장의 대나무살에 걸리는 바람에 그 무게로 인해 새장이 45도 정도 기울었다. 그리고 그 안에서는 살아남은 새 한 마리가 용케 아직 기력이 남은 듯 날개를 파닥이며 날아다녔다.

오카다는 횡목에서 손을 떼고 밑으로 뛰어내렸다. 여자아이들은 그때까지 숨을 죽이며 보고 있었고, 두세 명은 그 장면까지 본 후 바느질집로 돌아갔다.

"새장을 내려서 뱀을 끄집어내야 할 텐데……."

오카다는 여주인의 얼굴을 바라보며 말했다. 그러나 뱀의 잘린 몸통에서 검붉은 피가 창문으로 뚝뚝 떨어지고 있었으므로 주인도 하녀도 집 안에 들어가 새장을 매어놓은 줄을 벗길 엄두를 내지 못했다.

"새장을 내려드릴까요?"

그때 갑자기 웬 목소리가 들렸다. 모두의 눈이 그 목소리 쪽으로 향했다. 목소리의 주인공은 양조장의 소년 점원[59]이었다. 한적한 일요일 오후에 무엔자카를 지나는 사람이 없는데, 이 소년이 새끼줄로 묶은 호리병과 장부를 들고 지나가다가 오카다가 뱀을 퇴치하는 장면을 구경하게 되었다. 소년은 뱀의 몸통이 바닥에 떨어지자 호리병과 장부를 내려놓고 곧바로 작은 돌을 주워 토막난 뱀을 내리치며 아직 살아서 꿈틀거리는 아래쪽 몸통을 지켜보고 있었던 것이다.

"그럼 미안하지만."

주인 여자가 부탁했다. 키 작은 하녀가 소년을 데리고 집 안으로 들어갔다. 곧 창문에 나타난 소년이 만년청 화분을 놓아둔 창틀 위에 올라가 한껏 발돋움을 하여 새장을 매단 줄을 못에서 벗겨냈다. 그리고 하녀가 무서워하며 새장을 받아주지 않자, 새장을 든 채로 창문에서 내려와 문을 돌아 밖으로 나왔다. 소년은 따라 나온 하녀에게 우쭐대며 말했다.

"새장은 내가 들고 있을 테니 저 피를 닦아야 해. 다다미 위에도 떨어졌어."

"그래, 얼른 피를 닦아내."

주인 여자가 말했다. 하녀는 집 안으로 들어갔다. 오카다는 소년이 갖고 나온 새장을 들여다보았다. 살아남은 새 한 마리가 홰

---

59 서민의 자녀들은 대개 어려서부터 돈벌이를 시작했다. 대부분 짧은 머리를 해서 코조(小僧)라 불렀다. 오다마의 하녀도 열세 살 소녀다.

에 앉아 벌벌 떨고 있었다. 죽은 새의 몸뚱이는 반 이상 뱀의 입 안에 들어간 상태였다. 뱀은 몸뚱이가 잘리는 마지막 순간까지 새를 집어삼키려고 했던 것이다.

"뱀을 꺼낼까요?"

소년이 오카다의 얼굴을 쳐다보며 말했다.

"응. 꺼내긴 해야 하는데, 머리를 새장 한가운데로 집어넣었다가 다시 빼내지 않으면 대나무살이 부러질걸."

오카다는 웃으면서 말했다. 소년은 솜씨 좋게 뱀의 머리를 빼 낸 뒤 손가락 끝으로 새의 꽁지를 당겨보고 이렇게 말했다.

"죽었어도 뱉어내려 하지 않네."

그때까지 남아 있던 바느질집 학생들이 이제 더 구경거리가 없다고 생각했는지 모두 안으로 들어갔다.

"자, 저도 슬슬 가봐야겠군요."

오카다가 말하고 주위를 둘러보았다. 주인 여자는 멍하니 뭔가 생각하는 듯하다가 이 말을 듣고 오카다를 바라보았다. 그리고 뭔가 말하려다 주저하고 시선을 옆으로 돌렸다. 그와 동시에 여자는 오카다의 손에 피가 조금 묻어 있는 것을 발견했다.

"어머, 손이 더러워졌네요."

주인 여자는 하녀를 불러 현관에 세숫대야를 가져오게 했다. 오카다는 이 이야기를 할 때 여자의 태도를 구체적으로 말하지 않고 대신 "새끼손가락에 아주 조금 피가 묻은 것을 여자가 용케도 발견했다고 생각했지"라고 말했다.

오카다가 손을 씻고 있을 때, 그때까지 뱀의 입에서 죽은 새를 꺼내고 있던 소년이 외쳤다.

"야아, 큰일 났다."

주인 여자가 잘 개어놓은 새 수건을 가져와 오카다 옆에 서 있다가 열어놓은 대문에 한 손을 대고 밖을 내다보았다.

"무슨 일이죠?"

소년은 손바닥으로 새장을 막고 말했다.

"잘못했으면 뱀이 머리를 넣었던 구멍으로 살아남은 새가 도망갈 뻔했어요."

오카다는 여자가 건네준 수건으로 손을 닦으며 소년에게 말했다.

"그 손 그대로 가만히 있거라."

그리고 튼튼한 끈 같은 것을 주면 새가 구멍으로 나오지 못하게 막겠다고 말했다. 여자는 잠시 생각하더니 물었다.

"머리끈 괜찮겠어요?"

"괜찮습니다."

주인 여자는 하녀를 시켜 경대 서랍에서 머리끈을 가져오게 했다. 오카다는 그것을 받아들고 새장의 부러진 대나무살을 종횡으로 칭칭 묶었다.

"일단 내가 할 일은 다 한 것 같군요."

오카다는 문을 나섰다. 주인 여자가 뒤따라 나오며 사뭇 대답이 궁한 듯 말했다.

"정말 뭐라 감사의 말씀을 드려야 할지……."

오카다는 소년에게 말했다.

"어이, 고생한 김에 그 뱀도 좀 치워주겠니?"

"예, 그러죠. 언덕 밑 도랑 깊은 곳에 버리죠. 어디 새끼줄 같은 것 없나요?"

이렇게 말하며 소년은 주위를 둘러보았다.

"새끼줄 있으니 갖다 줄게요. 잠깐만요."

주인 여자가 하녀에게 뭐라고 지시했다.

"그럼, 이만."

그사이에 오카다는 인사를 하고, 뒤도 돌아보지 않고 언덕을
내려갔다.

여기까지 이야기를 마친 오카다가 내 얼굴을 보고 말했다.

"어때? 미녀를 위해서라고 하지만 활약이 대단했지?"

"응. 여자를 위해 뱀을 죽인 것은 신화 비슷한 이야기라 재미있
는데, 아무래도 이야기가 그걸로 끝나지 않을 것 같은데?"

나는 솔직하게 머리에 떠오르는 대로 말했다.

"농담하지 말게. 미완의 작품이라면 발표하지 않았네."

오카다가 이렇게 말한 것도 거짓은 아니었던 것 같다. 그러나
설령 그것으로 끝난다 해도 얼마간 아쉬움은 남았을 것이다.

나는 오카다의 이야기를 듣고 신화 같다고 말했으나 실은 하
나 더 떠오른 장면이 있는 것을 숨기고 있었다. 그것은 《금병매》
를 읽다가 나온 오카다가 금련을 만난 것이 아닌가 하는 생각이
었다.[60]

대학의 사환 출신으로서 사채업을 하고 있는 스에조는 돈을

---

60 《금병매》에서 반금련은 서문경과 간통하여 남편을 독살했다. 이 삼각관계를 오카
다-오다마-스에조에 빗대어 말한 것이다.

빌리지 않는 학생들 사이에서도 이름이 잘 알려져 있었다. 그러나 무엔자카의 여자가 스에조의 첩이라는 사실을 모르는 사람도 있었다. 오카다가 그 가운데 한 사람이었다. 나는 그 당시 여자에 대해서 자세히 몰랐고, 단지 바느질집 옆집에 사는 여자가 스에조의 첩이라는 것만 알고 있었다. 나는 오카다에 비하면 정보가 조금 빠른 편이었다.

20

오카다가 뱀을 퇴치해준 날의 일이었다. 오다마는 지금까지 눈으로만 인사를 나눈 오카다와 가깝게 말을 나누게 되자 자신도 놀랄 정도로 마음이 급격하게 변화된 것을 느꼈다. 여자에게는 갖고 싶지만 실제로 사겠다고는 생각하지 못하는 물건이 있다. 여자는 그런 시계나 반지가 쇼윈도에 장식되어 있는 가게를 지날 때마다 안을 들여다본다. 일부러 그 가게 앞에 가려고 하지는 않는다. 뭔가 다른 일로 그 앞을 지나게 되면 반드시 쳐다본다. 갖고 싶다는 욕망과 그것을 사는 것은 어차피 불가능하다는 체념이 하나가 되어, 가슴 아플 정도는 아니지만 희미하고 달콤한 어떤 애상적 정서가 생긴다. 여자는 그런 감정을 즐긴다. 그것과는 달리, 여자가 실제로 사려고 하는 물건은 그 여자에게 강렬한 고통을 안겨준다. 여자는 그 물건 때문에 안절부절못할 만큼 괴로워한다.

설령 며칠 기다리면 손쉽게 얻을 수 있는 경우라도 그것을 기다릴 여유가 없다. 여자는 더위나 추위, 그리고 어둠이나 눈비에도 아랑곳없이 충동적으로 그것을 사러 가는 경우가 많다. 가게에서 물건을 훔치는 여자도 특별히 이상해서가 아니다. 단지 갖고 싶은 물건과 살 수 있는 물건과의 경계가 희미해진 여자일 뿐이다. 오다마에게 오카다라는 존재는, 예전에는 단지 갖고 싶은 물건이었으나 지금은 순식간에 변하여 살 수 있는 물건이 된 것이다.

오다마는 오카다가 새를 구해준 것을 인연으로 어떻게든 그에게 접근하려고 했다. 먼저 생각한 것은, 우메를 통해 어떤 선물을 보내서 고마움을 표시할까 하는 것이었다.

그럼 선물은 무엇으로 할까? 후지무라 가게의 만두라도 사서 보낼까? 그건 너무 단순해. 그건 남들이 흔히 하는 거야. 옷감 조각으로 팔꿈치 방석을 만들어주면 오카다 씨는 숫처녀의 짝사랑 같다며 우습게 생각할 거야. 아무래도 좋은 생각이 안 떠오르네. 그리고 무슨 선물로 할지 결정해도 그걸 우메 편에 보내면 될까? 명함은 저번에 나카초에서 만든 것이 있지만, 그걸 함께 보내는 것만으로는 뭔가 부족해. 뭐라고 한마디 써서 보내야지. 아, 어쩌지? 소학교를 마치고 공부를 그만뒀기 때문에 그 후로는 글씨를 연습할 틈이 없어서 편지도 제대로 못 쓰는데. 물론 마에다 댁에서 일했다는 옆집 선생에게 부탁하면 문제없어. 하지만 그건 싫어. 편지에다가 남에게 말 못할 사연을 쓰진 않겠지만, 어쨌든 오카다 씨에게 편지를 보낸다는 것을 누구에게도 들키고 싶지 않아. 아, 어떡하면 좋지?

마치 같은 길을 왔다 갔다 하는 것처럼 오다마는 이 문제만을 처음부터 생각하다가 다시 역순으로 생각하고, 화장을 할 때나 부엌일을 시킬 때 잠시 잊었다가 다시 생각하곤 했다. 그러는 사이에 스에조가 왔다. 오다마는 술을 따르면서도 그 생각에 빠져 있다가 스에조에게 꾸지람을 들었다.

"뭘 그리 골똘히 생각하고 있어?"

"어머, 저 아무 생각도 안 해요."

의미 없이 웃음을 지어 보이는데 은밀히 가슴이 두근거렸다. 그러나 요즘은 상당히 노련해져서 뭔가 감추고 있다는 것을 예민한 스에조에게도 쉽사리 들키는 법이 없었다. 스에조가 돌아간 후 잠자리에 든 오다마는 꿈속에서 결국 과자 한 상자를 사다가 서둘러 우메에게 들려 보냈다. 그러고는 명함과 편지를 동봉하지 않고 보낸 것을 깨닫고 화들짝 놀라는 바람에 잠에서 깨었다.

날이 밝았다. 이날은 오카다가 산책을 나오지 않았는지, 아니면 자신이 보지 못했는지 오다마는 그리운 얼굴을 볼 수가 없었다. 다음날은 오카다가 다시 평소 모습으로 창밖을 지나갔다. 그가 창 쪽을 힐끗 쳐다보고 지나갔으나 집이 어두워서 오다마와 얼굴을 마주치지는 못했다. 그 다음날, 평소 오카다가 지나가는 시각이 되자 오다마는 싸리비를 들고 나와 치울 것도 별로 없는 뜰을 정성껏 청소하며, 자기가 신고 있는 신발 외에 한 켤레밖에 나와 있지 않은 게다를 오른쪽에 놓았다가 왼쪽에 놓았다가 하고 있었다.

"어머, 제가 쓸게요."

우메가 부엌에서 나오며 말했다.

"괜찮아. 너는 찌개 끓는 거나 보고 있어. 내가 일이 없으니까 하고 있는 거야."

오다마는 우메를 부엌으로 쫓아 보냈다. 그때 마침 지나가던 오카다가 모자를 벗고 인사했다. 얼굴이 빨개진 오다마는 싸리비를 들고 우뚝 선 채로 아무 말도 할 수가 없어 오카다를 그냥 보내고 말았다. 오다마는 뜨거운 부젓가락을 내던지듯이 싸리비를 팽개치고는 신발을 벗고 후다닥 방으로 뛰어 올라갔다. 그러고는 화로 앞에 앉아 불씨를 휘적거리며 생각했다.

아아, 난 정말 바보야. 오늘같이 선선한 날에는 창문을 열고 내다보는 것이 이상하게 보일까 봐 일부러 청소하는 체하며 기다리고 있었는데, 막상 마주치니 아무 말도 하지 못했어. 서방님 앞에서는 어색한 분위기여도 할 말이 있으면 다 했는데. 오카다 씨에게는 왜 말을 걸지 못했을까. 그렇게 도움을 받았으니 고맙다고 말하는 게 당연하잖아. 그걸 못했으니 그 사람에게 말을 걸 기회가 사라졌는지도 몰라. 우메를 통해 선물을 보내는 것도 못 해, 얼굴을 마주쳐도 말을 못 해, 도대체 아무런 방법이 없잖아. 도대체 그때 왜 목소리가 안 나왔을까. 그래, 그렇지. 그때 나는 분명히 말을 하려고 했어. 단지 뭐라고 하면 좋을까 몰랐던 거지. '오카다 씨'라고 다정하게 부르는 건 도저히 못하겠어. 얼굴을 마주 보고 '저기요'라고 하는 것도 이상해. 그때 우물쭈물한 것도 무리는 아니야. 이렇게 가만히 생각해봐도 뭐라고 말해야 좋을지 모르겠는걸. 아니, 아니, 이런 걸 생각하는 건 역시 내가 바보이기 때문이야. 말을 걸 필요도 없었어. 서둘러 문 밖으로 뛰어나갔으면 좋았을걸. 그랬다면 오카다 씨가 걸음을 멈추었겠지. 걸음만 멈추었다면, '요전에는 뜻밖의 일로 신세를 졌습니다'라든가 무슨 말이든 할 수 있었을 텐데.

오다마가 이런 생각을 하며 화롯불을 휘적거리고 있는 사이에 주전자 뚜껑이 들썩거리기 시작했다. 오다마는 김을 빼기 위해 뚜껑을 조금 열었다.

그 후로 오다마는 말을 걸지 선물을 보낼지 두 가지 방법을 놓고 고민하기 시작했다. 그러는 사이에 저녁에는 점차 선선해져서 이제는 창문을 열어놓을 수가 없었다. 뜰을 청소하는 일은 여태껏 아침에 한 번으로 정해져 있었는데, 지난번 일이 있고 나서는 우메가 아침저녁으로 청소를 하므로 그것도 어려웠다. 오다마는 목욕하러 가는 시각을 늦춰서 오카다를 길에서 만날까도 생각했으나, 언덕 밑 목욕탕까지 가는 길이 너무 짧아 만날 가능성이 없었다. 또 선물을 보낸다는 것도 날이 가면 갈수록 더 보내기 어려워졌다.

그래서 오다마는 한때 다음과 같이 생각하며 체념할 수밖에 없다고 마지못해 결론을 내렸다. 나는 그때 이후로 오카다 씨에게 고맙다는 인사도 하지 않았어. 고맙다는 인사를 해야 일이 끝나는 건데 그러지를 못했으니 오카다 씨에게 아직 은혜를 갚지 못한 거야. 내가 빚을 졌다는 걸 오카다 씨는 알고 있을 거야. 이런 상태가 오히려 서툴게 인사하는 것보다 나을지도 몰라.

그러나 오다마는 도움을 받은 데 대한 빚을 갚겠다는 핑계로 하루라도 빨리 오카다에게 다가가고 싶었다. 단지 그 방법과 수단을 찾을 수 없어 매일 남모르게 속을 썩이고 있었다.

오다마는 자존심이 강한 여자였다. 스에조의 첩이 된 후 짧은 기간에 주위로부터 표면적으로는 경멸의 시선을 받으면서도 속으로는 시샘을 받는 첩이라는 존재의 고통을 맛본 덕분에 세상을 깔보는 듯한 기상을 키웠다. 그러나 원래 천성이 착하고 아직 세상 사람들과 부딪쳐본 경험이 부족하여 하숙집 학생 오카다에게 접근하는 것을 아주 어려워했다.

그러던 중 어쩌다 맑게 갠 가을날에는 창문을 열어두고 다시 오카다와 인사를 나누는 날은 있어도, 예전에 모처럼 가까이서 말을 나누고 수건을 건네주기도 했던 것이 전혀 접근의 계단 형태로 바뀌지 않아, 그런 사건이 생긴 후에도 아무 일 없었던 옛날과 전혀 다를 바가 없었다. 오다마는 그것이 매우 안타까웠다.

스에조가 와 있어도, 화로를 사이에 두고 마주앉아 이야기를 하는 동안에도, 이 사람이 오카다라면 얼마나 좋을까 생각했다. 처음 그렇게 생각했을 때는 자기의 뻔뻔함을 꾸짖었으나 점차 태연하게 오카다만을 생각하면서도 대화에 장단을 맞추게 되었다. 그리고 스에조에게 안긴 순간에도 눈을 감고 오카다를 생각했다. 때로는 꿈속에서 오카다와 한몸이 되었다. 번거로운 절차나 과정도 생략한 채. 그리고 '아아, 행복해'라고 생각하는 순간 상대가 오카다가 아니라 스에조로 변해버렸다. 깜짝 놀라 눈을 떴지만 그 뒤로는 흥분되어 잠을 이룰 수 없을 만큼 몸이 달아 울어버린 적도 있었다.

어느새 11월이 되었다. 초봄과 같이 따스한 날이 계속되어 창문을 열어놓아도 이상하지 않은 날씨라, 오다마는 다시 오카다의 얼굴을 거의 매일 보게 되었다. 그전에 스산한 비가 계속 내리거나 하여 이삼일 정도 오카다의 얼굴을 볼 수 없었을 때는 우울하기 그지없었다. 그래도 원래 온순한 성격이라 억지를 부리며 우메를 괴롭히는 짓은 하지 않았다. 하물며 스에조에게도 불쾌한 얼굴은 절대 보이지 않았다. 그럴 때는 화로 앞에 팔을 괴고 멍하니 있어서 우메가 "어디 아프신가요" 하고 물었을 뿐이다. 그러다가 최근에 오카다의 얼굴을 연이어 보게 되자 이상하게 마음이 들떠, 어느 날 아침에는 평소보다 가벼운 마음으로 집을 나와 이케노하타에 있는 아버지에게 놀러갔다.

오다마는 일주일에 한 번씩 꼭 아버지를 찾아갔는데, 아직 한 번도 한 시간 이상 앉아 있은 적이 없었다. 아버지가 그것을 허락하지 않았기 때문이었다. 아버지는 갈 때마다 반겨주었다. 뭔가 맛있는 것이라도 있으면 그것을 내주고 차도 대접했다. 그러나 그것뿐, 잠시 후에 곧 돌아가라고 했다. 노인의 성급한 성격 탓만은 아니었다. 출가외인이라 언제까지나 자기 집에 오래 머물게할 수는 없다는 생각에서였다. 오다마가 두 번째인가 세 번째로 들렀을 때, 오전 중에는 서방님이 절대 찾아오지 않으니 느긋하게 있어도 괜찮다고 말한 적이 있었다. 아버지는 그래도 용납하지 않았다.

"그러냐? 지금까지는 그랬는지도 모르지. 그래도 언제 어떤 용무가 있어서 올지 모른다. 네 서방에게 미리 말하고 온 날은 괜찮지만, 장 보러 나왔다가 들렀을 때는 느긋하게 있으면 안 되지. 어디를 쏘다니다 왔냐고 네 서방이 뭐라 하면 어쩔 거냐."

혹시 아버지가 스에조의 직업을 알게 되면 마음이 상하지 않을까 항상 걱정되어 찾아갈 때마다 눈치를 살폈으나 아버지는 전혀모르는 것 같았다. 거기에는 그럴 만한 이유가 있었다. 이케노하타로 이사 온 후로 노인은 곧 책을 빌려 읽기 시작하여 낮에는 항상 안경을 쓰고 책을 읽었다. 그것도 역사물이나 무용담 등의 필

사본[61]만 읽었다. 요즘 읽고 있는 책은 《미카와고후도키(三河後風土記)》[62]였다. 그 책은 권수가 많아 당분간 그것만 읽는다고 했다. 대본집 주인이 요미혼(讀み本)[63]을 권하자 그건 거짓이 담긴 책이라며 보려고 하지 않았다. 밤에는 눈이 피로해진다며 책을 읽지 않고 연예장에 갔다. 연예장에서는 사실과 허구를 가리지 않고 만담도 듣고 기다유도 들었다. 주로 무용담을 공연하는 히로코지 연예장에는 아주 마음에 드는 사람이 나올 때나 가곤 했다. 취미 생활은 단지 그뿐이고, 사람들과 잡담을 하는 적이 없으니 친구도 생기지 않았다. 그래서 스에조에 관해 물어볼 만한 인연이 없었던 것이다.

그래도 이웃 중에는 영감 집에 찾아오는 미인이 누군지 수소문하여 결국 사채업자의 첩이라는 사실을 알아낸 자도 있었다. 혹시 옆집에 입이 가벼운 사람이 산다면 영감이 아무리 이웃과 교류 없이 지낸다 해도 억지로라도 나쁜 소문을 듣게 될 것인데, 다행스럽게도 한 이웃은 박물관 관리로 법첩(法帖)[64]을 보며 글씨 연습만 하는 사람이고, 다른 한쪽은 이제는 보기 힘들어진 판목사(板木師)[65]이지만 도장 파는 일은 하지 않는 사람이므로, 둘 다 영감의 평화를 깰 염려는 없었다. 그 당시에는 늘어선 건물 중에 가게를 내고 장사를 하는 곳은 메밀국수를 파는 렌교쿠안과 전병과자 가

---

61 당시 책들은 대본집에서 필사해 유포되었음.
62 도쿠가와 가문의 가계보에서 세키가하라 전투에 이르는 역사를 서술한 책.
63 그림 위주의 책에 비하여 읽기 위주의 책이라는 뜻. 에도 시대에 유행한 소설의 하나로 전기적 요소에 권선징악을 주제로 한 것이 대부분이었다.
64 옛사람의 필적 등을 탁본으로 뜬 접책.
65 목판인쇄용 판목을 조각하는 기술자.

게 정도였고, 좀 더 가서 히로코지 모퉁이 가까운 곳의 주산야 (十三屋)라는 빗가게 말고는 없었다.

영감은 대문을 열고 들어오는 사람의 기척이나 경쾌한 게다 소리만으로도, 낭랑한 목소리를 듣기도 전에 이미 오다마가 왔다는 것을 알아채고 읽던 책을 내려놓고 기다렸다. 안경을 벗고 어여쁜 딸의 얼굴을 보는 날은 영감에게는 경축일과도 같았다. 딸이 오면 반드시 안경을 벗었다. 안경을 끼는 편이 더 잘 보이지만 아무래도 안경 너머로 보면 거리감이 느껴져 답답했다. 딸에게 하고 싶은 이야기가 아주 많은데, 이상하게 꼭 딸이 돌아간 후에야 미처 하지 못한 이야기가 생각나곤 했다. 그러나 "네 서방은 별고 없느냐"라고 스에조의 안부를 묻는 것은 절대 잊지 않았다.

오다마는 오늘 기분이 좋아 보이는 아버지의 얼굴을 마주보고 도쿠가와 이에야스의 첩실[66] 이야기를 들으면서 히로코지에 새로 문을 연 오센주(大千住) 지점에서 샀다는 전병과자를 먹었다. 그리고 아버지가 "돌아가야 하지 않느냐"라고 물을 때마다 "괜찮아요"라며 웃는 얼굴로 대답하다가 결국 정오가 다 되도록 놀다 돌아왔다. 그리고 지난번처럼 스에조가 갑자기 오는 적도 있다는 사실을 아버지에게 말하면 어서 가라는 재촉이 더 심해질 뿐이라고 생각했다. 오다마는 어느새 꽤 뻔뻔스러워져 자기가 없을 때 스에조가 오더라도 어쩔 수 없다는 생각을 하게 되었다.

---

66 아차노쓰보네(阿茶の局, 1555~1637)는 열다섯 명에 이르는 이에야스의 첩실 중에서도 가장 총애를 받았다. 재기가 넘쳐 참모로서도 중요한 역할을 했고 훗날 불문에 입적했다.

21

날씨가 점점 추워져 오다마의 집 수채 앞에 깔린 널빤지 위에 아침 이슬이 하얗게 내려앉았다. 오다마는 차갑고 긴 두레박줄로 깊은 우물에서 물을 긷는 우메가 안쓰러워 장갑을 사주었다. 그러나 우메는 매번 끼고 벗는 것이 불편해 부엌일을 못하겠다며 장갑을 소중하게 보관해두고 여전히 맨손으로 물을 길었다. 빨래나 걸레질을 시킬 때도 물을 데워서 쓰게 했지만 우메의 손은 점점 거칠어만 갔다. 오다마는 그것이 마음에 걸렸다.

"뭘 하더라도 젖은 손을 그대로 두면 안 돼. 물에서 손을 빼면 곧바로 잘 닦아서 말려. 일을 다 마치면 잊지 말고 비누로 손을 씻고."

이렇게 말하고 비누까지 사줬는데도 점점 더 거칠어지는 우메의 손을 보며 오다마는 불쌍한 마음이 들었다. 그리고 그 정도 일은 자기도 예전에 늘 했지만 우메처럼 손이 튼 적은 없었다는 걸 떠올리며 참 이상하다고 생각했다.

아침에 눈을 뜨자마자 곧장 일어나던 오다마도 요즘은 우메가 "수채에 얼음이 얼었어요. 좀 더 누워 계세요"라고 말하면 그냥 이불을 휘감고 누워 있게 되었다. 교육자들은 청소년들이 망상을 일으키지 않도록 이부자리에 들어가면 곧바로 자고, 잠을 깨면 곧바로 일어나라고 훈계한다.[67] 젊고 원기 왕성한 몸이 따뜻한 이불

---

67 이 책에 함께 실린 〈성적 인생〉에 다음과 같은 문장이 있다. "서양의 기숙사에는 청년 생도가 이것을 하지 못하게 양손을 이불 위로 내놓고 자게 하는 규칙이 있어……."

안에 있게 되면, 불 속에서 독초의 꽃이 피는 것 같은 생각이 싹트기 때문이다. 오다마의 상상도 이런 때에는 꽤 방자해지곤 했다. 눈에 어떤 빛을 발하고 술에 취한 듯 눈가에서 볼에 걸쳐 홍조가 넘쳐흘렀다.

전날 밤에 하늘이 아주 맑아 별이 반짝이더니 새벽에는 서리가 내린 어느 날의 일이었다. 오다마는 꽤 오랫동안 이불 속에서 근래 몸에 익힌 게으름을 피우고 있다가, 우메가 일찌감치 열어젖힌 덧문의 바깥 창으로 아침 햇살이 들어오는 것을 보고서야 겨우 일어났다. 그리고는 솜옷을 가는 허리띠로 둘러매고 마루에 나가 이를 닦았다. 그때 대문이 드르륵 열리는 소리가 났다.

"어서 오세요."

우메가 상냥하게 인사했다. 곧 방으로 올라오는 발소리가 들렸다.

"이런, 잠꾸러기로군."

스에조가 이렇게 말하고 화로 앞에 앉았다.

"어머, 황송해서 어쩌나. 이렇게 일찍 어쩐 일이세요?"

스에조의 눈에는 물고 있던 칫솔을 서둘러 빼고 양동이에 침을 뱉은 후 이렇게 말하며 조금 상기된 얼굴로 웃는 오다마가 그 어느 때보다도 아름답게 보였다. 이상하게도 오다마는 무엔자카로 이사 오고 난 후로 나날이 아름다워지고 있었다. 처음에는 소녀 같은 귀여움이 마음에 들었으나 요즘은 그것이 왠지 사람을 매혹하는 듯한 태도로 변해갔다. 스에조는 이런 변화를 보고, 오다마가 사랑이란 것을 알기 시작했고, 그것을 자기가 일깨워주었다며 뿌듯하게 생각했다.

그러나 그것은 평소 무슨 일이건 예리하게 간파하는 스에조의 눈이 미련하게도 사랑하는 여자의 정신 상태를 착각한 것이었다. 오다마는 처음에는 서방님을 하늘처럼 모시는 여자였다. 그러나 급격한 신상의 변화로 인해 번민하고 성찰한 결과 뻔뻔스럽다고 할 정도로 자각하여, 세상 여자가 많은 남자를 접한 후에 겨우 얻을 수 있는 냉정함과 비슷한 마음이 되었다. 스에조는 이 마음에 희롱당하는 것을 유쾌한 자극으로 받아들인 것이다. 게다가 오다마는 뻔뻔해짐에 따라 행동도 조금씩 방종해졌다. 스에조는 이 방종으로 인해 정욕이 불붙어 오다마에게 더욱더 빨려드는 느낌이었다. 이 일체의 변화를 스에조는 눈치 채지 못했다. 매혹되는 듯한 느낌은 바로 거기에서 생겨났던 것이다.

　　오다마는 쭈그리고 앉아 세숫대야를 끌어당기며 말했다.

　　"당신, 잠깐 뒤돌아 있어요."

　　"왜?"

　　스에조는 담배에 불을 붙이며 물었다.

　　"아니, 제가 세수하잖아요."

　　"뭐 어때서. 후딱후딱 씻지."

　　"그래도, 보고 있으면 못 씻잖아요."

　　"참 까다롭군. 이러면 돼?"

　　스에조는 담배 연기를 내뿜으며 등을 돌렸다. 그리고 마음속으로는 얼마나 순진하고 사랑스러운 여자인가 생각했다.

　　오다마는 윗도리도 벗지 않은 채 옷깃만 느슨하게 풀고 서둘러 얼굴을 씻었다. 평소보다 대충 했지만 화장의 힘을 빌려 흉터를 감추거나 아름답게 치장해야 할 약점이 없기에 맨얼굴을 보여

곤란할 것도 없었다.

　스에조는 처음에 등을 돌리고 있었으나 잠시 후에 오다마를 향해 돌아앉았다. 얼굴을 씻는 사이에 스에조에게 등을 돌리고 있었던 오다마는 그것도 몰랐는데, 씻고 나서 경대를 앞으로 당기니 거기에 담배를 입에 문 스에조의 얼굴이 비쳤다.

　"어머, 짓궂은 사람."

　오다마는 이렇게 말하고 그대로 머리를 매만졌다. 느슨해진 옷깃 밑으로 목덜미에서 등에 걸쳐 삼각형으로 보이는 하얀 살결과 손을 높이 들어 팔꿈치 조금 위까지 보이는 통통한 팔이 스에조에게는 언제나 질리지 않는 볼거리였다. 그래서 자기가 잠자코 기다리고 있으면 오다마가 무리하게 서두를지도 모른다고 생각해 일부러 한가하고 느긋한 어조로 말을 꺼냈다.

　"서두를 것 없어. 무슨 일이 있어서 이렇게 일찍 온 것은 아니니까. 실은 저번에 물었을 때 내가 오늘 밤쯤에 올 거라고 말했잖아. 치바에 다녀올 일이 좀 생겼어. 일이 잘 끝나면 내일 중으로 돌아올 것 같고. 어쩌면 모레가 될지도 몰라."

　"예?"

　빗을 닦고 있던 오다마가 뒤돌아보았다. 얼굴에 불안한 표정이 엿보였다.

　"얌전히 기다리고 있어야 돼."

　스에조는 농담처럼 말하고 담뱃갑을 집어넣었다. 그리고 벌떡 일어나 대문 쪽으로 나갔다.

　"아니, 차도 한 잔 안 드렸는데."

　말을 하다 말고 오다마가 빗을 던지듯이 상자에 넣고 그를 배웅하러 나갔을 때, 스에조는 이미 대문을 열고 있었다.

부엌에서 아침상을 들고 온 우메가 상을 내려놓고 무릎을 꿇었다.

"정말 죄송해요."

화로 앞에 앉아 불 위에 쌓인 재를 부젓가락으로 치우고 있던 오다마가 생긋 웃으며 물었다.

"뭐? 뭐가 죄송해?"

"차를 드린다는 게 그만 늦어버려서요."

"아, 그것 때문에? 그냥 인사말로 한 거야. 서방님은 아무렇지도 않게 생각하고 나가셨어."

오다마는 밥상에서 젓가락을 집어 들었다.

우메가 아침 식사를 하고 있는 마님의 얼굴을 살펴보니 원래 좋은 성격이기는 하나 오늘은 여느 때보다 더 기분이 좋아 보였다. 아까 "뭐가 죄송해"라고 물으며 웃을 때부터 붉은색이 어렴풋이 비친 뺨에 아직 미소의 흔적이 남아 있었다. 무슨 일이지? 우메는 의아했으나 단순한 그녀의 머리에는 그것이 뿌리를 내리지 못했다. 단지 그 기분이 전염되어 자기도 기분이 좋아졌을 뿐이다.

오다마는 우메의 얼굴을 가만히 보더니, 기분 좋은 얼굴을 한층 더 환하게 하고 말했다.

"음…… 너, 집에 가고 싶지 않니?"

우메는 의아하다는 듯 눈을 크게 떴다. 그 당시에는 아직 에도 막부 시대의 관습이 남아 있어서, 같은 시내에서 하녀로 일하더라도 정초 때 말고는 집에 다녀오는 경우가 거의 없었다. 오다마는 다시 이렇게 말했다.

"오늘 밤에는 서방님이 오시지 않으니까 집에 가서 하룻밤 자고 싶으면 그렇게 해도 돼."

"저, 정말이세요?"

우메는 의심스러워서 되물은 것이 아니었다. 과분한 은혜라고 생각해 이 말을 뱉은 것이다.

"정말이고말고. 난 그런 걸 농담해서 사람 놀리지 않아. 설거지는 안 해도 괜찮으니 지금 당장 가도 돼. 그리고 오늘은 마음껏 놀고 하룻밤 자고 와. 그 대신 내일은 일찍 돌아오고."

"예, 마님."

우메는 기쁜 나머지 얼굴이 빨갛게 상기되었다. 아버지가 인력거꾼이라 항상 인력거 두세 대가 늘어서 있는 집 앞 마당, 주로 아버지 차지지만 아버지가 나갔을 때는 어머니가 앉아 있던 장롱과 화로 사이 겨우 방석 하나 깔 수 있는 방, 그리고 항상 머리카락을 한쪽 볼에 늘어뜨리고 어깨에서 다스키를 거의 벗은 적이 없는 어머니의 모습 등이 빠른 속도로 바뀌면서 작은 머릿속에 그림자 연극처럼 떠올랐다.

식사를 마치고 우메는 상을 치웠다. 설거지는 놔두라고 했지만 그것만큼은 해둬야겠기에 동이에 물을 퍼서 밥그릇과 접시를 달그락거리며 씻고 있는데, 오다마가 봉투를 들고 나왔다.

"어머. 아직 설거지하고 있네. 그 정도는 금방 하니까 내가 할게. 너, 머리는 어제 했으니 됐고 빨리 옷이나 갈아입어. 그리고 선물은 아무것도 못해주니 이걸 가져가."

봉투 안에는 화투장 모양의 50전짜리 파란 지폐가 들어 있었다.

우메를 서둘러 보내고 나서 오다마는 익숙한 몸짓으로 다스키를 어깨에 걸고는 소매를 걷어올리고 부엌으로 나갔다. 그리고 사뭇 재미있는 일을 하듯 우메가 씻다 만 밥그릇과 접시를 설거지하기 시작했다. 옛날에 다 해본 일이라 우메가 따라오지 못할 정도로 신속하게 그리고 주도면밀하게 할 수 있는 오다마지만, 오늘은 아이가 장난감을 갖고 노는 것보다 동작이 굼떴다. 손에 든 접시 하나가 오분이나 손에서 떠나지 않았다. 오다마의 얼굴은 활기 있는 담홍색으로 빛나고 눈은 허공을 멍하니 바라보았다.

그리고 머릿속에는 극히 낙관적인 상상의 그림이 펼쳐졌다. 대체로 여자는 어떤 일을 결심할 때까지는 안타까울 정도로 주저하고 망설이다가, 막상 결심을 하면 남자처럼 주위의 눈치를 보지 않고 눈 옆을 가린 말처럼 앞만 보고 달려간다. 사려 깊은 남자가 의구심을 가질 정도의 장애물이 앞에 가로막혀 있어도 여자는 그것을 거들떠보지 않는다. 그래서 남자가 감히 하지 못하는 일도 과감히 해치워서 의외로 성공을 거두는 경우도 있다. 오다마는 오카다에게 접근하려고 했지만, 만약 제3자가 관찰했다면 안타까움에 견딜 수 없을 정도로 머뭇거리는 모습이었다. 그러나 오늘 아침 스에조가 치바에 간다고 말하고 떠난 후에는 순풍에 돛을 단 배처럼 목적지로 달려갈 마음의 준비가 되었다. 그래서 우메를 서둘러 친가로 보냈다. 방해가 되는 스에조는 치바에서 자고 온다. 하녀 우메도 친가에 가서 잔다. 그럼 내일 아침까지는 아무에게도 간섭받지 않는 몸이라고 생각하니 기분이 몹시 유쾌했다. 그리고 이렇게 박자가 착착 맞아떨어지며 일이 진행되는 것이 최종 목적을 쉽게 달성할 수 있다는 징조처럼 느껴졌다.

오늘도 오카다 씨가 집 앞을 지나가겠지. 왕복해서 두 번 지나가는 날도 있으니까 무슨 일이 생겨서 한 번은 못 봐도 두 번 다 못 볼 리는 없어. 오늘은 어떤 희생을 치르더라도 말을 걸어야 해. 과감히 말을 걸면 그쪽도 걸음을 멈추겠지. 나는 비천한 첩의 몸이야. 게다가 사채업자의 첩이지. 그래도 처녀 때보다 더 예뻐졌지 못나지는 않았어. 그리고 어떻게 해야 남자의 호감을 살 수 있는지를 불행한 처지가 된 덕분에 점차 알게 되었어. 그러고 보면 설마 오카다 씨가 날 무조건 싫어할 리 없겠지. 아니, 절대 그렇지 않아. 혹시 싫은 여자라고 생각했다면 얼굴을 마주칠 때마다 인사할 리가 없지. 언젠가 뱀을 잡아준 것도 그래. 그것도 내 집에서 생긴 일이니까 도와준 걸 거야. 우리 집 일이 아니었다면 모른 체하고 지나갔을지도 몰라. 게다가 내가 이렇게 깊이 생각하고 있으니 내 마음이 다는 아니더라도 어느 정도 그에게 전해졌을 거야. 그래, 생각보다 행동하는 것이 더 쉬울지도 몰라.

이런 생각을 계속하는 사이에 설거지통 속의 온수가 식었지만 오다마는 차갑다고 느끼지 않았다. 상을 선반 위에 올려놓고 화로 앞에 돌아와 앉은 오다마는 왠지 마음이 들떠서 가만히 있을 수가 없었다. 그래서 아침에 우메가 깨끗하게 털어낸 재를 부젓가락으로 두세 번 휘젓다가 벌떡 일어나 옷을 갈아입기 시작했다. 도보초(同朋町)의 미장원에 가려는 것이었다. 그곳은 평소 집으로 찾아오는 상냥한 미용사가 외출할 때 머리 하러 가라고 소개한 곳인데, 아직 한 번도 가본 적이 없었다.

22

서양 아이들이 읽는 동화 중에 '못 하나'라는 이야기[68]가 있다. 잘 기억나지 않으나 아마 수레바퀴의 못이 하나 빠져서 거기에 타고 있던 농부의 아들이 여러 가지 곤란한 일을 당한다는 내용이었던 것 같다. 내가 시작한 이 이야기에서는 고등어조림이 마치 '못 하나'와 같은 역할을 했다.

하숙집과 학교 기숙사의 '짬밥'으로 끼니를 해결하는 동안 몸에 소름이 돋을 정도로 싫어하는 반찬이 생겼다. 아무리 통풍이 잘 되는 식당에 아무리 청결한 상 위에 올려진다 하더라도, 그 반찬을 보기만 하면 내 코는 뭐라 표현할 수 없는 기숙사 식당의 악취를 맡았다. 생선조림에 톳나물이나 밀기울이 곁들여 나오면 벌써 후각이 슬슬 환각을 일으키기 시작했다. 그리고 그것은 고등어조림에 이르러 극한에 달했다.

그런데 그 고등어조림이 어느 날 하숙집 저녁상에 올라왔다. 언제나 상이 나오면 곧장 젓가락을 드는 내가 주저하는 모습을 보고 하녀가 말했다.

"고등어 싫어하세요?"

"싫어하진 않아. 구운 건 잘 먹는데 된장조림은 질려버렸어."

"그래요? 주인아줌마가 잘 몰랐나 봐요. 그럼 달걀이라도 갖고 올까요?"

하녀가 이렇게 말한 뒤 일어서려고 했다.

---

68 그림(Grimm) 동화의 하나.

"아니, 잠깐만."

내가 말했다.

"아직 배도 안 고프니까 산책하고 올게. 주인아줌마에게는 대충 말씀드려. 반찬을 마음에 안 들어 하더라고 말하지 말고. 괜한 걱정 끼치지 않아도 돼."

"그래도 왠지 안됐네요."

"쓸데없는 소리."

일어나서 윗도리를 입기 시작하니 하녀가 상을 들고 복도로 나갔다. 나는 옆방에 말을 걸었다.

"오카다 군, 방에 있나?"

"응, 무슨 일?"

오카다는 또렷한 목소리로 대답했다.

"특별한 일은 없고, 산책하고 돌아오는 길에 책방이라도 들러볼까 하는데 같이 가지 않겠나?"

"그래. 나도 마침 자네에게 할 말이 있네."

나는 벽에 걸린 모자를 집어 쓰고 오카다와 함께 하숙집을 나섰다. 오후 네 시가 지났을 것이다. 어디로 가자는 의논도 없이 하숙집 문을 나왔으나 우리는 문 앞에서 오른쪽으로 꺾었다.

무엔자카를 내려가고 있을 때 나는 "어이, 저기 있네"라고 말하며 팔꿈치로 오카다를 툭 쳤다. "뭐가"라고 물었지만 오카다는 내 말의 의미를 알고 있었기에 왼쪽에 있는 격자문 집을 바라보았다.

집 앞에 오다마가 서 있었다. 오다마는 수척해졌어도 아름다웠다. 그리고 젊고 건강한 미인이 으레 하는 화장한 얼굴이었다. 내 눈에는 늘 보던 모습과 어디가 어떻게 다른지 알 수 없었으나, 어쨌든 평소와는 전혀 다른 아름다움이었다. 얼굴이 반짝이며 빛이 나는 것 같아 나는 어떤 눈부신 아름다움을 느꼈다.

오다마의 눈은 넋을 잃은 듯 오카다의 얼굴을 좇고 있었다. 오카다는 당황하여 모자를 벗어 인사하고 무의식적으로 발걸음을 빨리 했다. 나는 제3자가 갖게 마련인 적극성으로 때때로 뒤를 돌아보았는데 오다마는 아주 오랫동안 오카다를 주시하고 있었다.

오카다는 약간 고개를 숙인 자세로 잰걸음을 늦추지 않고 언덕을 내려갔다. 나도 잠자코 따라 내려갔다. 내 가슴속에는 여러 감정이 싸우고 있었다. 이 감정에는 나를 오카다의 위치에 놓고 싶다는 마음이 저변에 깔려 있었다. 그러나 내 의식은 그것을 인식하는 것을 혐오했다. 나는 마음속으로 '난 그런 비열한 놈이 아니야'라고 외치며 그것을 부정하려고 했다. 그러나 이러한 억제가 효과를 거두지 못하자 나 자신에게 분개했다. 나를 오카다의 위치에 갖다놓고 싶다는 것은, 그녀의 유혹에 몸을 던지겠다는 생각이 아니었다. 단지 오카다처럼 아름다운 여자에게 사랑받는다면 얼마나 좋을까 하는 생각이었다. 그렇다면, 사랑을 받으면 그 다음에는 무엇을 할 것인가? 나는 이 점에 관해서는 의지의 자유를 유보하고 싶다. 나는 오카다처럼 도망치지는 않겠다. 나는 만나서 말을 나누겠다. 내 깨끗한 몸을 더럽히지 않겠으나 만나서 대화는 하겠다. 그리고 그녀를 여동생처럼 사랑하겠다. 그녀에게 힘이 되어주겠다. 그녀를 진흙탕 속에서 구원하겠다. 내 상상은 이렇게 종잡을 수 없는 데까지 흘러갔다.

언덕 밑 네거리까지 오카다와 나는 아무 말 없이 걸었다. 똑바로 걸어가 파출소 앞을 지나갈 때, 나는 겨우 말을 꺼낼 수가 있었다.

"어이, 상황이 심각한 것 같은데?"

"응? 뭐가?"

"뭐가라니. 자네도 아까부터 그 여자를 생각하며 걷고 있었잖아. 내가 때때로 뒤를 돌아보니 그 여자는 계속 자네 뒷모습만 보고 있더군. 아마 지금도 이쪽을 보고 서 있을 거야. 《춘추좌씨전(春秋左氏傳)》에 나오는, '눈으로 맞이하고 눈으로 떠나보낸다'[69]는 문구 그대로네. 그것을 거꾸로 여자 쪽에서 하고 있는 거지."

"그 이야기는 이제 그만두게. 자네에게만 자초지종을 말해준 것이니 이제 나를 놀리지 말게."

이렇게 말하는 사이 연못가에 이르렀기에 둘 다 잠시 걸음을 멈추었다.

"저쪽으로 돌아갈까?"

오카다가 연못의 북쪽을 가리켰다.

"그러지."

나는 연못을 따라 왼쪽으로 돌아갔다. 그리고 열 걸음 정도 걸었을 때 왼쪽에 늘어선 이층집을 보고 혼잣말처럼 중얼거렸다.

"여기가 후쿠치 선생과 스에조의 저택이군."

그러자 오카다가 말했다.

"묘한 대비인 것 같지만, 후쿠치 선생도 그리 청렴하지 않다

---

69 《춘추좌씨전》은 30권으로 된 노나라 때의 사서. 송의 화부독(華父督)이 공자의 아내를 만날 때 "눈으로 인사하고 눈으로 보냈다(目逆而送之)"는 글귀가 있다.

던데."

나는 별다른 생각 없이 반박 비슷한 말을 했다.

"그야 정치에 발을 들여놓으면 아무리 잘해도 비난을 받게 마련이지."

아마 후쿠치 선생과 스에조의 거리를 가능한 한 크게 벌리고 싶었던 것이리라. 후쿠치 선생 저택의 판자 울타리에서 북쪽으로 두세 집 떨어진 곳에 최근 들어 '가와우오(川魚)'라는 간판을 내건 집이 있었다. 나는 그 집을 보며 말했다.

"이 간판을 보면 왠지 시노바즈 연못에서 잡은 고기를 내놓을 것 같은 생각이 드네."

"나도 그런 생각을 했네. 하지만 설마 양산박 호걸이 가게를 하고 있는 것은 아니겠지."

이런 말을 나누며 연못 북쪽으로 가는 작은 다리를 건넜다. 그러자 물가에 서서 뭔가를 쳐다보는 학생 같은 청년이 있었다. 그자는 우리 둘이 다가오는 것을 보고 말을 걸었다.

"어이."

유도에 빠져서 학과 공부 외의 책은 전혀 읽지 않는 성격이라 오카다나 나와는 친하지 않으나, 그렇다고 해서 싫지도 않은 이시하라(石原)라는 친구였다.

"여기 서서 뭘 쳐다보고 있나?"

내가 묻자 이시하라는 말없이 손가락으로 연못 쪽을 가리켰다. 오카다와 나도 잿빛으로 흐려진 저녁 공기 속으로 그가 가리키는 방향을 보았다. 그때는 네즈(根津)로 통하는 작은 도랑에서 세 사람이 서 있는 물가까지 갈대가 무성했다. 그 갈대의 마른 잎은 연못 한가운데로 가면서 점차 드문드문했다. 말라버린 누더기 같은 연잎, 해면과도 같은 씨방이 흩어져 있었으며, 잎과 씨방의 줄기가 들쑥날쑥한 높이로 꺾여 날카롭게 치솟은 것이 풍경에 황량한 느낌을 더하고 있었다. 이 짙은 갈색 줄기 사이를 뚫고 거무스레하게 반사되는 물 위로 십여 마리의 기러기가 느긋하게 오가고 있었다. 그중에는 멈춰서 움직이지 않는 것도 있었다.

"저기까지 돌멩이가 닿을까?"

이시하라가 오카다의 얼굴을 보며 말했다.

"닿기는 하겠지만, 맞을지 안 맞을지는 모르겠네."

오카다가 대답했다.

"던져보게."

이시하라의 권유에 오카다는 주저했다.

"저놈은 벌써 잠든 것 같은데. 돌을 던지는 건 좀 불쌍해."

이시하라는 웃었다.

"사람이 동정심이 너무 과해도 곤란하네. 자네가 안 하면 내가 던지지."

오카다는 내키지 않는 듯 돌을 집었다.

"그럼 내가 도망가게 해야지."

돌멩이는 피잉 하는 소리를 내며 날아갔다. 돌멩이가 날아간 쪽을 지켜보는데 기러기 한 마리가 들고 있던 머리를 갑자기 푹 숙였다. 그와 동시에 두세 마리가 울면서 날개를 퍼덕거리며 수면을 미끄러지듯 흩어졌다. 그러나 날아가지는 않았다. 머리를 숙인 기러기는 움직이지 않고 그 자리에 있었다.

"맞았다."

이시하라가 말했다. 그리고 잠시 수면을 지켜보더니 말을 이었다.

"저 기러기는 내가 가져올 테니 자네들도 좀 도와주게."

"어떻게 가져오지?"

오카다가 물었다. 나도 무심코 귀를 기울였다.

"일단 지금은 때가 안 좋아. 한 삼십 분만 지나면 어두워져. 내가 간단히 잡아올 테니 잘 보게. 자네들이 도와줄 건 없지만 그때 같이 있다가 내가 부탁하는 걸 들어주면 돼. 기러기 고기를 대접하지."

이시하라가 말했다.

"재미있겠는걸."

오카다가 말했다.

"그런데 삼십 분 동안 뭘 하지?"

"나는 이 근처에서 시간을 보낼 거야. 자네들은 어디라도 갔다 오지. 셋이나 여기 있으면 눈에 띄니까."

나는 오카다에게 말했다.

"그럼 우리는 연못을 한 바퀴 돌까?"

"그러지."

오카다는 곧 걷기 시작했다.

23

나는 오카다와 함께 하나조노마치(花園町)의 끝을 가로질러 도

쇼구(東照宮)[70]의 돌계단 쪽으로 갔다. 둘 다 한동안 말이 없었다.

"불행한 기러기도 있군."

오카다가 혼잣말처럼 했다. 내 머릿속에는 아무런 논리적 연관성도 없이 무엔자카의 여자가 떠올랐다.

"나는 그냥 기러기가 있는 곳을 향해 던졌는데 말이야."

이번에는 오카다가 나를 보고 말했다.

"응......."

나는 대답을 하면서도 여전히 그 여자를 생각했다. 그리고 잠시 후에 말했다.

"그래도 이시하라가 기러기를 잡으러 가는 걸 보고 싶네."

"응, 그러지."

오카다는 대답을 하고 뭔가 생각에 빠져 걸었다. 아마 기러기가 마음에 걸렸으리라.

돌계단 밑 남쪽으로 벤텐 신사 쪽을 향해 걷는 두 사람의 마음에는 어쨌든 기러기의 죽음이 어두운 그림자를 드리워 대화가 자주 끊겼다. 벤텐 신사 입구의 도리이(鳥居)[71] 앞을 지날 때 오카다는 억지로 생각을 다른 쪽으로 돌리려는 듯 말을 꺼냈다.

"자네에게 할 말이 있네."

그리고 나는 전혀 생각지도 못한 이야기를 듣게 되었다. 그 내용은 이러했다.

오카다는 오늘 밤 내 방에 와서 말하려고 했으나 마침 내가 권

---

70 도쿠가와 이에야스를 기리는 신사로 우에노 공원 안에 있다.
71 신사 앞에 세워놓은 문. 신사와 바깥을 나누는 경계가 된다.

하여 같이 밖으로 나오게 되었다. 나와서는 식사할 때 말하려고
생각했는데 그것도 상황이 여의치 않을 듯했다. 그래서 걸으면서
대충 말하게 되었다. 오카다는 졸업을 기다리지 않고 유학을 가기
로 결정해 벌써 외무성에서 여권을 받고 대학에 자퇴서를 냈다.
동양의 풍토병을 연구하러 온 독일인 교수 W가 왕복 여비 천 마
르크와 월급 2백 마르크를 주는 조건으로 오카다를 고용했기 때
문이다. 독일어를 할 수 있는 학생 중에서 한문을 잘하는 사람을
찾아달라는 부탁을 받고 벨츠(Baelz)[72] 교수가 오카다를 소개했다.
오카다는 쓰키지(築地)[73]로 W씨를 찾아가 시험을 치렀다. 《소문
(素問)》[74]과 《난경(難經)》[75]을 2~3행씩, 《상한론(傷寒論)》[76]과 《병원
후론(病源候論)》[77]을 5~6행씩 번역했다. 《난경》은 운이 없게도 '삼
초(三焦)'[78]의 한 구절이 나와 뭐라고 번역하면 좋을지 고민하다가
이것을 '차오(chiao)'라고 초(焦)의 원음 그대로 옮겨버렸다. 어쨌든
시험에 합격하여 그 자리에서 계약을 하게 되었다. W씨는 벨츠
교수가 현재 적을 두고 있는 라이프치히대학의 교수이므로 오카

---

72 독일의 의학자. 1877년 초청을 받아 일본에 왔다. 도쿄대학에서 생리학, 내과, 정
   신학 등을 강의하며 일본 근대 의학의 확립에 공헌했다.

73 당시의 외인 거주지.

74 문답식으로 된 중국 최고의 의서.

75 중국의 의학서 《난문》에 대답하는 형식.

76 중국의 의서로 한방 의학을 대표하는 책. 상한이란 열병의 총칭으로, 이를 예로 들
   어 만병의 치료법을 서술했다.

77 각종 병증을 분류 관찰한 중국의 의서.

78 한방에서 육부의 하나. 세 개의 열원이라는 의미로, 상초는 횡경막 상부, 중초는
   상복부, 하초는 배꼽 아래를 말한다. 체온을 유지하기 위해 끊임없이 열을 발생시
   키는 기관을 가리킨다.

다를 라이프치히로 데려가 의사 시험은 W씨에게 맡기기로 했다. 졸업 논문으로 W씨를 위해 번역한 동양의 문헌을 사용해도 좋다는 것이다. 오카다는 내일 하숙집을 나가 쓰키지의 W씨 집으로 이사를 가서 W씨가 중국과 일본에서 사 모은 책들을 싼다. 그리고 W씨를 따라 규슈를 시찰하고 규슈에서 곧바로 메사제리 마리타임(Messagerie Maritime)[79]사의 배를 타게 된다.

나는 때때로 멈춰 서서 "놀랄 일이군"이라든가, "자네 참 과단성 있네"라고 말하며 아주 천천히 걸으면서 이야기를 들었다. 그러나 다 듣고 나서 시계를 보니 이시하라와 헤어진 지 십분밖에 지나지 않았다. 그리고 벌써 연못 주위를 삼분의 이 정도 돌아 나카초 뒤의 연못가를 벗어나고 있었다.

"지금 가면 너무 이르겠군."

"렌교쿠안에서 메밀국수나 먹고 갈까?"

오카다가 제의했다. 나는 바로 동의하고 같이 렌교쿠안을 향해 되돌아갔다. 그 당시 시타야에서 혼고에 걸쳐 가장 유명한 국수집이었다.

메밀국수를 먹으면서 오카다는 말했다.

"지금까지 잘 해왔는데 졸업도 하지 않고 가는 게 유감이야. 하지만 어차피 국비유학생이 될 수 없는 내가 이 기회를 놓치면 유럽에 언제 가보겠나."

"그건 그렇지. 기회는 놓치지 말아야지. 꼭 졸업을 할 필요는 없어. 거기 가서 의사가 되면 마찬가지일 테고, 또 의사가 되지 않

---

79 프랑스의 해운회사.

는다 해도 억울할 건 없지."

"나도 그렇게 생각하네. 단지 자격만 갖추면 되는 거지. 흔히 하는 말로 어떻게든 되겠지."

"준비는 잘 돼가나? 아주 분주한 여행이 될 것 같은데."

"그렇지도 않아. 나는 몸만 가. W씨 말로는 일본에서 양복을 맞춰 입고 가봤자 거기서는 입지도 못한다는군."

"그런가? 언젠가 《가게쓰신시》에서 읽었는데 나리시마 류호쿠(成島柳北)[80]도 요코하마에서 문득 결심하고 배를 탔다고 하더라고."

"응, 나도 읽은 적 있어. 류호쿠는 집에 편지도 안 보내고 떠났다던데, 나는 집에는 자세히 말했지."

"그래? 부럽군. W씨를 따라가니 도중에 실수할 일은 없겠지만, 어떤 여행이 될지 나로서는 상상이 안 가네."

"나도 잘 모르겠어. 어제 시바타 쇼케이(柴田承桂)[81] 교수님을 만나서 여태껏 신세를 많이 진 분이라 이번 일을 말씀드렸더니 교수님이 쓰신 해외여행 안내서를 주셨네."

"아, 그런 책이 있었군."

"응, 비매품이야. 촌놈들에게 준다고 하더라."

이런 이야기를 하고 있는 사이에 시계를 보니 벌써 삼십분까지 오 분밖에 남지 않은 상황이었다. 나는 오카다와 서둘러 렌교쿠

---

80 1837~1884. 시인, 수필가, 저널리스트. 외무 관리를 지내고 메이지 유신 후 구미를 외유하고 돌아와 신문사 사장이 되어 문명비평을 전개했다.

81 1850~1910. 유기화학자. 1871년 독일로 유학한 뒤 도쿄대학 교수가 되어 일본 유기화학의 기초를 정립했다.

안을 나와 이시하라가 기다리는 곳으로 갔다. 연못은 벌써 어둠에 갇혀 벤텐 신사의 붉은 사당이 안개 속으로 희미하게 보이는 시각이었다.

기다리고 있던 이시하라가 오카다와 나를 데리고 연못가로 나가 말했다.

"시간이 딱 좋아. 약삭빠른 기러기들은 모두 딴 데로 가버렸어. 이제 내가 거사를 치를 테니 자네들은 여기서 소리를 질러야 해. 잘 봐. 저기 5~6미터 앞에 오른쪽으로 꺾인 연 줄기가 보이지? 그 연장선상에 조금 낮은 줄기가 왼쪽으로 꺾어진 게 있어. 내가 그 앞으로 나갈 거야. 내가 그 선을 벗어날 것 같으면 자네들이 여기서 오른쪽 왼쪽 소리쳐서 수정해주는 거야."

"그렇군. 근데 깊지 않을까?"

오카다가 말했다.

"아니, 목까지 잠길 정도는 아니야."

이렇게 말하고 이시하라는 서둘러 옷을 벗었다. 이시하라가 밟고 가는 곳을 보니 진흙이 무릎 위 정도까지 차올랐다. 이시하라는 두루미처럼 다리를 들었다가 다시 집어넣으며 천천히 나아갔다. 좀 깊어지는가 하면 다시 얕아졌다. 어느새 두 개의 연 줄기 앞으로 다가섰다. 잠시 후 오카다가 "오른쪽"이라고 외쳤다. 이시하라는 오른쪽으로 갔다. 오카다가 다시 "왼쪽"이라고 외쳤다. 이시하라가 너무 오른쪽으로 틀었기 때문이었다. 이시하라는 곧 발을 멈추고 몸을 숙였다. 그리고 곧 뒤돌아 나왔다. 먼 쪽의 연 줄기 근처를 지났을 때 오른손에 뭔가 들고 있는 것이 보였다.

이시하라는 넓적다리만 반쯤 진흙을 묻힌 채 연못가에 도착했다. 들고 있는 것은 의외로 큰 기러기였다. 이시하라는 다리를 대충 씻고 옷을 입었다. 그 당시 이 근방은 사람들의 왕래가 적어 이시하라가 연못에 들어가서 다시 나올 때까지 아무도 지나가지 않았다.

"어떻게 들고 가지?"

내가 말하자 이시하라가 옷을 입으면서 말했다.

"오카다의 외투가 가장 크니까 그 안에 넣어 가세. 요리는 우리 집에서 하고."

이시하라는 일반 가정집의 방 한 칸을 빌려 쓰고 있었다. 주인 할머니가 그리 질이 좋지 않은 것이 오히려 장점이어서, 고기를 좀 나눠주면 입막음을 할 수 있을 듯했다. 그 집은 유시마기리도오시에서 이와사키 저택의 뒤편으로 나오는 골목으로 구불구불한 길 끝에 있었다. 이시하라는 그곳으로 기러기를 들고 가는 길을 간단히 설명했다.

여기에서 이시하라의 집 쪽으로 가는 데에는 두 가지 길이 있다. 즉, 남쪽으로 기리도오시를 경유하는 길과 북쪽으로 무엔자카를 경유하는 길. 이 두 길은 이와사키의 저택을 중심으로 원을 그리고 있다. 거리 차이는 얼마 안 된다. 또 지금 상황에서는 어느 길이 빠른지는 중요하지 않다. 장애물은 파출소인데 두 군데에 다 하나씩 있다. 그래서 여러모로 검토해보면 번잡한 기리도오시를 피하고 한적한 무엔자카로 가야 한다는 결론에 도달한다. 기러기는 오카다의 외투 안에 넣어서 들고 가고, 뒤에서 두 사람이 좌우로 나란히 오카다의 몸을 은폐하며 가는 것이 최선의 방법이다.

오카다는 쓴웃음을 지으며 기러기를 들었다. 이리저리 넣어보아도 외투 자락 밑으로 날개가 조금 삐져나왔다. 게다가 외투 자락이 보기 싫게 벌어져서 오카다의 모습이 왼뿔 모양으로 보였다. 이시하라와 나는 그 모습이 눈에 띄지 않도록 해야 하는 것이었다.

24

"자, 이런 식으로 하고 걸어가면 돼."

나와 이시하라는 오카다를 가운데 끼고 걸어갔다. 셋이서 처음부터 걱정한 것은 무엔자카 아래 네거리에 있는 파출소였다. 그곳을 지날 때의 철칙이라며 이시하라가 열심히 강의를 했다. 아마 내 기억으로는, 마음이 동요해선 안 된다, 동요하면 틈이 생긴다, 틈이 생기면 당한다, 이런 비슷한 말이었다. 이시하라는 또 호랑이는 취한 사람을 잡아먹지 않는다는 비유를 끌어냈다. 아마 이 강의는 유도 사범에게 들은 내용을 그대로 되풀이한 것이 아닌가 싶다.

"그러고 보니 순사가 호랑이고, 우리 셋이 취한 사람이네."

오카다가 농담을 했다.

"시렌치움!"[82]

이시하라가 소리쳤다. 벌써 무엔자카 방향으로 꺾어지는 모퉁이에 다가선 것이었다.

모퉁이를 돌면 가야초의 상가와 연못에 면한 저택이 등을 마주

---

82 silentium, 독일어로 '조용히'라는 뜻.

한 골목길이 나오는데, 그 당시에는 양쪽에 짐수레 같은 것이 놓여 있었다. 네거리에 서 있는 순사의 모습이 모퉁이에서도 보였다.

돌연 오카다의 왼쪽에 붙어서 걷던 이시하라가 오카다에게 말했다.

"자네 원뿔의 체적을 구하는 공식을 알고 있나? 뭐? 모른다고? 그것 아무것도 아니야. 밑면에 높이를 곱한 것의 삼분의 일이니까, 만약 밑면이 원으로 되어 있다면 $1/3r^2\pi h$가 체적이야. $\pi =$ 3.1415라는 걸 기억하고 있다면 간단히 풀 수 있어. 나는 π를 소수점 이하 여덟 자리까지 기억해. $\pi = 3.14159265$가 되지. 실제 그 이상의 수는 필요 없어."

이렇게 말하는 사이에 셋은 네거리를 지나갔다. 순사는 우리가 지나가는 골목의 왼쪽 파출소 앞에 서서 가야초에서 네즈 쪽으로 달려가는 인력거를 보고 있다가 우리에게는 단지 무의미한 시선을 한 번 던졌을 뿐이었다.

"어째서 원뿔의 체적 따위를 계산하기 시작했지?"

내가 이시하라에게 물었다. 이와 동시에 내 눈이 언덕 가운데쯤에 서서 이쪽을 바라보는 여자의 모습을 인지하자 내 가슴은 알 수 없는 격동에 휩싸였다. 연못 북쪽에서 돌아오는 길에 나는 내내 파출소의 순사보다는 그 여자를 생각했다. 왠지 모르지만 그 여자가 오카다를 기다리고 있을 것 같다는 생각이 들었다. 과연 내 상상은 나를 배반하지 않았다. 여자는 자기 집에서 두세 집 앞까지 마중 나와 있었다.

나는 이시하라의 눈을 피해 여자의 얼굴과 오카다의 얼굴을 쳐다보았다. 평소 연분홍빛을 띠는 오카다의 얼굴이 분명 한층 더

붉게 물들었다. 그리고 그는 어쩌다 모자를 만지는 것처럼 하면서 모자챙에 손을 갖다 댔다. 여자의 얼굴은 돌처럼 굳어 있었다. 크고 아름다운 눈 속에 무한한 아쉬움이 담겨 있는 듯했다.

이때 이시하라의 대답은 울림만이 귀에 전해졌을 뿐, 그 뜻은 마음에 와 닿지 않았다. 아마 오카다의 외투 밑이 부풀려져 원뿔 모양으로 보이는 것에서 착안해 원뿔의 체적을 구하는 공식을 말했다고 설명했을 것이다.

이시하라도 여자를 보긴 했으나 그저 예쁘다고 생각했을 뿐 신경 쓰지 않았던 것 같다. 이시하라는 계속 떠들어댔다.

"내가 완벽한 비결을 설명했지만 자네들은 수양이 부족하니 막상 일이 닥치면 실행할 수 없을 것 같았어. 그래서 내가 자네들 생각을 다른 쪽으로 돌리려고 머리를 쓴 거지. 문제는 아무거나 상관없지만 지금 말한 이유로 원뿔의 체적을 구하는 공식이 나온 거야. 어쨌든 내 시도가 좋았어. 원뿔의 공식 덕분에 자네들이 순사 앞을 자연스럽게 지나칠 수 있었으니 말이야."

세 사람은 이와사키 저택을 따라 동쪽으로 꺾어지는 곳에 이르렀다. 일인용 인력거도 지나갈 수 없는 뒷골목에 들어섰으니 더 이상 위험은 없었다. 이시하라는 오카다 옆을 떠나 안내자처럼 앞에 섰다. 나는 한 번 더 뒤를 돌아보았으나 이미 여자의 모습은 보이지 않았다.

나와 오카다는 그날 밤 이시하라의 집에 밤늦게까지 있었다. 기러기를 안주로 술을 마시는 이시하라의 술친구를 한 것이나 다름없었다. 오카다가 유학에 관해 전혀 말을 꺼내지 않았기 때문에 나는 여러 가지 하고 싶은 말을 참고, 이시하라와 오카다 사이에 오가는 조정 시합 경험담 등에 귀를 기울였다.

하숙집에 돌아와서는 피로와 취기로 인해 오카다와 말도 나누지 못하고 그냥 헤어져 잠자리에 들었다. 다음날 학교에서 돌아와 보니 오카다는 이미 떠나고 없었다.

못 하나가 큰 사건으로 이어진 것처럼, 고등어조림이 하숙집 저녁상에 오른 탓에 오카다와 오다마는 영원히 서로를 보지 못하게 되었다. 그것으로 이야기가 끝난 것은 아니다. 그러나 그 이상의 일은 '기러기'라는 이야기의 범위를 넘어서는 것이다.

이 이야기를 쓰고 나서 손꼽아 세어보니 벌써 그 후로 35년이 지났다. 이야기의 일부는 오카다와 친하게 지내면서 목격한 것이고, 나머지는 오카다가 떠난 후에 우연히 오다마를 알게 되어 전해 들은 것이다. 예를 들면 입체안경 앞에 있는 좌우 두 장의 그림을 하나의 영상으로 보듯이, 전에 본 것과 나중에 본 것을 조합하여 만든 것이 이 이야기이다. 독자는 내게 질문할지도 모른다. 오다마는 어떻게 알게 되었고, 어떤 상황에서 그 이야기를 듣게 되었냐고. 그러나 이 대답도 앞에서 말했듯이 이 이야기의 범위를 벗어나는 것이다. 단지 내가 오다마의 연인이 될 조건을 갖추지 못한 것은 논의할 여지도 없으니, 독자는 쓸데없는 억측은 하지 말기 바란다.

다카세부네

- 이 이야기는 《오키나구사(翁草)》(에도 시대의 수필집)에 실린 글에 근거하여 작가가 소설로 쓴 것이다.

다카세부네(高瀨舟)는 교토의 다카세 천(高瀨川)을 오르내리는 작은 배를 말한다. 도쿠가와 막부 시대에 교토의 죄인이 섬으로 추방을 선고받으면, 가족을 감옥으로 호출하여 작별 인사를 나누게 하는 것이 허용되었다. 그리고 죄인은 다카세부네에 실려 오사카로 이송되었다. 그 배를 호송하는 자는 교토 마치부교(町奉行)[1] 휘하의 도신(同心)[2]인데, 도신의 권한으로 죄인의 가족 중 한 사람이 오사카까지 동승하는 것을 허용하는 것이 관례였다. 그것은 위에서 공식적으로 인정한 것은 아니었지만, 말하자면 그 정도는 눈감아준다는 암묵적인 동의가 있었다.

당시 추방을 선고받은 죄인은 물론 중죄를 범한 것으로 판단되기는 했지만, 그들 대다수는 절도를 하다가 사람을 죽이고 불을 지르거나 하는 흉악한 죄인은 아니었다. 다카세부네에 타는 죄인의 대부분은 소위 순간의 잘못으로 불의의 죄를 저지른 사람들이었다. 흔한 예를 하나 들자면, 당시 상대사(相對死)라고 불렸던

---

1 에도 막부의 관직명. 지역의 행정, 사법, 경찰 등 민정 전반을 관할한 요즘의 시장급.
2 포리(捕吏) 밑의 하급 관리.

정사(情死)를 기도하여 상대 여자는 죽게 하고 혼자 살아남은 남자와 같은 부류였다.

그런 죄인을 배에 싣고 절의 저녁 종소리가 들릴 즈음에 출발한 다카세부네는 강 양쪽 교토 시내의 어두워진 집들을 바라보면서 동쪽으로 흘러가, 가모 천(加茂川)을 가로질러 아래로 내려갔다. 이 배에서 죄인과 그 가족은 밤새도록 불행한 운명을 한탄했다. 언제까지나 후회해도 되돌릴 수 없는 반복어인 것이다. 호송을 책임진 도신은 옆에서 그 말을 듣게 되므로 죄인을 낸 가문의 비참한 사연을 자세히 알 수가 있었다. 마치부교쇼(町奉行所) 앞마당에서 표면상의 자백을 듣거나, 책상 위에서 자술서를 읽는 관리는 꿈에서도 들을 수 없는 사연인 것이다.

도신으로 근무하는 자도 성격이 여러 가지였다. 죄인의 사연을 그저 시끄럽다며 들으려 하지 않는 냉담한 자가 있는가 하면, 인간의 불행한 운명을 절절하게 동정하여, 공무를 수행하는 입장이라 차마 그 속을 드러내지 못하고 무언중에 몰래 가슴 아파하는 도신도 있었다. 경우에 따라 아주 심약하고 눈물 많은 도신이 매우 비참한 운명에 빠진 죄인과 그 가족을 호송하게 될 때에는 본의 아니게 눈물을 참지 못하곤 하였다.

그래서 다카세부네 호송은 도신들 사이에서는 불쾌한 직무라 하여 꺼리는 일이었다.

그때가 언제였던가. 아마 에도에서 마쓰다이라 사다노부(松平
定信)[3]가 정무를 맡은 간세이(寬政)[1789~1801] 때였을 것이다. 치온
인(知恩院)[4]의 벚꽃이 저녁 종소리에 흩날리는 봄날 저녁, 그때까
지 전례가 없었던 보기 드문 죄인이 다카세부네에 태워졌다. 그자
의 이름은 기스케(喜助)라 하고, 사는 곳이 일정치 않은 서른 살
정도의 남자였다. 애초부터 감옥에 면회 올 가족이나 친척도 없었
기에 이 배에도 홀로 탔다.

호송 임무를 명 받아 함께 배에 탄 도신 하네다 쇼베(羽田庄兵
衛)는 기스케가 남동생을 죽인 죄인이라는 사실은 들어서 알고 있
었다. 그런데 감옥에서 나루터까지 연행해 오는 동안 빼빼 마른
몸의 창백한 기스케를 지켜보니 너무도 고분고분하고 얌전하게
자기를 관청의 관리로서 존경하는 태도로 매사 순순히 따라주었
다. 게다가 그것은 죄인들에게서 종종 보이는, 온순함을 가장하여
권위에 아첨하는 태도는 아니었다.

쇼베는 이상하다고 생각했다. 그래서 배에 탄 후로도 단순히
맡은 임무로써 죄인을 지켜볼 뿐 아니라, 계속 기스케의 거동에
세심한 주의를 기울이게 되었다.

그날은 저녁 무렵부터 바람이 잔잔해져 하늘에 가득한 엷은 구
름이 둥근 달을 스쳐 지나가고, 점차 가까워지는 여름의 온기가

---

3 1759~1829. 에도 후기의 다이묘(大名). 1787년 막부의 최고 관리가 되어 관정(寬
   政)의 개혁을 주도.
4 교토에 소재한 정토종(淨土宗)의 총본산.

아지랑이가 되어 강둑 위와 강바닥 위로 피어오르는 밤이었다. 시모쿄(下京)를 벗어나 가모 천을 가로질러 갈 때는 주위가 조용하여 단지 뱃머리에 갈라지는 강물 소리만 희미하게 들려왔다.

밤배에서 자는 것은 죄인에게도 허용되었으나, 기스케는 누울 생각도 하지 않고 구름의 농담(濃淡)에 따라 밝아졌다 흐려지기를 거듭하는 달을 쳐다보며 묵묵히 앉아 있었다. 그의 이마는 밝게 빛나고 눈은 희미하게 반짝거렸다.

쇼베는 똑바로 바라보지는 않았지만 계속 기스케의 얼굴에서 눈을 떼지 않았다. 그리고 참으로 이상하다고 머릿속으로 거듭 생각했다. 아무리 살펴보아도 기스케의 얼굴이 너무 즐거운 표정이라, 만약 옆에 있는 도신을 의식하지 않았다면 휘파람이나 콧노래라도 부르지 않았을까 하는 생각조차 들었다.

쇼베는 생각했다. 지금까지 다카세부네의 호송 임무를 맡은 적은 많았다. 그러나 태우고 가는 죄인은 언제나 거의 모두 차마 쳐다볼 수 없을 정도로 불쌍한 모습이었다.

그런데 이 남자는 어찌된 사정인가. 유람선이라도 탄 듯한 얼굴이다. 남동생을 죽인 죄인이라는데 그 동생이 나쁜 놈이라 치고, 동생을 어떤 연유로 죽였건 간에 인지상정을 생각하면 결코 좋은 기분은 아닐 터이다. 마른 몸의 창백한 이 남자가 인지상정을 완전히 잃을 정도로 세상에 보기 드문 악인이라는 말인가. 그렇다는 생각은 들지 않는다. 혹시 머리가 돌아버린 것은 아닐까? 아니다. 그렇게 생각하려 해도 앞뒤가 맞지 않는 말이나 행동은 전혀 보이지 않는다. 이 남자는 어찌된 것인가. 쇼베는 기스케의 태도가 아무리 생각해도 이해가 되지 않았다.

*

어느 정도 시간이 지난 후, 쇼베는 더는 참을 수 없는 심정으로 말을 걸었다.

"기스케, 자네 뭘 그리 생각하나?"

"예?"

주위를 둘러본 기스케는 도신에게 무슨 경고를 받은 게 아닐까 생각한 듯, 자세를 바로 하고 쇼베의 눈치를 살폈다.

쇼베는 자기가 갑자기 질문한 이유를 밝혀, 공무를 벗어난 응대를 요구하는 것에 대해 변명을 해야 할 것이라고 생각했다. 그래서 이렇게 말했다.

"아니, 특별히 어떤 사정이 있어서 물어본 것은 아니네. 실은, 아까부터 섬으로 추방되는 마음이 어떤지 묻고 싶었네. 나는 지금까지 이 배로 많은 사람을 섬으로 보냈지. 여러 사연을 가진 사람들이 많았지만, 다들 섬으로 가는 것을 한탄하며 함께 탄 가족과 밤새도록 우는 걸 보았다네. 그런데 자네 모습을 보니 아무래도 섬에 가는 것을 괴롭게 생각하지 않는 듯하네. 도대체 자네는 무슨 생각을 하는가?"

기스케는 빙긋 웃었다.

"친절하게 말씀해주시니 고맙습니다. 그렇군요. 섬에 간다는 것은 다른 사람들에게는 슬픈 일이겠지요. 그 마음은 저도 충분히 헤아릴 수 있습니다. 그러나 그건 이 세상에서 편안히 살았기 때문이겠지요. 교토는 살기 좋은 곳입니다만, 이곳에서 지금까지 제가 겪은 고생은 어디에 가도 없으리라고 생각합니다. 자비로운 부교님께서 목숨을 살려주시고 섬으로 가게 해주셨습니다. 섬이 아무리 고생스러운 곳이라 할지라도 귀신이 사는 곳은 아니겠지요. 저는 지금까지 어디 한곳 정착할 곳이 없었는데 이번에 부교님이 섬에 가서 살라고 하셨습니다. 그곳에 정착할 수 있다는 것이 무엇보다 감사할 따름입니다. 게다가 저는 이렇게 허약한 몸이지만 아직 큰 병에 걸린 적이 없기에, 섬에 가서 어떤 고생스런 일을 하더라도 몸이 상하지는 않을 것입니다. 그리고 이번에 섬에 보내주시는 것도 모자라 엽전을 2백 냥이나 주셨습니다. 그 돈을 여기 지니고 있습니다."

이렇게 말하고 기스케는 가슴에 손을 대었다. 추방을 명 받는 자에게 엽전 2백 냥을 주는 것은 당시의 규정이었다.

기스케는 말을 이었다.

"부끄러운 말입니다만, 저는 오늘까지 2백 냥이라는 돈을 이렇게 가슴에 품어본 적이 없습니다. 이곳저곳 돌아다니다, 일거리를 찾으면 뼈가 빠지게 일했습니다. 그리고 받은 돈은 매번 오른쪽에서 왼쪽으로, 다른 사람 손에 넘어가야 했습니다. 그래도 현금으로 음식을 사먹을 수 있을 때는 형편이 좋았던 때이고, 대개는 빌린 돈을 갚자마자 다시 빌릴 수밖에 없었습니다. 그런데 감옥에 들어간 후로는 일을 하지 않아도 밥을 줬습니다. 저는 그것만으로도 부교님에게 황송할 따름입니다. 더구나 감옥에서 나올 때에는 2백 냥이나 주셨습니다. 이렇게 계속 부교님이 주시는 음식을 먹다 보니, 2백 냥을 쓰지 않고 간직할 수 있었습니다. 수중에 돈을 지녀보는 게 저는 이번이 처음입니다. 섬으로 가봐야 어떤 일을 할 수 있을지 알게 되겠지만, 저는 이 돈을 섬에서 할 일의 밑

천으로 삼고자 생각합니다."

이렇게 말하고 기스케는 입을 다물었다.

"흠, 그런가."

쇼베는 듣는 말마다 너무나 의외라 잠시 아무 말도 할 수가 없어 생각에 잠겨 입을 다물었다.

쇼베는 어느덧 초로에 접어든 나이로 아내와 네 아이를 거느리고 있다. 게다가 노모도 살아 있어 식구가 일곱이다. 평소 남에게 구두쇠라는 말을 들을 정도로 검소한 생활을 하여, 옷은 공무로 입는 것 외에 잠옷 하나 정도 있을 뿐이다. 그러나 불행하게도 아내는 부유한 상인의 딸이다. 그래서 아내는 남편이 받는 월급으로 살림을 하려는 선의는 있으나, 유복한 집에서 귀염을 받으며 자란 탓에 남편이 만족할 정도로 근검절약하는 살림을 하지 못했다. 월말이 되면 자주 적자가 났다. 그러면 아내는 남편 몰래 친정에서 돈을 가져와 적자를 메웠다. 남편이 돈을 빌리는 것을 끔찍이도 싫어했기 때문이다. 그래도 그런 일은 어차피 남편 귀에 들어가게 마련이다. 쇼베는 명절이라고 하여 처가에서 선물을 받고, 자식의 시치고산(七五三)[5]을 축하한다며 처가에서 아이들 옷을 선물 받는 것도 싫어했으므로, 살림의 구멍을 메워주는 것을 알게 되면 웃는 얼굴을 할 수가 없었다. 그다지 집안의 평화를 깰 만한 일이 없는 쇼베의 집에 때때로 풍파가 이는 것도 이 때문이었다.

쇼베는 기스케의 이야기를 듣고 자신과 그의 처지를 비교해보

---

5 남자아이 3세와 5세, 여자아이 3세와 7세가 되는 해 11월 15일에 자녀의 성장을 축하하는 행사. 이날은 새 옷을 입고 신사 등에 참배한다.

았다. 기스케는 일을 하고 돈을 받아도, 돈이 오른쪽에서 왼쪽으로 타인 손에 건네져 없어졌다고 한다. 얼마나 안타깝고 불쌍한 처지인가. 그러나 반대로 내 처지를 돌아보면, 그와 나 사이에 과연 어느 정도의 차이가 있을까. 나도 월급을 오른쪽에서 왼쪽으로 타인 손에 넘겨주며 살아가는 것에 불과하지 않은가. 그와 내가 다른 점은, 말하자면 돈의 단위가 다르겠지만, 기스케가 고마워하는 2백 냥에 상당하는 저축조차 나는 없지 않은가.

돈의 단위를 달리 생각해보면, 엽전 2백 냥이라도 기스케가 그것을 저축이라 생각하고 기뻐하는 것도 무리는 아니다. 그 마음은 나도 충분히 헤아릴 수가 있다. 그러나 아무리 돈의 단위를 달리 생각해보아도 이상한 것은 기스케가 욕심이 없다는 점, 스스로 족함을 알고 있다는 점이다.

기스케는 이 세상에서 일거리를 찾아 헤매는 고생을 했다. 일거리를 찾기만 하면 뼈빠지게 일해 겨우 입에 풀칠하는 것에 만족했다. 게다가 감옥에 들어간 후로는 지금까지 얻기 힘들었던 밥이, 마치 하늘에서 내려온 것처럼 일하지 않고도 얻어진다는 사실에 놀라 난생처음 만족을 느꼈다.

쇼베는 아무리 돈의 단위를 달리 생각해보아도, 여기에 서로 간의 커다란 간극이 있음을 알았다. 자기의 월급으로 꾸려가는 살림은 때로 부족한 적이 있을지라도 대개 출납이 맞다. 빡빡한 살림이다. 그런데 그것에 만족을 느낀 적이 거의 없다. 평소에는 행복한지 불행한지 생각도 없이 산다. 그러나 마음속에는, 이렇게 살다가 갑자기 해고를 당하면 어쩌지, 큰 병이라도 걸리면 어쩌지 하는 걱정이 도사리고 있다. 그래서 종종 아내가 친정에서 돈을 가져와 적자를 메우는 것을 알게 되면, 이 걱정이 의식의 표면으로 머리를 내밀었다.

도대체 이 간극은 어째서 생기는 것일까. 표면상으로 보면, 기스케에게는 처자식이 없고 자기에게는 있기 때문이라고 생각해버리면 그뿐이다. 그러나 그것은 거짓말이다. 설령 자기가 홀몸이라고 해도, 아무래도 기스케와 같은 마음이진 않을 듯하다. 아무래도 그 이유는 더 깊은 곳에서 찾아야 할 듯하다고 쇼베는 생각했다.

쇼베는 그저 막연하게 사람의 일생이라는 것을 생각해보았다. 사람은 몸에 병이 있으면 그 병이 나으면 좋겠다고 생각한다. 하루하루 식량이 없으면 먹을 수만 있다면 얼마나 좋을까 생각한다. 만일 재산이 없으면 조금이라도 있었으면 하고 생각한다. 재산이 있어도, 좀 더 많았으면 하고 생각한다. 이처럼 계속 생각해보면, 사람은 어디까지 가도 멈추는 것이 불가능한 존재인지도 모른다. 멈춘다는 것을 지금 눈앞에서 보여주는 자가 바로 기스케라고 쇼베는 생각했다.

쇼베는 새삼스럽게 경이로운 눈으로 기스케를 바라보았다. 이때 쇼베는 하늘을 쳐다보는 기스케의 머리에서 광채가 비치는 듯한 느낌을 받았다.

*

쇼베는 기스케의 얼굴을 지켜보면서 그를 불렀다.

"기스케 씨."

이번에는 '씨'라고 했는데, 충분히 의식해서 호칭을 바꾼 것은 아니었다. 그 소리가 자신의 입에서 나와 자신의 귀에 들어간 순간 이 호칭이 적당하지 않다고 느꼈으나 이미 내뱉은 말을 주워 담을 수는 없었다.

"예?"

기스케도 '씨'라고 불린 것을 이상하게 느꼈는지 긴장하며 쇼베의 눈치를 살폈다. 쇼베는 잠시 어색해진 느낌을 억누르고 말했다.

"자꾸 묻는 것 같네만, 자네가 지금 섬으로 추방당하는 것은 사람을 죽였기 때문이라는데, 이왕 말이 나왔으니 내게 그 사연을 말해주겠나?"

기스케는 매우 황송하다는 모습으로 "잘 알겠습니다" 하고 나직한 목소리로 이야기를 시작했다.

참으로 엉뚱하게도 순간의 잘못으로 무서운 짓을 저질러 뭐라 드릴 말씀이 없습니다. 나중에 생각해보니, 어떻게 그런 짓을 할 수 있었을까 저 자신도 이상한 생각이 들었습니다. 그 모두가 꿈속에서 일어난 일 같습니다. 저는 어릴 적에 양친이 전염병으로 돌아가셔서 남동생과 둘이 남았습니다.

처음에는 마치 처마 밑에서 태어난 강아지처럼 동네 사람들이 불쌍하다고 보살펴준 덕분에 이웃집의 심부름 같은 것을 하며 겨우 굶주림을 면하며 자랐습니다. 커서 일자리를 찾을 때에도 가능하면 둘이 같은 곳에서 일하며 서로 의지했습니다.

작년 가을의 일입니다. 저는 동생과 같이 니시진(西陣)의 직물 공장에 들어가 직물 짜는 일을 했습니다. 그러다가 동생이 병에 걸려 일을 하지 못하게 되었습니다. 그때 저희는 기타야마(北山)의 움막 같은 곳에서 살며 가미야 천(紙屋川)의 다리를 건너 공장에 다녔습니다. 제가 저녁에 음식을 사가지고 돌아가면 집에서 기다리던 동생은 혼자 일하게 해서 정말 미안하다고 말하곤 했습니다.

그러던 어느 날, 평소처럼 아무 생각 없이 집에 돌아와 보니 동생은 이불 위에 엎드려 있고 주위는 피투성이였습니다. 저는 깜짝 놀라 손에 든 음식 꾸러미를 팽개치고 다가가 "왜 그래, 무슨 일이야" 하고 외쳤습니다. 그러자 동생은 양쪽 볼과 턱에 피가 묻은 창백한 얼굴을 들고 저를 쳐다보았습니다만 말을 할 수 없었습니다. 숨을 쉴 때마다 턱밑의 상처 구멍에서 휴휴 하는 소리만 날 뿐이었습니다.

아무래도 어떻게 된 사정인지 알 수가 없어, "왜 그래? 피를 토했니"라고 말하고 옆으로 다가가려고 하자 동생이 오른손을 바닥에 짚고 몸을 약간 일으켰습니다. 왼손은 턱밑을 꼭 누르고 있었으나 손가락 사이로 검붉은 핏덩어리가 흘러나왔습니다. 동생은 제가 다가가는 것을 거부하는 눈짓을 하며 입을 열었습니다. 그리고 간신히 이렇게 말했습니다.

"형, 미안해. 용서해줘. 어차피 낫지 못하는 병이니 빨리 죽어 조금이라도 형을 편히 해주려고 생각했어. 울대를 자르면 금방 죽을 줄 알았는데 숨이 새기만 하고 끊어지지 않아. 더 깊이 찌르면 될 것 같아서 힘껏 찔렀는데 옆으로 비켜났어. 칼날은 부러지지 않은 것 같아. 이걸 잘 빼주면 나는 죽을 수 있을 거야. 말하는 게 괴로워. 제발 좀 빼줘."

동생이 왼손을 조금이라도 느슨하게 하면 그곳에서 숨이 새어

나왔습니다. 저는 무슨 말을 하려고 해도 말이 나오지 않아 잠자코 동생 목에 난 상처를 들여다보았습니다. 아마 오른손으로 면도칼을 잡고 옆으로 울대를 그었으나 그것만으로는 숨이 끊어지지 않자, 그대로 면도칼을 쑤시듯이 깊게 찔러 넣은 것 같았습니다. 목에 꽂힌 면도칼 손잡이가 두 치 정도 나와 있었습니다.

저는 그 상황에서 어떻게 해야 할지 몰라 동생의 얼굴을 바라보기만 했습니다. 동생은 물끄러미 저를 바라보았습니다. 저는 마침내 "기다려. 의사를 불러올 테니"라고 말했습니다. 동생은 원망스러운 눈짓을 했으나 다시 왼손으로 목을 꼭 누르고, "의사가 무슨 소용이야. 아아 괴로워. 빨리 빼줘, 부탁이야"라고 말했습니다. 저는 어찌할 바를 몰라 그저 동생의 얼굴만 보았습니다. 그런 때는 묘하게도 눈이 모든 것을 말해주는 것 같았습니다. 동생의 눈은 '빨리 해, 빨리' 하며 자못 원망스러운 듯이 저를 쳐다보았습니다.

제 머릿속에서는 수레바퀴 같은 것이 빙글빙글 도는 듯했으나 동생의 눈은 매섭게 재촉을 멈추지 않았습니다. 게다가 그 원망스러운 눈이 점점 더 험악해져서 이윽고 원수의 얼굴이라도 노려보는 듯한 증오의 눈이 되었습니다. 그것을 보고는 결국 동생이 원하는 대로 해줘야겠다고 결심했습니다. 저는 "알았다, 빼줄게" 하고 말했습니다. 그러자 동생의 눈빛이 기쁘다는 듯 환하게 바뀌었습니다.

저는 아무래도 단번에 해치워야겠다고 생각하며 무릎을 꿇고 몸을 앞으로 내밀었습니다. 동생은 바닥을 짚었던 오른손을 떼고, 그때까지 목을 누르고 있던 왼손을 내려 팔꿈치를 바닥에 대고 누웠습니다. 저는 면도칼 손잡이를 꽉 잡고 쑥 빼냈습니다. 바로 그때 대문이 열리며 옆집 할머니가 들어왔습니다. 제가 없는 동안 동생에게 약을 먹이거나 하며 돌봐달라고 부탁한 할머니입니다. 방 안이 꽤 어두워져서 어디까지 봤는지는 모르지만, 할머니가 놀라 비명을 지르며 열린 문을 그대로 둔 채 뛰쳐나갔습니다. 면도칼을 재빨리 똑바로 빼려고 주의를 기울이긴 했지만, 아무래도 뺄 때 느껴진 손의 감각으로 짐작하건대 그때까지 끊어지지 않은 부분이 툭 끊어져버린 듯했습니다. 칼날이 바깥쪽을 향하고 있었으니 바깥쪽이 끊어진 것이겠지요. 저는 면도칼을 손에 든 채 할머니가 들어왔다 다시 뛰쳐나가는 모습을 멍하니 바라보았습니다.

할머니가 나가고 나서 정신이 들어 동생을 내려다보니 이미 숨이 끊어진 상태였습니다. 상처에서 엄청나게 피가 흘러나왔습니다. 잠시 후 들이닥친 포졸에 이끌려 관청으로 갈 때까지 저는 면도칼을 옆에 놓고 눈을 반쯤 뜬 상태로 죽은 동생의 얼굴을 바라보고만 있었습니다.

몸을 앞으로 약간 숙이고 쇼베의 얼굴을 밑에서 올려다보며 이야기하던 기스케는 이렇게 말하고 시선을 무릎 위로 떨어뜨렸다.

기스케의 말은 조리 정연했다. 오히려 너무 조리 정연하다고 생각될 정도였다. 반년 정도의 기간에 당시 사건을 몇 번이나 떠올리고, 관청에서 심문을 당하고 다시 마치부교쇼에서 조사를 받을 때마다 주의를 기울여 면밀히 설명한 덕분이었다.

쇼베는 그 장면을 눈앞에 떠올리며 이야기를 들었다. 그러나 이야기의 중간쯤부터 과연 이것을 친족 살인이라고 해야 할지, 또 그를 살인자로 간주해야 할지 의문이 생겼다. 다 듣고 나서도 그 의문은 풀리지 않았다. 동생은 면도칼을 빼주면 죽게 될 터이므로 형에게 빼달라고 말했다. 그것을 빼서 죽게 했으니 살인을 한 것이라고 말할 수 있다. 그러나 그대로 놔두어도 어차피 죽을 동생이었다. 그렇지만 빨리 죽고 싶다고 한 것은 고통을 견디기 어려웠기 때문이다. 기스케는 그 고통을 보고 있을 수가 없었다. 동생이 고통에서 벗어나도록 숨을 끊어주었다. 그것이 죄가 되는가. 죽인 것은 죄가 틀림없다. 그러나 그것이 고통에서 벗어나도록 도와준 것이었다고 생각하니, 이 부분에서 생겨난 의문은 도대체 풀리지가 않았다.

쇼베는 이런저런 생각을 한 끝에, 자기보다 윗사람의 판단에 맡길 수밖에 없다는 것, 권위에 따를 수밖에 없다는 결론에 이르렀다. 쇼베는 부교님의 판단을 그대로 따르자고 생각했다. 그렇게 생각해도 쇼베는 아직 어딘가 납득이 가지 않아, 뭐가 뭔지 부교님에게 직접 물어보고 싶어졌다.

점차 깊어가는 으스름한 달밤, 침묵하는 두 사람을 태운 다카세부네는 검은 수면을 미끄러져 갔다.

산쇼 대부

- 대부는 '大夫' 또는 '太夫'라고 쓴다. 일본의 율령제도에서 종5품의 벼슬을 통칭하기도 했으나 후세에 의미가 와전되어 여기에서처럼 단지 귀족이나 유력 호족을 부르는 존칭으로 쓰였다. 산쇼(山椒) 대부는 지금의 교토 북부인 단고국(丹後)에 있었다는 전설상의 대부호. 중앙 행정이 지금처럼 전국에 미치지 못한 시절, 산쇼 대부는 돈으로 산 사람들을 노예로 부려 막대한 부를 쌓았다. 산쇼 대부는 다른 한자로 '三莊大夫'로도 표기하며 오카와(大川), 가미자키(神崎), 유라(由良) 등 세 지역을 지배한 것을 의미한다는 설도 있다. 또, 고대 언어의 한자 표기는 발음이 같은 한자를 차용하여 습관적으로 쓰기도 하므로 식물 산초에 구애받을 필요는 없다. 작가는 옛날부터 내려오는 전설을 소재로 하여 이 소설을 썼다. 참고로 미조구치 겐지 감독이 만든 동명의 영화 제목은 〈Legend of Bailiff Sansho〉(1954)로 번역되었다.

에치고(越後)〔현재의 니가타 현〕의 가스카를 거쳐 이마즈로 가는 길, 범상치 않은 차림의 나그네들이 걸어간다. 삼십 대 초반의 어머니가 아이 둘을 데리고 간다. 열네 살의 누나와 열두 살의 남동생이다. 그리고 마흔 살쯤 되는 하녀가 지친 오누이 옆에서, "이제 조금만 더 가면 돼요"라고 격려하며 걸음을 재촉한다. 누나는 무거운 다리를 끌며 걷고 있으나, 그래도 강한 성격이라 지친 모습을 어머니와 동생에게 보이지 않으려고 때때로 생각난 듯이 활력 있는 걸음걸이를 해 보인다. 가까운 신사에 참배라도 가는 것이라면 어울릴 듯한 일행이지만, 삿갓과 지팡이 등으로 단단히 준비한 모습이 누가 보더라도 예사롭지 않고, 또 안쓰럽게 느껴진다.

길 양쪽으로 농가가 이어졌다가 끊어졌다가 했다. 길에는 모래와 자갈이 많지만 가을 햇볕에 바싹 마른 데다가 진흙이 섞인 단단한 땅이라, 바닷가 모래밭처럼 발이 빠져 사람을 고생시키지는 않는다.

저녁 해가 환히 비치는 떡갈나무 숲속에 초가집이 몇 채 늘어서 있는 어느 동네에 이르렀다.

"애들아, 저 아름다운 단풍을 보렴."

앞장서 가던 어머니가 풍경을 가리키며 아이들에게 말했다.

아이들이 어머니가 가리키는 쪽을 바라보면서도 아무 말도 하지 않자 하녀가 말했다.

"나뭇잎이 저렇게 물들었으니 아침저녁으로 추워진 것도 당연합니다."

누이가 돌연 동생을 돌아보고 말했다.

"어서 아버지 계신 곳으로 가고 싶지?"

"누나, 아직 한참 더 가야 하잖아."

동생은 영리한 표정으로 대답했다.

그러자 어머니가 타이르듯이 말했다.

"그렇고말고. 지금까지 온 것처럼 많은 산을 넘고, 강과 바다를 배로 건너야 한단다. 매일매일 힘을 다해 열심히 걸어가야 해."

"그래도 빨리 가고 싶은 걸요" 하고 누이가 말했다.

일행은 한동안 말없이 걸어갔다.

저쪽에서 빈 물통을 지고 오는 여자가 보였다. 염전에서 돌아오는 염부(鹽婦)[1]였다.

그 여자에게 하녀가 말을 걸었다.

"실례지만, 이 근방에 나그네가 묵을 만한 집이 없나요?"

염부는 걸음을 멈추고 네 명의 일행을 쳐다보았다. 그리고 이렇게 말했다.

"아이고, 안됐군요. 불행히도 이 동네에서 날이 저물어버렸네요. 이 동네에는 나그네를 재워줄 만한 집이 하나도 없어요."

---

1 염전에 물을 길어오는 여자.

"그게 정말인가요? 어째서 그리 인심이 야박합니까?"

하녀가 말했다. 두 아이는 잘 풀리지 않는 듯한 대화가 염려되어 염부 옆으로 다가갔다. 하녀와 함께 세 명이 여자를 둘러싼 모양이 되었다. 염부는 이렇게 설명했다.

"아뇨, 신자가 많아 인심이 좋은 곳이지만요, 영주님의 명령이니 어쩔 수가 없어요. 저기 저쪽에……."

염부는 잠시 말을 멈추고 방금 자기가 걸어온 길을 가리켰다.

"저기 보이죠? 저 다리까지 가시면 푯말이 있어요. 거기에 자세히 쓰여 있다고 하는데요, 요즘 악질 인신매매꾼이 이 근방에 날뛴다고 해요. 그래서 나그네에게 방을 빌려줘 마을에 머무르게 한 사람은 처벌을 받아요. 주위 일곱 집이 함께 벌을 받는대요."

"그것 참 곤란하게 되었네요. 아이들도 있고 이제 더 멀리 가지도 못합니다. 뭔가 방법이 없을까요?"

"글쎄요. 제가 일하는 염전 근처까지 가면 한밤중이 되겠죠. 아무래도 이 근처에서 적당한 곳을 찾아 노숙을 하는 수밖에 없을 거예요. 제 생각에는 저기 다리 밑에서 묵으시는 게 좋을 것 같군요. 큰 목재들이 강변 돌담에 많이 세워져 있어요. 아라가와 강(荒川)[2] 상류에서 흘려보낸 목재죠. 대낮에는 그 밑에서 아이들이 놀기도 합니다만, 안쪽에는 빛도 안 들어 어두컴컴한 곳이 있어요. 거기라면 바람도 들어오지 않을 거예요. 저는 매일 일하러 다니는 염전 주인댁에서 지내요. 바로 저기 떡갈나무 숲속입니다. 밤이

---

2 야마가타 현 산악에서 시작하여 니가타 현 북부를 지나 동해로 흘러가는 하천. 길이 73킬로미터.

되면 볏짚이랑 거적을 갖다 드리죠."

아이들의 어머니는 혼자 떨어져서 이야기를 듣고 있다가 이 말에 염부의 옆으로 다가가 말했다.

"좋은 분을 만난 것은 저희의 복입니다. 그곳에 가서 묵도록 하지요. 모쪼록 볏짚과 거적을 빌려주시면 고맙겠습니다. 아이들만이라도 깔아주고 덮어주고 싶군요."

염부는 알았다고 대답하고는 떡갈나무 숲 쪽으로 향했다. 일행은 다리가 있는 곳으로 서둘러 갔다.

*

그들은 아라가와 강에 걸친 오우게 교(應化橋) 밑에 도착했다. 염부가 말한 대로 세운 지 얼마 안 된 푯말이 보였다. 쓰여 있는 내용도 여자의 말과 다르지 않았다.

인신매매꾼이 날뛰고 있다면 그자를 찾아 잡으면 될 일이다. 나그네가 마을에 묵지 못하도록 영주가 법을 만들었다지만, 날이 저물어 갈 곳 없는 나그네는 어디서 묵어야 한다는 말인가. 참으로 답답한 정치가 아닐 수 없다. 그러나 옛날 사람의 눈에 법은 어디까지나 법이다. 아이들의 어머니는 단지 그런 법이 있는 마을을 지나게 된 운명을 한탄할 뿐, 법의 옳고 그름을 따지지 않았다.

다리 밑에 강가로 빨래하러 오는 사람들이 다니는 길이 있었다. 그 길을 통해 일행은 강가로 내려갔다. 듣던 대로 많은 목재가 돌담에 기대 세워져 있었다. 그들은 몸을 숙이고 돌담과 목재 사이로 들어갔다. 사내아이는 재미있다는 듯 앞장서서 용기 있게 들어갔다.

안쪽으로 깊이 들어가니 동굴 같은 곳이 있었다. 밑에는 커다란 목재가 가로놓여 있어 마치 마루가 깔린 듯했다.

사내아이가 앞장서서 가로놓인 목재 위를 타고 가장 깊숙한 곳까지 들어갔다.

"누나, 빨리 와봐."

누이는 겁먹은 표정으로 남동생 옆으로 갔다.

"아, 잠깐만요."

하녀가 이렇게 말하고 등에 짊어진 보따리를 내려놓았다. 그리고 갈아입을 옷가지를 꺼내 아이들을 가까이 오게 하여 구석 쪽에 깔았다. 그곳에 어머니와 아이들이 앉도록 했다.

어머니가 앉자 두 아이가 양옆으로 달라붙었다. 일행이 이와시로(岩代)[3]의 시노부고오리(信夫郡) 집을 떠나 여기까지 오는 동안 여러 집에서 묵었지만 이 목재 그늘보다 더 심한 곳도 있었다. 불편함도 이미 익숙해져 이제 고생이라고 생각지도 않았다.

하녀가 보따리에서 꺼낸 것은 옷가지뿐이 아니었다. 조심스레 가져온 음식도 있었다. 하녀는 그것을 일행 앞에 꺼내놓고 말했다.

"마님, 여기서는 불을 피울 수가 없습니다. 혹시라도 불한당에게 들키면 큰일나니까요. 아까 그 염전 주인댁이라는 집에 가서 물을 얻어오겠어요. 그리고 볏짚이랑 거적도 얻어올게요."

하녀는 총총걸음으로 밖으로 나갔다. 아이들은 즐겁게 미숫가루와 말린 과일 등을 먹기 시작했다.

---

3 오늘날 후쿠시마 현 소재.

잠시 후 이 목재더미 속으로 들어오는 사람 발소리가 들렸다.

"우바다케(姥竹)냐?"

어머니가 말했다. 그러나 머릿속으로는 하녀가 떡갈나무 숲까지 갔다 오기에는 시간이 너무 이르다고 생각했다. 우바다케는 하녀의 이름이다.

안으로 들어온 사람은 마흔 살 정도의 남자였다. 골격이 크고 피부에 드러난 근육 하나하나를 셀 수 있을 정도로 군살이 없는 사람으로, 상아 인형 같은 얼굴에 웃음을 띠고 손에는 염주를 들고 있었다. 그는 자기 집을 돌아다니는 양 익숙한 걸음걸이로 다가왔다. 그리고 어머니와 아이들이 앉아 있는 목재 끝에 걸터앉았다.

가족은 놀란 표정으로 쳐다보고만 있었다. 사람을 해칠 듯한 기색이 보이지 않아 무서운 생각은 들지 않았다.

남자는 이런 말을 꺼냈다.

"나는 야마오카(山岡) 대부라는 뱃사공이오. 요즘 이 지역에 인신매매꾼이 날뛴다고 하여 영주님이 나그네에게 방을 빌려주는 것을 금지시켰다오. 영주님조차 인신매매꾼을 잡지 못하는 것 같구려. 불쌍한 나그네들이죠. 그래서 나는 나그네를 구해주려고 생각했다오. 마침 내 집이 큰길에서 떨어져 있으니, 사람을 몰래 재워줘도 들킬 염려가 없소. 나는 사람들이 노숙할 만한 숲속이나 다리 밑을 찾아다니며 지금까지 많은 사람을 데려가 재워줬소. 보아하니 아이들이 과자를 먹고 있는데, 그런 것은 먹어도 배가 부르지 않고 이만 상한다오. 내 집에서 진수성찬은 아니지만 고구마 죽이라도 드리겠소. 허니 사양 말고 따라오쇼."

남자는 억지로 권유하는 태도가 아니라 그저 혼잣말처럼 말했다.

어머니는 가만히 듣고 있었으나, 세상의 법을 어기면서까지 사람을 도우려는 고마운 마음에 감동하지 않을 수 없었다. 그래서 이렇게 말했다.

"듣자하니 마음씀씀이가 훌륭하세요. 법을 어기고 방을 빌려 자칫 집주인에게 폐를 끼치지나 않을까 그것이 마음에 걸립니다. 저는 상관없지만, 아이들에게 따뜻한 죽 한 그릇이라도 먹이고 지붕 밑에서 재울 수만 있다면 그 은혜는 저승에서도 잊지 않겠습니다."

야마오카 대부는 고개를 끄덕이며 말했다.

"역시 현명한 부인이시군요. 그러면 곧바로 안내해드리리다."

대부는 이렇게 말한 뒤 일어서려고 했다.

어머니는 죄송스럽다는 듯이 말했다.

"죄송하지만 잠시 기다려주세요. 저희 셋이 폐를 끼치는 것만으로도 마음이 무거운데 이런 말씀을 드리는 것이 미안하지만, 실은 일행이 한 사람 더 있습니다."

야마오카 대부는 귀를 기울였다.

"동행이 있다고요? 남자요 여자요?"

"아이들을 돌봐주는 하녀입니다. 물을 얻어온다고 길을 1리 정도 되돌아갔어요. 이제 곧 돌아올 겁니다."

"하녀라고요? 그럼 기다리죠."

야마오카 대부의 침착하고 속을 알 수 없는 듯한 얼굴에 왠지 희색이 엿보였다.

*

여기는 오노에(直江) 포구. 해는 아직 요네야마 산(米山) 뒤에 숨었고 감청색 바다 위에는 엷은 안개가 끼어 있다.

손님 일행을 배에 태우고 밧줄을 풀고 있는 뱃사공이 있다. 사공은 야마오카 대부이고, 손님은 어젯밤 대부의 집에 묵었던 네 명의 일행이다.

오우게 교 밑에서 야마오카 대부를 만난 어머니와 두 아이는 하녀 우바다케가 낡은 호리병에 물을 얻어 돌아오는 것을 기다렸다가 함께 대부를 따라갔다. 우바다케는 불안한 얼굴로 따라 나섰다. 대부는 큰길에서 남쪽으로 들어간 소나무 숲속의 초가에 넷을 들여보내고 고구마죽을 권했다. 그리고 어디에서 와서 어디로 가는 길인지 물었다. 지친 아이들을 먼저 재우고, 희미한 등불 아래에서 어머니는 대부에게 대략의 사연을 말했다.

나는 이와시로 사람이다. 남편이 쓰쿠시(筑紫)[규슈 북부]에 간 뒤로 돌아오지 않아서 두 아이를 데리고 찾아가는 길이다. 우바다케는 딸아이가 태어났을 때부터 돌봐준 하녀로, 기댈 가족도 없기에 멀고 험한 여행길을 함께하게 되었다.

그래서 여기까지 오긴 했으나, 쓰쿠시까지 갈 것을 생각하면 이제 겨우 집을 나선 거나 다름없다. 이제부터 육지로 가야 할지 뱃길로 가야 할지 잘 모르겠다. 주인장이 뱃사공이라 하니 필시 먼 지방의 사정을 잘 알 것이다. 모쪼록 잘 좀 가르쳐달라고 아이들의 어머니는 부탁했다.

대부는 잘 아는 질문을 받았다는 듯, 조금도 망설임 없이 뱃길로 갈 것을 권했다. 육지로 가면 바로 옆 옛추국(越中國)[4]에 들어가는 경계에 부모자식 간에도 서로 지켜줄 수 없을 만큼 험한 곳이 있다. 깎아지른 듯한 기암괴석 밑에는 거친 파도가 몰아친다. 나그네는 절벽의 굴에 들어가 파도가 가라앉기를 기다린 후에 좁은 바위 밑 길을 달려서 빠져나가야 한다. 그때는 부모도 자식을 보살필 수 없고, 자식도 부모를 돌볼 여유가 없다. 그곳은 해변에 있는 험로이다. 또 산을 넘을 때는 돌 하나 잘못 밟아 미끄러지면 천 길 계곡으로 떨어질 수 있는 위험한 길도 있다. 서국(西國)〔규슈〕에 이를 때까지 얼마나 많은 난관이 있을지 모른다. 그것에 비하면 뱃길은 안전하다. 믿음직한 사공만 있으면 앉은 채로 편하게 백리 천리도 갈 수 있다. 나는 서국까지는 갈 수 없으나, 여러 지방의 사공들을 잘 알고 있으니 일단 배를 타고 나가서 서국으로 가는 배로 바꿔 태워줄 수 있다. 내일 아침 당장 배를 타고 가자고 대부는 대수롭지 않다는 듯이 말했다.

다음날 아침이 밝아오기 시작하자 대부는 일행을 재촉하여 집을 나섰다. 그때 아이들의 어머니는 작은 주머니에서 돈을 꺼내 숙박비를 치르려고 했다. 대부는 사양하며 숙박비를 받지 않았다. 그러나 돈이 든 소중한 주머니는 맡겨두라고 했다. 무엇이든지 소중한 물건은 여관에 들면 여관 주인에게, 배를 타면 배 주인에게 맡기는 것이라고 했다.

아이들의 어머니는 처음에 방을 빌려준다고 할 때부터 주인장인 대부의 말을 거역하기 힘들었다. 법을 어기면서까지 방을 빌려

---

4 현재의 도야마 현.

준 것은 고맙게 생각하면서도 무슨 일이든 말하는 대로 따를 정도로 대부를 믿지는 않았다. 이렇게 되어버린 것은 대부의 말에는 사람을 몰아붙이는 강한 힘이 있어 저항할 수가 없었기 때문이다. 저항하기 어려운 것은 어딘가 무서운 구석이 있게 마련이다. 그러나 어머니는 자신이 대부를 두려워한다고는 생각하지 않았다. 자신의 마음을 확실히 알지 못했다.

어머니는 끌려가는 듯한 마음으로 배에 탔다. 아이들은 파란 비단을 깐 듯 잔잔한 수면을 보며 호기심에 두근거리는 가슴으로 배에 올랐다. 단지 우바다케의 얼굴에서는 어제 다리 밑을 떠날 때부터 지금 배에 오를 때까지 불안한 빛이 사라지지 않았다.

야마오카 대부는 배를 묶어놓은 밧줄을 풀었다. 삿대로 해변의 둔덕을 한 번 밀자 배는 흔들리며 바다 위로 떠갔다.

*

야마오카 대부는 한동안 해변을 따라 남쪽의 엣추 방향으로 노를 저어 갔다. 어느덧 안개가 걷히고 햇빛에 물결이 반짝였다.

인가가 없는 갯바위 밑에 파도가 모래를 씻고 청각채와 바닷말을 해변으로 밀어 올리고 있는 곳이 보였다. 그곳에 배 두 척이 정박해 있었다. 그쪽 뱃사공이 대부를 보고 소리쳤다.

"어때? 있나?"

대부는 오른손을 들고 엄지를 접어 보였다. 그리고 자기도 그곳으로 배를 저어 갔다. 엄지를 접은 것은 네 명이라는 신호였다.

기다리던 사공 중 하나는 엣추국 미야자키(宮崎)의 사부로(三

郎)라는 사람이었다. 그는 왼손을 펴 보였다. 오른손이 물건의 신호가 되는 것처럼, 왼손은 돈의 신호였다. 이것은 5천 냥을 뜻했다.

"크게 쓰지!"

이번에는 또 다른 사공이 말하며, 왼팔을 쭉 뻗고 손을 한 번 편 후에 다시 집게손가락을 세워 보였다. 이 남자는 사도(佐渡)⁵의 지로(次郎)라는 사람으로 6천 냥을 부른 것이었다.

"교활한 놈."

미야자키가 소리치며 덤벼들려 하자 "새치기하려던 건 바로 너야" 하고 사도가 받아칠 기세였다. 두 배가 삐걱대며 기울어져 뱃전에 물결이 출렁거렸다.

대부는 냉소를 띠고 두 사공의 얼굴을 쳐다보았다.

"뭐 그리 난리야. 아무도 빈손으로 돌려보내지 않아. 손님이 불편하지 않도록 두 사람씩 나눠 태워. 뱃삯은 나중에 부른 값으로 나눠."

이렇게 말하고 대부는 손님을 돌아보았다.

"자, 두 사람씩 저 배에 타시오. 다 서국으로 가는 배편이라오. 배라는 것은 너무 무거우면 빨리 나갈 수가 없소."

두 아이는 미야자키의 배로, 어머니와 우바다케는 사도의 배로 대부가 손을 잡고 옮겨 태웠다. 미야자키와 사도는 몇 꾸러미씩의 엽전을 대부의 손에 건넸다.

"저, 주인장께 맡긴 돈주머니는요?" 우바다케가 대부의 소매를

---

5 니가타 현 사도 섬.

잡아끌자 대부는 빈 배를 쑥 밀고 나아갔다.

"나는 이만 실례하오. 확실하게 인수인계하는 것까지가 나의 임무요. 잘 가쇼."

빠르게 노 젓는 소리가 울려 퍼지며 야마오카 대부의 배는 금세 멀어져 갔다.

어머니는 사도에게 말했다.

"같은 길로 가서 같은 항구에 닿는 것이겠지요?"

사도와 미야자키는 얼굴을 마주보고 소리 내어 웃었다. 그리고 사도가 말했다.

"홍서(弘誓)의 배, 닿는 곳은 같은 피안[6]이라고 연화봉사(蓮華峰寺)〔사도 섬에 있는 절〕의 스님이 말했던가."

두 사공은 그 말을 끝으로 묵묵히 배를 저었다. 사도는 북쪽으로, 미야자키는 남쪽으로 노를 저어 갔다.

"아이고! 아이고!"

둘로 나뉘어 서로를 부르는 일행은 그저 멀어져 갈 뿐이었다.

어머니는 미친 듯이 뱃전에 손을 대고 일어났다.

"이젠 어쩔 수 없구나. 이걸로 이별이구나. 안주(安壽)는 수호불 지장보살님을 잘 간직하거라. 즈시오(廚子王)는 아버님이 주신 보검을 꼭 간직하거라. 둘이 절대로 헤어지지 말고."

안주는 누이, 즈시오는 남동생의 이름이다.

아이들은 단지 "어머니! 어머니!" 하고 부를 뿐이었다.

---

6 홍서는 중생을 제도하여 깨달음의 피안에 이르게 하는 부처나 보살의 서원. 이를 배에 비유한 말.

배와 배 사이는 점점 더 멀어졌다. 나중에는 먹이를 기다리는 어린 새처럼 두 아이의 벌어진 입만 보일 뿐 더는 소리가 들리지 않았다.

우바다케는 사도에게 "보세요, 사공어른" 하고 말을 걸었으나 사도가 전혀 대꾸하지 않자, 마침내 소나무 줄기처럼 거친 사도의 다리에 매달렸다.

"사공어른, 도대체 어찌된 사정인가요? 저기 아가씨랑 도련님과 헤어져 어딜 간다는 말인가요? 마님도 마찬가집니다. 앞으로 누굴 의지하며 살아간단 말이오. 제발 저 배 가는 곳으로 따라가 주세요. 제발 부탁합니다."

"시끄러워!"

사도가 뒷발로 걷어찼다. 우바다케가 바닥에 쓰러졌다. 머리카락이 흐트러져 뱃전에 닿았다. 우바다케는 몸을 일으켰다.

"아아, 이제 끝이로구나. 마님, 용서하세요."

이렇게 말하고 바다에 거꾸로 몸을 던졌다.

"어!"

사공이 팔을 뻗었으나 이미 늦은 뒤였다.

어머니는 겉옷을 벗어 사도 앞에 내밀었다.

"대단한 것은 아니지만 신세를 진 보답으로 드리죠. 나도 이만 실례합니다."

이렇게 말하고 뱃전에 손을 댔다.

"이게 어딜!"

사도는 어머니의 머리카락을 붙잡고 넘어뜨렸다.

"너까지 죽게 내버려둘 순 없지. 소중한 물건인걸."

사도가 밧줄을 꺼내 어머니를 꽁꽁 묶어 바닥에 쓰러뜨렸다. 그리고 계속 북쪽으로 노를 저어 갔다.

*

"어머니! 어머니!"

계속 외쳐 부르는 오누이를 태우고 미야자키가 젓는 배는 해변을 따라 남쪽으로 나아갔다.

"이제 닥쳐."

미야자키가 윽박질렀다.

"바닷속 물고기에게는 들려도 저 여자들에게는 들리지 않아. 여자들은 사도로 건너가서 좁쌀 먹으러 내려오는 새나 쫓게 될걸."

안주와 즈시오는 서로 부둥켜안고 울었다. 고향을 떠나왔어도, 또 머나먼 여행을 해도 어머니와 함께한다고 생각했는데, 지금 생각지도 않게 생이별을 하게 되자 둘은 어찌할 바를 몰랐다. 단지 슬픔만이 가슴 가득 차올라 이 이별이 자기들의 운명을 어떻게 바꿔놓을지 생각할 여유도 없었다.

점심때가 되자 미야자키는 떡을 꺼내 먹었다. 그리고 안주와 즈시오에게도 하나씩 주었다. 둘은 떡을 손에 들고는 먹지도 않고 서로의 얼굴을 마주보며 울었다. 밤에는 미야자키가 덮어준 거적 아래에서 울면서 잠이 들었다.

이렇게 둘은 며칠을 배에서 밤을 지새웠다. 미야자키는 엣추, 노도(能登), 에치젠(越前), 와카사(若狹) 등 방방곡곡으로 사람을 팔러 다녔다. 그러나 남매가 어린 데다가 몸도 약해 보여서 좀처럼 사려고 나서는 자가 없었다. 간혹 사려는 사람이 있어도 가격이 맞지 않았다. 미야자키는 점차 기분이 나빠져 "끝까지 울 거야" 하며 둘을 때리기까지 했다.

미야자키의 배는 여기저기를 돌고 돌아서 단고(丹後)[7]의 유라(由良) 항[8]에 닿았다. 여기에는 이시우라(石浦)라는 곳에 커다란 저택을 가지고, 논밭에 벼와 보리를 심게 하고, 산에서는 짐승, 바다에서는 고기를 잡게 하고, 누에를 기르거나 베를 짜게 하고, 철기와 도기와 목기 등 다방면에 걸쳐 각각의 직공을 부리는 산쇼 대부라는 부호가 있다. 그 사람이라면 얼마든지 산다. 미야자키는 이전에도 다른 곳에서 팔리지 않는 물건이 있으면 이곳으로 가져오곤 하였다.

항구에 나와 있던 대부의 노예 두령이 안주와 즈시오를 7천 냥에 선뜻 샀다.

"휴, 간신히 꼬맹이들을 치워버리니 홀가분하군."

미야자키의 사부로는 받은 돈을 품속에 넣고 항구의 주막을 찾아 들어갔다.

*

한아름 넘는 기둥들이 늘어선 저택의 안쪽 거실에 사방 여섯 자의 화로가 있고, 그 화로에 숯불이 타오르고 있었다. 화로 건너

---

7 교토 북부. 동해에 면해 있음.
8 교토 북부 미야즈 시의 항구.

편에 산쇼 대부가 방석을 석 장 겹쳐 깔고 네모난 베개에 기대어 있었다. 좌우로는 두 아들, 지로(次郎)와 사부로(三郎)가 석상처럼 나란히 서 있었다. 원래 대부에게는 세 명의 아들이 있었다. 장남 타로(太郎)는 열여섯 살 때, 도망가려다 잡힌 노예에게 아버지가 직접 낙인을 찍는 모습을 가만히 지켜보더니 아무 말 없이 집을 나가 행방을 알 수 없게 되었다. 벌써 19년 전 일이다.

노예 두령이 안주와 즈시오를 데리고 대부 앞으로 나갔다. 그리고 두 아이에게 인사를 하라고 말했다.

두 아이는 두령의 말이 들리지 않는 듯, 눈을 크게 뜨고 대부를 바라보았다. 올해 예순 살이 되는 대부는 붉은 얼굴에 이마가 넓고 턱이 튀어나왔으며 머리칼과 수염이 은색으로 빛났다. 아이들은 무섭다기보다는 이상한 모습이라고 생각하며 가만히 그 얼굴을 보고 있었다. 대부는 말했다.

"사온 아이들이 요놈들인가? 지금껏 샀던 놈들과 달리 어디에 쓰면 좋을지 모를 놈들이라 해서 데려와보라 했더니, 얼굴이 창백하고 허약한 아이들이군. 어디에 쓸지 나도 모르겠다."

옆에서 사부로가 나섰다. 막내아들이지만 그는 나이가 이미 서른이었다.

"아닙니다, 아버님. 아까부터 보고 있자니 인사를 하라고 해도 하지 않지, 다른 놈들처럼 이름도 대지 않습니다. 허약해 보여도 고집이 센 놈들입니다. 첫번째 역할이 사내놈은 나무꾼, 계집은 염부로 정해져 있죠. 그대로 시키겠습니다."

"말씀하신 대로 제게도 이름을 밝히지 않았습니다."

두령이 말하니 대부가 코웃음을 쳤다.

170

"멍청이 같군. 이름은 내가 붙여주지. 계집은 시노부쿠사(垣衣), 사내놈은 와스레쿠사(萱草)[9]로 해라. 시노부쿠사는 해변에 나가 하루에 세 통씩 바닷물을 길어라. 와스레쿠사는 산에 가서 하루에 나무 석 짐을 베어라. 몸이 허약하니 일을 가볍게 주마."

"과분한 배려십니다. 어이, 두령. 빨리 데려가 도구를 건네줘."

사부로가 말했다. 두령은 두 아이를 신참의 오두막으로 데려가서 안주에게는 물통과 바가지를, 즈시오에게는 망태기와 낫을 건넸다. 거기에는 각각 점심 주먹밥을 넣는 주머니가 붙어 있었다. 신참의 오두막은 다른 노비들이 사는 곳과 분리되어 있었다.

두령이 나갔을 때에는 벌써 주위가 어두워진 뒤였다. 이 오두막에는 등불도 없었다.

*

다음날 아침은 매우 추웠다. 간밤에는 오두막에 있는 이불이 너무 더러워서 즈시오가 거적을 찾아와 배에서 그랬던 것처럼 둘이서 뒤집어쓰고 잤다.

전날 노예 두령이 가르쳐준 대로, 즈시오는 주머니를 들고 부엌으로 주먹밥을 받으러 갔다. 지붕과 땅바닥에 흩어진 짚 위에 서리가 앉아 있었다. 부엌은 커다란 토방으로 벌써 많은 노비가 와서 기다리고 있었다. 남녀가 받는 장소가 각각 다른데도 즈시오는 누나와 자기 것을 함께 받으려고 하다가 한 번 혼이 났다.

---

9 시노부는 '참다', 와스레는 '잊다'의 의미. 둘 다 원추리의 다른 이름.

내일부터는 각자 받으러 오겠다고 맹세하고 간신히 주먹밥 외에 밥그릇에 담은 밥과 나무사발에 담은 국 2인분을 받았다. 밥은 소금을 넣어 지은 것이었다.

오누이는 아침밥을 먹으면서, 이런 신세가 되었으니 운명에 고개를 숙이는 수밖에 없다고 어른스런 대화를 나누었다. 그리고 누나는 해변으로, 동생은 산길을 향해 나섰다. 대부 저택의 제3문, 제2문, 제1문을 같이 나와 둘은 서리를 밟고 서로 뒤돌아보며 좌우로 헤어졌다.

즈시오가 올라가는 곳은 유라 산의 기슭으로, 이시우라에서 조금 남쪽으로 가서 오르게 된다. 나무를 베는 곳은 산기슭에서 멀지 않았다. 곳곳에 이끼 낀 바위가 드러난 곳을 지나, 약간 넓은 평지로 나갔다. 그곳에 잡목이 우거져 있었다.

즈시오는 잡목숲에 서서 주위를 둘러보았다. 그러나 나무를 어떻게 베야 할지 한동안 손을 댈 수 없어, 아침해를 받아 서리가 녹기 시작한 낙엽 위에 멍하니 앉아 시간을 보냈다. 간신히 마음을 가다듬고 나뭇가지를 하나씩 베는 사이에 즈시오는 손가락에 상처를 입었다. 그래서 다시 낙엽 위에 앉아, 산도 이렇게 추운데 해변에 간 누이는 바닷바람에 얼마나 추울까 생각하며 혼자 눈물을 흘렸다.

해가 꽤 중천에 떠오르고 난 뒤 즈시오는 나뭇가지를 등에 메고 산기슭을 내려갔다. 모르는 나무꾼이 지나가다가 즈시오를 보고 물었다.

"너도 대부댁 노예냐? 나무는 하루에 몇 짐 하느냐?"

"하루에 석 짐을 해야 하는데 아직 조금밖에 못했어요."

즈시오는 솔직히 대답했다.

"하루 석 짐이라면 점심때까지 두 짐을 해야 한다. 나무는 이렇게 하는 거야."

나무꾼은 자기 짐을 내려놓고 금세 한 짐을 베어주었다.

즈시오는 마음을 가다듬고 간신히 오전 중에 한 짐을 하고 오후에 다시 한 짐을 하였다.

해변으로 간 누이 안주는 강을 따라 북쪽으로 갔다. 이윽고 바닷물을 긷는 장소로 내려갔으나, 안주도 바닷물을 어떻게 퍼야 하는지 알 리 없었다. 마음을 다독이며 이윽고 바가지를 바닷물에 담갔는데, 파도가 그만 바가지를 쓸어가버렸다.

옆에서 물을 푸던 여자가 재빨리 바가지를 주워주었다. 그리고 이렇게 말했다.

"그렇게 하면 바닷물을 풀 수가 없단다. 어떻게 푸는지 알려줄게. 오른손으로 바가지를 잡고 이렇게 퍼서 왼쪽의 물통에 이렇게 붓는 거란다."

여자는 어느새 한 통을 담아주었다.

"고마워요. 언니 덕분에 방법을 알았어요. 혼자 해볼게요."

이렇게 안주는 바닷물 긷는 법을 익혔다.

옆에서 바닷물을 긷던 여자는 순박한 안주가 마음에 들었다. 둘은 점심때 주먹밥을 먹으면서 서로 신상을 밝히고 자매가 되기로 약속했다. 그녀는 이세(伊勢)〔미에 현〕의 고하기(小萩)로, 후타미가우라(二見が浦)에서 팔려온 여자였다.

첫날은 이런 식으로 누이가 명 받은 세 통의 바닷물도, 남동생이 명 받은 석 짐의 땔감도, 각기 하나씩 보시를 받아 날이 저물

때까지 무난히 완수하였다.

*

누이는 바닷물을 긷고 남동생은 나무를 하며 하루하루 살아갔다. 누이는 해변에서 남동생을 생각하고 남동생은 산에서 누이를 생각하다 해가 저물기를 기다려 오두막으로 돌아오면, 둘은 서로 손을 잡고 쓰쿠시에 있는 아버지와 사도로 끌려간 어머니가 그립다며 울고, 또 울었다.

그럭저럭 열흘이 지났다. 신참의 오두막을 비워야 할 때가 왔다. 오두막을 떠나면 남녀 노비는 각기 따로 지내게 된다.

둘은 죽어도 떨어지지 않겠다고 말했다. 노예 두령이 대부에게 이 사실을 전하자 대부는 이렇게 말했다.

"건방진 놈들이로군. 억지로 떼어서 종놈은 종놈반으로, 종년은 종년반으로 보내버려."

노예 두령이 알았습니다, 하고 일어서려고 할 때 지로가 옆에서 불러 세웠다. 그리고 아버지에게 말했다.

"말씀하신 대로 아이들을 떼어놓는 것도 좋지만, 아이들이 죽어도 떨어지지 않겠다고 합니다. 어리석은 놈들이니 진짜 죽을지도 모릅니다. 나무를 좀 적게 해와도, 바닷물을 좀 적게 길어와도 일손이 줄어드는 게 더 손해입니다. 제가 알아서 잘 처리하겠습니다."

"그것도 그렇군. 손해 보는 건 나도 싫다. 어떻게 하든 네 마음대로 처리해라."

대부는 이렇게 말하고 시선을 옆으로 돌렸다.

지로는 제3문에 오두막을 짓고 오누이를 같이 지내게 했다.

어느 날 저녁 오누이는 여느 때처럼 부모 이야기를 하고 있었다. 그것을 지로가 지나가다가 들었다. 지로는 저택을 돌아다니며 힘센 노예가 약한 노예를 괴롭히는지, 서로 싸우는지, 또는 물건을 훔치는 자는 없는지 돌아보고 있던 참이었다.

지로는 오두막에 들어가 두 아이에게 말했다.

"부모가 그립겠지만 사도는 멀다. 쓰쿠시는 그보다 더 멀다. 아이들이 갈 수 있는 곳이 아니다. 부모를 만나고 싶거든 어른이 될 날을 기다리는 게 좋을 거다."

지로는 이렇게 말하고 밖으로 나갔다.

다시 세월이 지난 어느 날 저녁, 오누이는 부모 이야기를 하고 있었다. 그것을 이번에는 사부로가 지나가다가 들었다. 사부로는 잠든 새를 잡는 것이 취미여서 손에 활을 들고 저택 안의 나무들을 돌아보고 있던 참이었다.

두 아이는 부모 이야기를 할 때마다 어쩌지, 이렇게 할까, 하며 부모를 만나고 싶은 나머지 모든 수단과 방법을 이야기하며 꿈같은 대화를 나누었다. 오늘은 누이가 이렇게 말했다.

"어른이 되지 않으면 먼 여행을 못한다는 건 당연한 말이야. 우리는 그 불가능한 것을 하고 싶어해. 그러나 내가 잘 생각해보니, 아무래도 둘이 함께 여기를 도망가는 것은 어려워. 나는 신경 쓰지 말고 너 혼자 도망가야 해. 먼저 쓰쿠시 쪽으로 가서 아버지를 만나 어떻게 하면 좋을지 물어봐. 그리고 사도로 어머니를 데리러 가는 것이 좋겠어."

사부로가 서서 엿들은 것은 운 나쁘게도 안주의 이 말이었다. 사부로는 활을 들고 불쑥 오두막 안으로 들어갔다.

"요놈들, 도망갈 궁리를 하는군. 도망을 시도한 놈은 낙인을 찍지. 그게 이곳의 법이야. 빨갛게 달아오른 쇠는 뜨거워."

두 아이는 얼굴이 창백해졌다. 안주는 사부로 앞으로 나가 이렇게 말했다.

"그건 거짓말이에요. 동생이 혼자 도망간다 해도 어디를 가겠어요. 부모님을 몹시 보고 싶어하니 그런 말을 한 거예요. 저번에는 동생에게 새가 되어 날아가자고 말한 적도 있어요. 그냥 해본 말이에요."

"누나가 말한 대로예요. 언제나 둘이서 지금처럼 불가능한 얘기를 하며 부모님에 대한 그리움을 달래고 있거든요."

사부로는 둘의 얼굴을 번갈아 보고 나서 잠시 잠자코 있었다.

"흠. 거짓이라면 좋아. 네놈들이 둘이 있을 때 무슨 말을 한다는 걸 내가 확실히 들었어."

사부로는 이렇게 말하고 나갔다.

그날 밤 둘은 찜찜한 마음으로 자리에 누웠다. 그리고 얼마나 잤을까. 둘은 문득 무슨 소리가 들려 눈을 떴다. 지금의 오두막으로 오고 나서는 등불을 켜는 것이 허락되었다. 그 희미한 등불로 보니, 베갯머리에 사부로가 서 있었다. 사부로는 불쑥 다가와서 양손으로 두 아이의 손을 잡았다. 그리고 그대로 잡아끌고 문을 나섰다. 창백한 달을 쳐다보면서 오누이는 첫날 지나갔던 넓은 복도로 끌려 나갔다. 계단을 세 개 올랐다. 복도를 지났다. 돌고 돌아 전날에 보았던 큰 방으로 들어갔다. 그곳에는 많은 사람이 말

없이 늘어서 있었다. 사부로는 숯불이 벌겋게 타오르는 화로 앞으로 오누이를 끌고 갔다. 오누이는 오두막에서 끌려 나올 때부터 그저 "용서하세요, 용서하세요"라고 계속 애원했으나, 사부로가 아무런 말 없이 끌고 갔기 때문에 결국 오누이도 입을 다물어 버렸다.

화로 건너편에는 산쇼 대부가 방석 석 장을 겹쳐 깔고 앉아 있었다. 좌우에 타오르는 횃불에 반사되어 대부의 붉은 얼굴이 타오르는 듯했다. 사부로는 숯불에서 벌겋게 달아오른 부젓가락을 꺼냈다. 그리고 손에 들고 잠시 보았다. 투명하게 붉은 쇠가 점차 검은빛을 띠었다. 사부로가 안주를 끌어당겨 부젓가락을 얼굴에 대려고 하였다. 즈시오는 사부로의 무릎에 달라붙었다. 사부로는 즈시오를 걷어차고 오른쪽 무릎으로 눌렀다. 이윽고 부젓가락을 안주의 이마에 십자로 댔다. 안주의 비명이 방 안의 침묵을 깨고 울려 퍼졌다. 사부로는 안주를 밀쳐내고 무릎 아래 즈시오를 일으켜, 그 이마에도 부젓가락을 십자로 댔다. 새로 울려 퍼지는 즈시오의 울음소리가 약간 가라앉은 안주의 울음소리와 섞였다.

사부로는 부젓가락을 팽개치고, 아까 둘을 이곳으로 데려왔을 때처럼 다시 둘의 손을 잡았다. 그리고 방 안을 둘러본 후에 넓은 본관을 돌아 둘을 3단 계단까지 끌고 가서 얼어붙은 땅 위에 팽개쳤다. 두 아이는 상처의 고통과 공포심에 기절할 듯한 것을 간신히 견디며, 어디를 어떻게 걸어왔는지도 모르게 제3문의 오두막으로 돌아갔다.

바닥에 쓰러진 둘은 한동안 시체처럼 움직이지 않았다. 돌연 즈시오가 "누나, 빨리 지장보살님을" 하고 외쳤다. 안주는 곧 일어나 품속에서 주머니를 꺼냈다. 그리고 떨리는 손으로 끈을 풀어 주머니에서 꺼낸 불상을 베갯머리에 놓았다. 둘은 불상의 양쪽에서 공손히 절을 했다. 그때, 이를 악물어도 참을 수 없었던 이마의 통증이 감쪽같이 사라졌다. 손으로 이마를 만져보니 상처가 흔적도 없었다. 오누이는 깜짝 놀라서 눈을 떴다.

오누이는 일어나 앉아 꿈 이야기를 했다. 같은 꿈을 동시에 꾼 것이었다. 안주는 수호불을 꺼내 꿈에서 그랬던 것처럼 베갯머리에 놓았다. 둘은 그 앞에 엎드려 절하고, 희미한 등불 아래로 지장보살의 이마를 보았다. 백호(白毫)[10]의 좌우에 인두로 지진 듯한 십자의 흔적이 또렷하게 보였다.

*

오누이의 대화가 사부로에게 들키고, 그날 밤 무서운 꿈을 꾼 뒤부터 안주의 모습이 일변했다. 긴장한 듯한 표정에 미간에는 주름이 잡히고, 눈은 먼 곳을 바라보았다. 그리고 아무 말도 하지 않았다. 날이 저물어 해변에서 돌아오면, 예전에는 동생이 산에서 돌아오기를 기다려 긴 이야기를 나누었으나 이제 말수도 줄었다. 즈시오가 걱정스러운 마음에 "누나, 어디 아파" 하고 물어도 "아니, 괜찮아"라고 대답하고 억지로 미소를 짓는 듯했다.

안주가 이전과 달라진 것은 단지 이것뿐으로, 말하는 것도 여전히 조리 있고, 하는 일도 평소와 다름없었다. 그러나 즈시오는

---

10 부처의 눈썹 사이에 있는 희고 부드러운 털. 불상의 이마에 보석을 박아 표현한다.

서로 위로하고 위로받기도 한 누나의 달라진 모습을 보며 왠지 무거워진 마음을 누구에게 털어놓을 수도 없었다. 오누이의 처지는 전보다 더욱 쓸쓸해졌다.

눈이 내리고 그치기를 반복하며 그해가 저물어갔다. 노비들은 바깥일을 멈추고, 집 안에서 일하게 되었다. 안주는 실을 잣는 일을 했다. 즈시오는 볏단을 털었다. 볏단을 터는 것은 기술이 필요 없으나, 실을 잣는 것은 어려웠다. 그래서 밤이 되면 고하기 언니가 와서 도와주고 가르쳐주었다. 안주는 동생을 대하는 태도가 달라졌을 뿐 아니라, 고하기에게도 말수가 적어져 어떤 때는 무뚝뚝하게 대했다. 그러나 고하기는 기분 나쁘게 생각지 않고 안주를 돌봐주었다.

산쇼 대부 저택의 문도 설날의 소나무로 꾸며졌다. 그러나 그해 설에는 경축할 만한 일도 없고, 또 일가의 여자들이 안방에 틀어박혀 거의 출입하지 않았으므로 떠들썩한 일도 없었다. 단지 상전과 노비 할 것 없이 술을 마시고, 노비의 오두막에서는 싸움이 일어날 뿐이었다. 평소에는 싸움이 일어나면 엄벌을 받지만, 이런 날에는 노예 두령이 눈감아주었다. 피를 흘려도 모르는 체했다. 심지어 살해당하는 자가 있어도 개의치 않았다.

쓸쓸한 제3문의 오두막으로 때때로 고하기가 놀러왔다. 여종들 오두막 특유의 떠들썩한 분위기를 가져왔다고 생각될 정도로, 고하기가 이야기를 하는 동안에는 음울한 오두막에도 화창한 봄이 온 듯, 최근 모습이 달라진 안주의 얼굴에서도 보기 힘든 미소가 떠올랐다.

사흘이 지나자 다시 집안일이 시작되었다. 안주는 실을 자았고 즈시오는 볏단을 털었다. 이제 안주는 밤에 고하기가 와도 도와줄 필요가 없을 정도로 물레를 돌리는 것에 익숙해졌다. 안주의 모습은 달라졌지만 이렇게 조용히 같은 작업을 반복하는 데에는 지장이 없었고, 또 작업이 오히려 마음을 가라앉혀 침착함을 주는 것처럼 보였다. 누나와 전처럼 대화하지 못하게 된 즈시오는, 실을 잣고 있는 누나에게 고하기가 말을 걸어주는 것이 무엇보다도 미더웠다.

*

　물에서 냉기가 가시고 풀이 싹트는 계절이 되었다. 내일부터 바깥일이 시작된다는 날, 지로가 저택을 돌아보는 길에 제3문의 오두막으로 왔다.

　"어떠냐? 내일 일하러 나갈 수 있겠느냐? 사람들 중에는 병에 걸린 자도 있다. 노예 두령의 이야기만 들어서는 알 수 없어 오늘은 오두막을 전부 돌아보고 있는 참이다."

　볏단을 털던 즈시오가 대답을 하려는데, 최근 모습과는 달리 안주가 실을 잣던 손을 멈추고 불쑥 지로 앞으로 나아갔다.

　"부탁이 있습니다. 동생과 같은 곳에서 일하고 싶습니다. 부디 저희를 함께 산으로 보내주세요."

　안주의 창백한 얼굴에 홍조가 어리고 눈이 반짝였다.

　즈시오는 누나의 모습이 두 번째로 바뀐 듯하여 놀랐다. 또 자기에게 미리 아무런 말도 없다가 느닷없이 나무하러 가겠다고 하는 것도 의아해 단지 눈을 크게 뜨고 누나를 지켜보았다.

지로는 잠자코 안주의 모습을 가만히 보았다. 안주는 거듭 말했다.

"소원은 오직 이것뿐입니다. 부디 산에 보내주세요."

잠시 후 지로가 입을 열었다.

"이곳에서는 노비에게 어떤 일을 시킨다는 것이 엄중한 일이라 아버님께서 직접 결정하신다. 그러나 시노부쿠사, 네 소원은 깊이 숙고한 끝에 나온 것 같구나. 내가 잘 말해서 꼭 산에 갈 수 있도록 해주지. 안심해도 좋다. 무엇보다 어린 것들이 무사히 겨울을 나서 다행이다."

지로는 이렇게 말하고 오두막을 나갔다. 즈시오는 도리깨를 놓고 누이 옆으로 다가갔다.

"누나, 왜 그래? 누나랑 같이 산에 가면 나도 좋지만 왜 느닷없이 부탁한 거야? 왜 내게는 미리 말해주지 않았어?"

누이의 얼굴은 기쁨으로 빛났다.

"그래, 네가 그렇게 생각하는 것도 당연하지. 근데 나도 그 사람 얼굴을 볼 때까지는 부탁할 생각이 없었어. 갑자기 생각이 난 거야."

"그래? 이상하네."

즈시오는 이상한 사람을 보듯 누이의 얼굴을 바라보았다. 노예 두령이 망태기와 낫을 가지고 들어왔다.

"시노부쿠사야. 네게 염전일 대신 나무를 해오게 한다는구나. 내가 도구를 가져왔다. 대신 물통과 바가지를 받아가마."

"수고를 끼쳐서 죄송해요."

안주는 얼른 일어나 물통과 바가지를 꺼내서 돌려주었다.

두령은 그것을 받아들었으나, 그대로 돌아가려고 하지 않았다. 얼굴에는 쓴웃음 같은 표정이 보였다. 이 남자는 산쇼 대부 일가의 명령을 하느님 말처럼 받들었다. 그래서 매우 매정했고 가혹한 일도 서슴지 않았다. 그러나 천성적으로 남이 괴로워서 몸부림치거나 울부짖는 것은 원하지 않았다. 만사가 원만하게 진행되어 그런 꼴을 보지 않는다면 그게 마음이 편했다. 지금의 쓴웃음 같은 표정은 어쩔 수 없이 남을 괴롭혀야 한다고 체념하고, 뭔가 말하거나 행동할 때 이 남자 얼굴에 나타나는 것이었다. 두령은 안주를 향해 말했다.

"그리고 하나 더 용무가 있다. 실은 지로 도련님이 대부님께 말씀드려 너를 산으로 보내는 거야. 그러자 그 자리에 사부로 도련님이 나타나서, 그렇다면 시노부쿠사를 남장을 시켜서 산에 보내라고 말씀하셨다. 대부님은 좋은 생각이라며 웃으셨다. 그래서 내가 네 머리카락을 받아가야 한다."

옆에서 듣고 있던 즈시오는 이 말에 가슴이 뜨끔했다. 그는 눈에 눈물을 머금고 누이를 보았다. 그러나 뜻밖에 안주의 얼굴에서는 여전히 기쁜 빛이 사라지지 않았다.

"정말 그러네요. 나무꾼이 되려면 제가 사내가 돼야죠. 자, 이 낫으로 잘라주세요."

안주는 두령 앞에서 고개를 숙였다. 윤기 있는 안주의 긴 머리칼이 날카로운 낫질 한 번에 싹둑 잘렸다.

이튿날 아침 오누이는 등에 망태를 지고 허리에는 낫을 차고, 서로 손을 잡고 대문을 나섰다. 산쇼 대부에게 팔려온 뒤로 처음 함께 걷는 길이었다.

즈시오는 누이의 마음을 헤아리기 어려워, 외롭기도 하고 슬프기도 하여 가슴이 꽉 막힌 듯했다. 어제도 두령이 돌아간 후에 이런저런 말로 물어보았으나 누이는 혼자 무슨 생각에 빠진 듯 속내를 확실하게 밝히지 않았다.

산기슭에 닿았을 때 즈시오는 참기 어려워 말했다.

"누나, 이렇게 오랜만에 같이 걸으니 기뻐해야겠지만, 아무래도 슬픈 생각이 들어. 누나의 싹둑 잘린 머리를 차마 보지 못하겠어. 누나, 나에게 숨기고 뭔가 생각하고 있는 거지? 왜 내게 말해주지 않는 거야?"

안주는 오늘 아침에도 부처의 미간에 호광(豪光)이 비치는 듯한 기쁨을 이마에 띠고 큰 눈을 반짝였다. 그러나 동생의 말에는 대답하지 않았다. 단지 동생을 잡은 손에 힘을 줄 뿐이었다.

산에 오르기 전에 연못이 있었다. 연못가에는 작년에 본 것처럼 마른 갈대가 사방에 우거져 있으나, 길가의 누런 풀잎 사이로 벌써 푸른 싹이 보였다. 연못가에서 오른쪽으로 꺾어 올라가면 바위틈에서 약수가 솟아나는 곳이 있었다. 그곳을 지나 오른쪽의 암벽을 보며 구불구불한 길을 올라갔다.

마침 바위 위로 아침 햇살이 가득 쏟아졌다. 안주는 바위가 풍화되어 층층이 갈라진 틈에 뿌리를 내리고 피어 있는 작은 제비꽃을 발견했다. 그리고 그것을 가리키며 즈시오에게 말했다.

"봐. 벌써 봄이 왔어."

즈시오는 잠자코 고개를 끄덕였다. 누이는 가슴에 비밀을 간직하고 동생은 가슴에 슬픔을 품고 있어 아무래도 둘 사이에 감응이 불가능하니, 이야기는 물이 모래에 스며드는 것처럼 끊어졌다. 작년에 나무를 베던 숲에 도착하자 즈시오가 걸음을 멈추었다.

"누나, 여기서 베는 거야."

"아냐, 좀 더 높은 곳에 올라가 보자. 응?"

안주는 앞장서서 척척 산을 올라갔다. 즈시오는 의아해하면서 누이를 따라갔다. 잠시 후 잡목숲보다 꽤 높은, 산꼭대기라고도 할 만한 곳에 이르렀다.

안주는 그곳에 서서 남쪽을 가만히 바라보았다. 시선이 이시우라를 거쳐 유라 항으로 흘러가는 오오쿠모 천(大雲川) 상류를 더듬다가, 1리 정도 떨어진 강 건너편 울창한 숲속에 탑의 꼭대기가 우뚝 솟아 있는 나카야마 산(中山)[11]에서 멈추었다. 안주는 "즈시오야" 하고 동생을 불렀다.

"내가 오래전부터 생각에 잠겨서 너와도 평소처럼 말을 하지 않은 게 이상했을 거야. 오늘은 나무 따위 베지 않아도 좋으니 내가 하는 말을 잘 들어. 이세에서 팔려온 고하기 언니가 고향에서 이곳까지 오는 길을 내게 알려줬어. 저 나카야마 산을 넘어가면

---

11 현재의 마이즈루 시(舞鶴市) 가사(加佐) 지구에 있음. 탑이 보이는 절은 국분사(國分寺)이다. 국분사는 741년 쇼무(聖武) 천황의 명으로 국분니사(國分尼寺)와 함께 각국에 하나씩 세워진 관사(官寺)로, 같은 이름의 절이 전국에 많다. 나라(奈良)의 동대사(東大寺)가 총본산임.

교토가 그리 멀지 않다고 해. 쓰쿠시까지 가는 것은 너무 힘들고, 되돌아가서 사도로 건너가는 것도 쉬운 일이 아니지만, 교토에 가는 것은 어렵지 않아. 어머니와 함께 이와시로를 떠난 후 우리는 나쁜 사람들만 만났지만, 운이 따르면 좋은 사람도 만날 수 있을 거야. 너는 지금부터 과감히 이 땅을 도망쳐서 꼭 교토로 올라가. 부처님이 길을 인도해서 좋은 사람을 만난다면, 쓰쿠시에 간 아버지 소식도 알 수 있을 거야. 사도로 어머니를 데리러 갈 수도 있고. 망태와 낫은 버리고 주먹밥 주머니만 차고 가는 거야."

즈시오는 잠자코 듣고 있었으나 눈물이 볼을 타고 흘러내렸다.

"그럼 누나는 어떻게 하려고?"

"나는 신경쓸 것 없어. 너 혼자 하는 일이지만 나와 함께 간다는 생각으로 해줘. 아버지를 뵙고 어머니를 섬에서 데리고 나온 후에 나를 구하러 와."

"내가 없어지면 누나가 큰일을 당할 텐데."

즈시오는 낙인이 찍히던 그날의 무서운 악몽이 떠올랐다.

"그래. 괴롭힐지 모르지만 나는 참고 견딜 거야. 그들은 돈 주고 산 노비를 죽이지는 않아. 아마 네가 사라지면 두 사람 몫의 일을 시키려고 하겠지. 네가 가르쳐준 숲에서 나무를 많이 할 거야. 여섯 짐은 못해도 넉 짐이나 다섯 짐은 하겠지. 자, 저기까지 내려가서 망태와 낫을 저곳에 두고, 너를 산기슭까지 바래다줄게."

이렇게 말하고 안주는 앞장서서 내려갔다. 즈시오는 어떻게 해야 할지 알 수가 없어 멍하니 따라 내려갔다. 누이는 올해 열다섯 살이고 동생은 열세 살이 되었으나, 여자는 조숙한 데다가 무엇에 홀린 듯 총명해졌으므로 즈시오는 누이의 말을 거부할 수가 없었다.

숲으로 내려와서 둘은 망태와 낫을 낙엽 위에 놓았다. 누이는 수호불을 꺼내 동생 손에 건넸다.

"이것은 소중한 수호불이지만 다시 만날 때까지 너한테 맡길 게. 이 지장보살님을 나라고 생각하고, 네 보검과 함께 소중히 지니도록 해."

"누나에게도 수호불이 있어야지."

"아냐. 나보다는 위험한 길을 떠나는 네게 수호불을 맡기는 거야. 저녁에 네가 돌아오지 않으면 이곳 사람들이 분명히 네 뒤를 쫓을 거야. 네가 아무리 서둘러도 뻔한 길로 도망가서는 따라잡히고 말 거야. 아까 산에서 보았던 강 위쪽 와에(和江)라는 곳까지가서 들키지 않고 강을 건너가면 나카야마 산까지는 금방이야. 그곳에 가면 탑이 보이는 그 절에 들어가 숨겨달라고 해. 잠시 그곳에 숨어 있다가 쫓아온 자들이 돌아간 후에 절을 떠나는 거야."

"스님이 숨겨줄까?"

"운명에 맡겨야지. 열릴 운이라면 스님이 너를 숨겨줄 거야."

"그렇겠지. 누나가 아니라 마치 하느님이나 부처님이 말씀하시는 것 같아. 이제 결심했어. 뭐든 누나 말대로 따를 거야."

"그래, 잘 생각했어. 좋은 스님이 꼭 너를 숨겨줄 거야."

"응. 나도 그런 생각이 들어. 도망쳐서 교토에 갈 수 있을 거야. 아버지와 어머니도 만날 수 있을 거야. 누나도 데리러 올 거야."

즈시오의 눈이 누이처럼 반짝이기 시작했다.

"자, 산기슭까지 같이 갈 테니 어서 가자."

둘은 서둘러 산을 내려갔다. 발걸음이 예전과 달랐다. 누이의 뜨거운 마음이 최면처럼 동생에게 전해진 듯했다.

샘이 솟는 바위에 이르자 누이가 나무사발을 꺼내 샘물을 펐다.

"네 출발을 축하하는 술이야."

이렇게 말하고 한 입 마시고는 동생에게 내밀었다. 동생은 사발에 든 물을 다 마셨다.

"그럼 누나, 잘 지내. 들키지 않고 반드시 나카야마 산까지 갈게."

즈시오는 열 걸음 정도 남은 언덕길을 단숨에 달려 내려가 연못에 면한 길로 나왔다. 그리고 오오쿠모천 상류를 향해 서둘러 갔다.

안주는 샘 가에 서서 길가의 소나무에 가려 사라졌다가 다시 보이는 동생의 뒷모습이 완전히 사라질 때까지 배웅했다. 이윽고 해가 중천에 떠올랐지만 안주는 산에 올라갈 생각도 하지 않았다. 다행히 오늘은 이쪽 산에서 나무를 하는 사람이 없는 듯, 언덕길에 서서 시간을 보내는 안주에게 뭐라고 할 사람도 없었다.

나중에 동생을 추격하러 나선 산쇼 대부 일가의 사람들이 이 언덕 밑 연못가에서 작은 짚신 한 짝을 주웠다. 그것은 안주의 신이었다.

*

나카야마 산 국분사 정문에 횃불이 흔들리며 많은 사람이 들이닥쳤다. 앞에 선 자는 흰 손잡이의 언월도(偃月刀)[12]를 손에 든

---

12 칼날이 초승달처럼 생긴 칼.

산쇼 대부의 아들 사부로였다. 사부로는 본당 앞에 서서 큰 소리로 말했다.

"나는 이시우라에 사는 산쇼 대부의 아들이다. 대부님이 부리는 노예 한 놈이 이 산으로 도망친 것을 확실히 봤다는 자가 있다. 숨을 곳은 절간밖에 없다. 당장 이리로 내놓아라."

함께 따라온 많은 부하들이 "어서 내놓아라"라고 복창했다.

본당 앞에서 문밖까지 돌이 깔려 있는데 그 돌마당이 지금 저마다 횃불을 든 사부로의 부하들로 그득했다. 마당 양옆에는 경내에 머물고 있는 승려와 신자가 거의 한 사람도 빠짐없이 모여 있었다. 노예를 추격하는 무리가 문밖에서 소란을 떨자, 본당에서도 공양간에서도 무슨 일인지 궁금해서 나온 것이었다.

추격대가 처음 문밖에서 문을 열라고 소리칠 때, 열어주면 들어와서 난폭한 행동을 하지 않을까 걱정하여 열어주지 말라고 한 승려가 많았다. 그러나 주지 돈묘율사(曇猛律師)[13]가 문을 열게 했다. 그러나 지금 사부로가 큰 소리로 도망간 노예를 내놓으라고 말하는데 본당은 문을 닫은 채로 한동안 조용했다.

사부로는 발을 구르며 같은 말을 두세 번 반복했다. 부하 중에서 "이 화상(和尙)이 뭐하는 거야"라고 외치는 자가 있었다. 그 말에 짧은 웃음소리가 섞였다.[14]

이윽고 본당 문이 조용히 열렸다. 돈묘율사가 직접 열어젖힌 것이었다. 가사만 두르고 몸에 아무런 장식도 하지 않은 율사가

---

13 승려와 절을 관리하는 승려의 관직명. 승정(僧正), 승도(僧都)의 다음 직위.

14 중을 높여 부르는 말인 '화상'은 '오쇼'로 발음되는데, 이는 고급 창녀라는 의미도 있다.

흐린 등불을 뒤로하고 본당 계단 위에 섰다. 큰 키와 듬직한 몸, 검은 눈썹의 각진 얼굴이 흔들리는 불빛에 드러났다. 율사는 이제 쉰 살을 갓 넘긴 듯했다.

율사는 천천히 입을 열었다. 소란스런 추격대 무리가 율사의 모습을 보고 잠잠해지자 멀리까지 목소리가 들렸다.

"도망간 노예를 찾으러 왔다고? 이 절에선 주지인 내게 보고 하지 않고 사람을 머물게 할 수 없다. 내가 모르면 그자는 이곳에 없는 것이다. 그건 그렇고, 깊은 밤에 창칼을 들고 우르르 쳐들어 와 문을 열라고 소란을 피우다니! 나라에 대란이라도 났는가, 아니면 대역죄인이라도 나타난 것인가 해서 대문을 열라고 했다. 그런데 뭐라고? 네 집안의 노예를 찾는다고? 이 절은 천황께서 손수 세우신 절이라 대문에 천황의 칙액(勅額)을 걸어놓았을 뿐 아니라, 칠층 탑에는 천황께서 쓰신 경문도 모시고 있다. 여기서 난동을 부린다면 영주는 조정으로부터 문책을 당할 것이다. 또 총본산인 동대사에 보고하면 교토에서 어떠한 명령이 내려올지 모른다. 이 점 잘 생각해보고 빨리 이곳을 떠나는 것이 좋을 게다. 이게 다 너희를 위해서 하는 말이다."

이렇게 말하고 율사는 천천히 문을 닫았다. 사부로는 본당 문을 노려보며 이를 갈았다. 그러나 문을 깨부수고 들어갈 만한 용기는 없었다. 부하들은 바람에 흔들리는 나뭇잎처럼 수군거렸다. 이때 큰 소리로 외치는 자가 있었다.

"도망갔다는 자가 열두세 살 꼬맹이인가? 그럼 내가 알지."

사부로는 놀라서 목소리의 주인공을 보았다. 아버지 산쇼 대부와 흡사한 용모를 가진 노인으로 절의 종지기였다. 노인은 말을 이었다.

"내가 점심때 종루에서 보니 그 꼬마가 담장 밖을 지나 남쪽으로 가더군. 몸은 약해도 아주 빠르던데. 아마 꽤 멀리 갔을걸."

"그래? 반나절 동안 꼬마녀석이 가봤자 뻔하다. 가자" 하고 사부로가 돌아섰다.

횃불의 행렬이 절 문을 나와 담장 밖 남쪽으로 가는 것을 종루에서 종지기가 지켜보고 큰 소리로 웃었다. 가까운 숲속에서 이제 겨우 잠이 들려던 까마귀 두세 마리가 놀라서 다시 날아올랐다.

*

다음날 아침, 국분사에서 사방으로 사람을 파견했다. 이시우라에 갔던 자는 안주가 연못에 투신하여 죽었다는 소식을 가져 왔다. 남쪽으로 갔던 자는 사부로가 이끌고 간 추격대가 다나베(田邊)까지 갔다가 돌아왔다는 소식을 전했다.

이틀 후에 돈묘율사는 다나베 쪽을 향해 절을 나섰다. 그는 대야 크기의 쇠로 된 공양 그릇을 들고 팔뚝 굵기의 석장(錫杖)[15]을 짚고 걸었다. 그 뒤로 머리를 빡빡 밀고 가사를 입은 즈시오가 따라갔다.

두 사람은 대낮에는 길을 걷고 밤에는 곳곳에 있는 절에서 묵었다. 야마시로(山城)[교토 남동부]의 슈자쿠노(朱雀野)[16]에 이르자

---

15 승려가 들고 다니는 지팡이. 머리 부분에 크고 작은 고리가 달려서 흔들면 소리가 난다.
16 교토 주작대로가 있던 황폐한 들.

190

율사는 곤겐도(權現堂)에서 쉬고 즈시오와 헤어졌다.

"수호불을 소중히 지니거라. 부모님 소식을 꼭 알게 될 거다."

이렇게 일러주고 율사는 발걸음을 돌렸다. 저세상으로 가버린 누이와 똑같은 말을 하는 스님이라고 즈시오는 생각했다.

교토에 올라온 즈시오는 동자승의 모습을 하고 있었으므로 히가시야마(東山)의 청수사(淸水寺)[17]에 묵었다.

방에서 자고 다음날 아침 눈을 뜨자, 귀족의 옷을 입고 두건을 쓴 노인이 머리맡에 서서 말했다.

"너는 누구의 아들이냐? 소중한 물건을 가지고 있다면 내게 보여다오. 나는 딸자식의 병이 낫기를 빌려고 어젯밤에 여기 왔다. 그런데 꿈에 이런 계시가 있었다. 옆방에 자고 있는 아이가 훌륭한 수호불을 갖고 있으니 그것을 빌려 기원하라고 말이다. 그래서 아침에 왼쪽 방에 와 보니 네가 있더구나. 부디 내게 신상을 밝히고 수호불을 빌려다오. 나는 간파쿠(關白)[18] 모로자네(師實)[19]이다."

이 말을 들은 즈시오는 이렇게 대답했다.

"저는 무쓰국의 판관 마사우지라는 자의 아들입니다. 아버지는 12, 3년 전에 쓰쿠시의 안락사(安樂寺)에 가신 뒤로 돌아오지 않고 있습니다. 어머니는 그해에 태어난 저와 세 살짜리 누이를 데리고

---

17 778년에 창건된 절로 교토 시내가 한눈에 내려다보임. 유네스코 세계문화유산에 등재되었다.

18 천황을 보좌하여 정무를 맡아보던 최고의 중직.

19 후지와라노 모로자네(藤原師實, 1042~1101). 후지와라 가문은 대대로 천황과 인척 관계였던 중신 가문.

이와시로의 시노부고오리에 살았습니다. 그러다가 제가 많이 자라자 누이와 저를 데리고 아버지를 찾아가려고 먼 길을 떠났습니다. 에치고까지 갔는데 나쁜 인신매매꾼에게 잡혀 어머니는 사도로, 누이와 저는 단고의 유라로 팔려갔습니다. 누이는 유라에서 죽었습니다. 제가 가지고 있는 수호불은 이 지장보살님입니다."

즈시오는 이렇게 말하고 수호불을 꺼내 보였다. 모로자네는 불상을 받아 우선 이마까지 받들고 난 후 절을 했다. 그리고 뒤로 돌려서 주의 깊게 살펴보고 말했다.

"이것은 예전부터 익히 들어온 소중한 방광왕(放光王) 지장보살 금상이다. 백제에서 건너온 것을 다카미 왕(高見王)[20]이 친히 모셨다고 한다. 이것이 대대로 전해진 것으로 보아 너는 훌륭한 가문의 자식임이 틀림없구나. 지금은 물러나신 상황께서 천황으로 계시던 에이호(永保) 연초에 칙령을 어긴 영주들과 연좌되어 쓰쿠시에 좌천된 다이라노 마사우지(平正氏)의 적자임이 틀림없도다. 만약 환속을 원한다면 곧 관직을 내리신다는 어명이 있을 것이다. 당분간은 내 집에서 손님으로 지내거라. 나와 같이 집으로 가자."

*

간파쿠 모로자네의 딸은 상황을 모시고 있는 양녀로 실은 처의 조카였다. 이 황비는 오랫동안 병을 앓았는데 즈시오의 수호불을 빌려 기도하자 곧바로 씻은 듯이 회복되었다.

---

20 817?~855? 천황계에서 나온 귀족으로 추정.

모로자네는 즈시오를 환속시키고 성인식에서 직접 관을 씌워 주었다. 동시에 마사우지의 유배지에 사면장과 함께 그의 안부를 확인할 사신을 보냈다. 그러나 사신이 갔을 때, 마사우지는 이미 죽은 지 오래였다. 성인식을 치르고 마사미치(正道)라는 이름을 얻은 즈시오는 몸이 여윌 정도로 슬퍼했다.

그해 가을 인사 발령 때, 마사미치는 단고국의 고쿠슈(國守)[지방 장관]로 임명되었다. 이는 중앙의 관리로서 임지에 직접 가지 않고 별도로 판관을 두어 통치했다. 새 고쿠슈는 맨 먼저 단고국 전체에 인신매매를 금했다. 그래서 산쇼 대부도 모든 노비를 풀어주고 새경을 챙겨주었다. 대부의 집에서는 한동안 이것이 큰 손실이라고 생각했으나, 이때부터 농업과 공업이 전보다 흥하여 일족이 더욱더 번성하게 되었다. 고쿠슈의 은인 돈묘율사는 승도(僧都)에 임명되었고, 고쿠슈의 누이를 돌봐주었던 고하기는 고향으로 돌려보내졌다. 안주가 죽은 장소에서 극진하게 명복을 비는 의식이 거행되고, 연못가에는 비구니 절이 세워졌다.

마사미치는 단고국에 일단 이러한 조치를 취한 다음, 특별 휴가를 청하여 평민 차림을 하고 사도로 떠났다.

사도의 관청은 사와타(雜太)라는 곳에 있었다. 마사미치는 관청을 찾아가 그곳의 관리로 하여금 온 지역을 조사하게 했으나 어머니의 행방을 알 수 없었다.

어느 날 마사미치는 이런저런 생각을 하다가 날이 저물자 혼자 숙소를 나와 시내를 돌아다녔다. 그러다가 인가가 몇 채 늘어서 있는 곳을 벗어나 논둑길로 들어섰다. 하늘이 맑게 개어 햇살이 환하게 비쳤다. 마사미치는 마음속으로, '어째서 어머니의 행방을 알 수 없는 것일까? 혹시 관리에게 조사를 맡기고 내가 직접 찾아다니지 않은 것을 부처님이 노여워하여 만나지 못하게 하는 것은 아닐까'라는 생각을 하면서 걸었다. 문득 눈앞에 꽤 큰 농가가 보였다. 집의 남쪽 엉성한 울타리 안에 흙을 다진 마당이 있고, 그 위에 멍석이 넓게 깔려 있었다. 멍석에서는 조 이삭이 말라가고 있었다. 그 한가운데에 누더기를 입은 여자가 앉아, 손에 긴 장대를 들고 조를 쪼아 먹는 참새를 쫓았다. 여자는 무슨 노래 같은 가락을 웅얼거렸다.

마사미치는 왠지 모르게 그 여자에게 마음이 끌려 멈춰 서서 쳐다보았다. 여자의 흐트러진 머리는 먼지투성이였다. 얼굴을 보니 장님이었다. 마사미치는 여자가 매우 불쌍하다고 생각했다. 그러던 중에 여자가 웅얼거리는 노랫말이 점차 귀에 들어오기 시작했다. 그와 동시에 마사미치는 오한이 든 것처럼 온몸이 떨리고 눈에선 눈물이 솟았다. 여자는 이런 노래를 계속 부르고 있었다.

안주 그립구나, 호우야레호
즈시오 그립구나, 호우야레호
새도 목숨이 있는 거라면
어서 어서 도망가거라, 쫓지 않아도.

마사미치는 넋을 잃고 이 노래를 들었다. 그러다가 오장육부가 타는 듯, 짐승의 울부짖음과 같은 외침이 터져 나오려는 것을 이를 악물고 참았다. 이윽고 마사미치는 고삐 풀린 말처럼 담장 안으로 뛰어 들어갔다. 그리고 조 이삭을 밟아 흐트러뜨리면서 여자 앞에 엎드렸다. 오른손에 수호불을 꺼내 들고, 엎드려 그것을 이마에 대었다.

여자는 참새가 아닌 커다란 짐승이 조를 망치러 왔다고 생각했다. 그래서 늘 부르던 노래를 멈추고 보이지 않는 눈으로 가만히 앞을 보았다. 그때 마른 조개가 물을 만난 듯, 두 눈에 물기가 촉촉이 스몄다. 여자가 눈을 번쩍 떴다. 그리고 여자는 외쳤다.

"즈시오!"

둘은 서로를 꼭 부둥켜안았다.

성적 인생

• 원제는 ヰタ、セクスアリス(위타 섹스아리스). 라틴어 Vita Sexualis. Vita의 우리식 발음은 '비타'이지만 일본어에서는 '바르샤바'를 '와르샤와'로 '바이러스'를 '위르스'로 표기하는 것처럼 '위타'라고 한다. 그리고 현대어에서는 ヰ(위)가 イ(이)로 발음이 통합되었지만 옛날에는 '위'와 '이'를 구분하여 발음했다. 참고로 이와나미 서점판(1960)은 '위타(ウヰタ) 섹스아리스'로 표기되어 있다.

가나이 시즈카(金井湛)는 직업이 철학자이다.

철학자라고 하는 개념에는 무언가 글을 쓴다는 것이 동반된다. 그런데 가나이는 직업이 철학자인데도 전혀 글을 쓰지 않는다. 문과대학을 졸업할 때는 〈외도철학(外道哲學)[1]과 소크라테스 이전 그리스 철학의 비교 연구〉라든가 하는 제목의 꽤 희한한 논문을 썼다고 한다. 그 후로는 이렇다 할 만한 글을 쓴 적이 없다.

그러나 직업이므로 강의는 한다. 철학사를 담당하여 근세철학사 강의를 하고 있다. 학생들의 평판으로는 저서를 많이 낸 교수보다도 가나이의 강의가 더 재미있다고 한다. 그의 강의는 직관적이어서, 어떤 사물 위로 강한 빛을 비추어 보여주듯 특색이 있다. 그럴 때 학생들은 뇌리에서 영원히 지워지지 않는 인상을 받게 된다. 특히 인연이 먼 것, 아무런 관계가 없는 듯한 것을 인용하여 어떤 것을 설명하면, 듣는 사람은 '아, 그렇군' 하고 고개를 끄덕이게 되는 경우가 많다.

---

1   석가모니 당시 인도에서 세력이 가장 컸던 6파의 철학. 브라만교에 저항하여 불교에 흡수되었다. 불교 입장에서 외도.

쇼펜하우어는 신문의 잡다한 기사 같은 세상사를 공책에 메모해두었다가 자기 철학의 재료로 삼았다고 하는데, 가나이는 무엇이든지 철학사의 재료로 이용한다. 진지한 강의 도중에 당시 청년들이 읽는 소설 같은 것을 인용하여 설명하므로 학생들이 깜짝 놀라기도 한다.

가나이는 소설을 많이 읽는다. 신문과 잡지를 볼 때 논쟁 같은 것은 보지 않고 소설을 읽는다. 그러나 만약 그가 무슨 생각으로 읽는지 알게 된다면 아마 작가는 분개할 것이다. 그는 예술 작품으로서 소설을 읽는 것이 아니다. 가나이는 예술 작품을 보는 뛰어난 심미안을 가지고 있어서, 그런 곳에 실린 소설은 그를 만족시키지 못한다. 가나이는 작가가 어떠한 심리 상태에서 글을 썼는지에 대해 흥미가 있다. 그러므로 작가가 슬프거나 비장하게 쓴 글이 가나이에게는 극히 우습게 느껴지고, 작가가 웃기려고 쓴 것이 역으로 슬프게 느껴지기도 한다.

가나이도 때때로 무언가 써보겠다는 생각을 한다. 철학자가 직업이기는 하나, 자기 철학을 구축하려는 생각 따위는 없으므로 철학에 관한 글을 쓸 생각은 없다. 그보다는 소설이나 희곡을 써보려고 생각한다. 그러나 예술 작품에 대한 요구 수준이 높으므로 쉽사리 손을 대지 못하는 것이다.

그러던 중에 나쓰메 긴노스케[3]가 소설을 쓰기 시작했다. 가나이는 큰 흥미를 느끼고 읽었다. 그리고 자신도 한번 써보겠다는 충동을 느꼈다. 그런데 얼마 후 나쓰메의 《나는 고양이로소이다》를 흉내 내어 《나도 고양이다》라는 작품이 나오고, 《나는 개로소이다》라든가 하는 작품도 나왔다. 가나이는 이를 보고 불쾌해져서 결국 아무것도 쓰지 않았다.

언제부터인가 자연주의[3]라는 것이 시작되었다. 이 유파의 작품을 읽을 때 가나이는 자신도 써보겠다는 충동은 그다지 일지 않았다. 그렇지만 매우 재미있게 읽었다. 재미를 느낌과 동시에 가나이는 묘한 생각을 했다.

가나이는 자연주의 소설을 읽을 때마다 작중 인물의 어떤 행동이나 사건에 매번 성적 관념을 연결시키는 것, 또 그 부분을 두고 평론가들이 인간 삶의 모습을 잘 묘사했다고 인정하는 것을 보며, 인생은 과연 그런 것일까 하는 생각을 하게 되었다. 그와 동시에, 어쩌면 자기가 보통 사람의 심리 상태에서 벗어나 있어서 성욕에 냉담한 것은 아닌지, 특히 불감증이라고도 할 수 있는 이상한 성벽(性癖)을 가지고 태어난 것은 아닐까 하는 생각을 했다.

그런 상상은 에밀 졸라의 소설 같은 것을 읽을 때에도 일어났다. 《제르미날》[4]이라는 작품 중 노동자 부락의 사람들이 고된 삶의 극한에 이른 상태를 서술하는 부분에서, 화자가 어떤 남녀가 밀회하는 장면을 엿보러 가는 문장을 읽고 그런 생각이 들었다. 그러나 그때의 의심은 작가가 왜 그런 부분을 의도적으로 썼는가 하는 점으로, 그것이 있을 법하지 않다고 생각한 것은 아니었다. 그럴 수도 있으나 작가가 왜 그렇게 썼을까 의심하는 것에 불과

---

2 나쓰메 소세키의 본명.

3 일본에서는 1907년 다야마 가타이의 소설 〈이불〉이 초기 자연주의의 대표작으로 꼽힌다. 떠나간 여제자가 쓰던 이불을 꺼내 냄새를 맡으며 우는 남자의 이야기이다. 자신의 부끄러운 부분을 솔직히 고백하는 내용이라 당시로서는 충격이었다.

4 광부의 삶과 투쟁을 그린 에밀 졸라의 소설. '제르미날(Germinal)'은 3월 말부터 4월 중순까지를 가리키는 말로서 '싹트는 날'을 뜻한다.

했다. 즉, 작가 개인의 성적 관념이 이상하지 않은가 생각한 정도였다.

소설가나 시인이라는 인간은 성적으로 이상한 면이 있을지도 모른다. 이 문제는 롬브로소[5] 등이 주장한 천재 문제와도 관계가 있다. 뫼비우스[6] 일파가 저명한 시인과 철학자를 한꺼번에 싸잡아서 정신병자라고 한 것도 그것에 근거한 것이다.

그러나 최근 일본에서 일어난 자연주의는 그것과는 다르다. 많은 작가가 동시에 나타나서 똑같은 것을 쓴다. 비평가들은 그것을 인생이라고 인정한다. 정신병리학자의 말을 빌리면, 인생의 하나하나의 현상은 모두 성적인 색조를 띤다고 말할 수 있다는 식이므로 가나이의 의혹은 전보다 훨씬 깊어졌다.

그러던 어느 날, '뻐드렁니 가메 사건'[7]이라는 것이 발생했다. '뻐드렁니 가메'라는 남자는 평소 여탕을 훔쳐보는 버릇이 있었는데, 어느 날 목욕탕에서 돌아오는 여자의 뒤를 쫓아가 폭행했다. 어느 나라에서나 흔히 일어날 수 있는 극히 일반적인 사건이다. 서양이라면 신문 한구석에 두세 줄 실릴 정도이다. 그러나 일본에서 이 사건은 일시에 큰 사건으로 확대되었다. 이른바 자연주의와 관련이 지어진 것이다. '뻐드렁니 가메주의'라고 자연주의의 새 별명이 생겼다. '뻐드렁니하다'라는 동사가 생겨 유행했다. 가나이는

---

5 Cesare Lombroso(1836~1909). 이탈리아의 정신병리학자이자 범죄인류학의 창시자. 《천재론》에서 천재와 정신병자는 그 뿌리가 같다고 논했다.

6 Paul Julius Möbius(1853~1907). 독일의 신경정신과 의사로 《루소의 병력》 등을 출간.

7 1908년 뻐드렁니를 가진 이케다 가메타로(池田龜太郎)라는 남자가 부녀자를 폭행, 살해한 사건.

세상 사람이 모두 색정광이 되어버리고 자기만 인간의 무리에서 떨어져 나온 게 아닌지 의심하지 않을 수 없었다.

그 무렵의 어느 날, 가나이는 교실에서 한 학생이 예루살렘[8]의 《철학 입문》이라는 소책자를 가지고 있는 것을 보았다. 강의가 끝난 후 가나이는 그것을 손에 들고 어떤 책인지 물었다. 학생은 "서점에서 책을 둘러보다가 참고가 될까 싶어 샀습니다. 아직 읽지는 않았는데 선생님이 보고 싶으면 가져가시죠"라고 말했다.

가나이는 그 책을 빌려 와 그날 밤 시간이 나서 읽어보았다. 읽는 도중에 '심미론'이라는 부분에 이르러 가나이는 깜짝 놀랐다. 거기에는 이런 내용이 쓰여 있었다. "모든 예술은 구애이다. 설득하고 유혹하는 것이다. 대중을 향하여 성욕을 발산하는 것이다."

그리고 보니 월경혈이 길을 잘못 들어 코로 나오는 수도 있듯, 성욕이 그림이나 조각, 음악이 되고 소설과 각본이 된다는 말이 아닌가.

가나이는 놀람과 동시에 이렇게 생각했다. 이 말은 참으로 기발하다. 그러나 왜 이 논리도 영역을 좀 더 넓혀 모든 인생사가 성욕의 발현이라고 주장하지 않는 것일까? 이런 식이라면 같은 논리로 뭐든지 성욕의 발현이라고 해버리는 것도 가능할 것이다.

종교 같은 것은 성욕으로 설명하는 게 가장 쉽다. 수녀에게 예수 그리스도는 남편이라고 말할 수도 있다. 성자로 추앙받는 수녀 중에는 실제로 성욕을 도착적 방향으로 발현한 것에 불과한 이가 얼마든지 있다. 헌신이다 뭐다 하는 행위를 한 사람들 중에

---

8 Wilhelm Jerusalem(1854~1923). 오스트리아의 철학자.

는 사디스트도 있으며 마조히스트도 있다.

성욕이라는 안경을 끼고 보면, 인간사 모든 동기가 어느 것 하나 성욕 없이 설명되지 않는다. '사건 뒤에 여자가 있다'라는 말은 모든 인간사에 적용할 수 있다. 만약 이런 입장에서 바라본다면, 가나이 자신은 아무래도 상식에서 벗어난 인간일지 모른다고 생각했다.

그리하여 무언가 써보겠다는 가나이의 오래된 희망은 묘한 방향으로 움직이기 시작했다. 가나이는 이런 생각을 했다. 도대체 성욕이라는 것이 인생에서 어떤 순서로 발현되고, 인생에 어느 정도 영향을 미치는지에 관해 설명한 문헌은 극히 적은 듯하다. 예술에 외설스런 그림이 있듯, 포르노그래피는 어느 나라에나 있다. 음서도 있다. 그러나 진지하지는 않다.

연애를 노래한 시는 많다. 그러나 연애는 설령 성욕과 밀접한 관계가 있다고 해도 그와는 다르다. 재판 기록과 의사가 쓴 글에 다소의 참고 자료가 있다. 그러나 그것은 대개 변태 성욕뿐이다.

루소의 《참회록》은 매우 과감하고 거리낌 없이 무엇이든 다 쓴 책이다. 그가 어릴 때, 목사 딸이 자신에게 무언가를 가르쳐줬는데 그것을 잊어버리면 그의 엉덩이를 때렸다. 그것이 왠지 기분 좋아 그는 아는 것도 일부러 틀리게 대답해서 엉덩이를 맞았다. 그런데 언젠가 목사 딸이 눈치채고 때리지 않게 되었다는 내용이 쓰여 있다. 이것은 성욕의 최초 발현이지 결코 첫사랑은 아니다. 그 밖에 청년 시절의 기록에는 성욕에 관한 내용도 조금씩 보인다. 그러나 성욕을 위주로 쓴 책이 아니므로 만족스럽지 않다.

카사노바는 생애를 성욕의 희생에 바쳤다고 해도 좋을 남자다.

그가 쓴 회고록은 대저술로 그 두꺼운 책의 내용은 철두철미 성욕에 관한 것이므로 연애와 혼동되지는 않는다. 그러나 나폴레옹의 명예심이 범인의 수준을 훨씬 넘어섰기에 그의 자서전이 명예심을 연구하는 재료가 되기 어렵듯, 성욕계의 호걸 카사노바가 쓴 책도 성욕을 연구하는 재료가 되기 어렵다. 예를 들면, 로도스 섬의 거상(巨像)과 나라(奈良)의 대불(大佛)이 인체 모양의 연구에 적합하지 않은 것과 같다.

나는 무언가 써보려고 생각은 하지만 옛사람의 발자취를 따라가고 싶지는 않다. 이 기회에 내 성욕의 역사를 한번 써볼까? 실은 나도 아직 내 성욕이 어떻게 싹터서 발전했는지 곰곰이 생각해 본 적이 없다.

한번 생각해서 써볼까? 하얀 종이에 까맣게 써나가다 보면 나를 알게 될 것이다. 어쩌면 나의 성욕적 삶이 정상인지 비정상인지 알 수 있을지도 모른다. 물론 아직 써보지 않았으니 어떤 결과가 나올지 알 수 없다. 따라서 남에게 보일 수 있을지, 세상에 발표할 수 있을지는 아직 모른다. 어쨌든 가나이는 이렇게 시간 날 때 조금씩 써보자는 생각을 했다.

이런 생각에 빠져 있을 즈음, 독일에서 우편물이 도착했다. 늘 서적을 받아보는 책방에서 온 것이었다. 그 안에 성욕적 교육 문제를 어떤 모임에서 연구한 보고서가 있었다. '성욕적'이라는 것은 적당한 표현이 아니다. 섹슈얼(sexual)은 성적이다. 성욕적은 아니다. 그러나 '성(性)'이라는 글자가 다의적이니 어쩔 수 없이 '욕(欲)' 자를 붙인다.

교육의 범위 내에서 성욕적 교육을 해야 하는가, 만약에 해야 한다면 과연 그것이 가능할 것인가 하는 문제를 논한 것이다. 그 모임에서 교육가 1인, 종교인 1인, 의학자 1인의 비율로 각계의 권위자라고 할 수 있는 인물들의 의견을 청취하여 이렇게 보고서로 만든 것이다.

세 사람의 접근 방식은 각각 다르지만, '성욕적 교육은 필요한가? 필요하다. 그렇다면 그것이 가능한가? 그렇다'라는 결론에 이르렀다. 가정에서 하는 것이 좋다는 의견도 있었고, 학교에서 하는 것이 좋다는 의견도 있었다. 어쨌든 하는 것이 좋다, 가능하다고 결론을 지었다.

교육의 시기는 물론 철이 들었을 때부터다. 혼례를 치르기 전에 춘화를 보여준다는 이야기는 우리나라에도 있는데 그 시기를 조금 앞당기는 것이다. 혼례를 치를 때까지 기다리면 그동안 잘못을 저지를 수 있기 때문에 시기를 앞당겨야 한다는 말이다.

하등생물의 번식부터 시작하여 점차 인류에 이르는 내용으로 설명한다. 처음에는 하등생물을 이야기한다고 하나 단지 식물의 암술과 수술을 설명하고, 동물도 그와 같고 인류도 그와 같다고 말하는 것은 아무런 도움이 되지 않는다. 인간의 성욕적 생활도 자세하게 설명해야 한다는 것이다.

가나이는 이것을 읽고 잠시 팔짱을 낀 채 생각에 잠겼다. 가나이의 장남은 올해 고등학교를 졸업한다. 만약 자식에게 가르쳐야 한다면 어떻게 설명하면 좋을지 생각했다. 매우 어려운 일이다. 구체적으로 생각하면 할수록 말이 궁하다. 그래서 전에 쓰려고 했던 자기의 성욕적 생활을 돌아보면서, 가나이는 문제를 해결하려고 했다. 그것을 써나가면서 어떤 형태가 되는지 보자. 그 내용을 남에게 보일 만한지, 세상에 발표할 수 있을 만한지 이전에, 먼저 아들에게 보일 수 있을지 시험해보자. 가나이는 이렇게 생각하고 펜을 들었다.

*

여섯 살 때였다.

나는 중부 지방 작은 번의 성 밑 마을에 살았다. 번이 폐지되고 이웃 마을에 현청이 설치됨으로써 내가 살던 성 밑 마을은 돌연 한적한 곳이 되었다.

아버지는 옛 영주님과 함께 도쿄에 나가 있었다. 어머니는 시즈카도 이제 많이 컸으니 학교에 가기 전에 조금씩 배워두어야 한다며 매일 아침 글자를 가르치거나 붓글씨를 연습시켰다.

아버지는 메이지 유신 전에는 번의 하급 무사였으나, 그래도 토담에 둘러싸인 대문 달린 집에서 살았다. 문 앞에는 성을 둘러싼 해자가 있고 건너편에는 성의 창고가 있었다.

어느 날 공부가 끝난 뒤 어머니는 베를 짜고 있었다. 나는 "놀다 올게요"라는 한마디를 남기고 달려나갔다.

집 주위는 주택가로 봄이 되어도 버드나무, 벚나무가 보이지 않았다. 울타리 위로 새빨간 동백꽃이 피었고, 창고 옆 탱자나무에 연두색 싹이 돋아난 것이 보일 뿐이었다.

서쪽에 공터가 있었다. 흩어진 기왓장 사이로 자운영과 제비꽃이 피어 있었다. 나는 자운영을 꺾기 시작했다. 그런데 전날 이웃에 사는 아이가 사내자식이 꽃이나 꺾고 있으니 웃긴다고 말한 것이 생각나서 돌연 주위를 둘러보며 꽃을 버렸다. 다행히 보는 이가 아무도 없었다. 나는 멍하니 서 있었다. 화창하게 갠 날이었다. 어머니가 베를 짜는 소리가 '끼이텅, 끼이텅' 하고 들려왔다.

공터 건너편에 오하라(小原) 댁이 있었다. 남편과 사별한 마흔 살가량의 과부가 살았다. 나는 문득 그 집에 들어가고 싶어져 앞문으로 뛰어 들어갔다.

신발을 벗어던지고 장지문을 드르륵 열고 들어가니 아주머니는 어떤 여자와 함께 책을 보고 있었다. 붉은 옷을 입고 시마다 머리를 한 여자였다. 나는 어린 소견에도 읍내에서 온 여자라고 생각했다. 아주머니와 여자는 매우 놀란 듯 얼굴을 들고 나를 보았다. 두 사람의 얼굴이 새빨갰다. 어린 내가 봐도 두 사람의 태도가 심상치 않고 이상했다. 펼쳐놓은 책은 아름답게 채색되어 있었다.

"아줌마, 그거 무슨 그림책이에요?"

나는 앞으로 성큼 다가갔다. 여자가 책을 덮고 아주머니의 얼굴을 보며 웃었다. 표지도 채색되어 있는데 여자 얼굴이 크게 그려져 있었다.

아주머니는 여자가 덮은 책을 빼앗아서 내 앞에 펼치고 그림 속의 무언가를 손가락으로 가리키며 이렇게 말했다.

"시즈야, 너는 이게 뭐라고 생각하니?"

여자는 더욱 큰 소리로 웃었다. 나는 그림을 보았으나 인물의 자세가 매우 복잡해서 도저히 알 수 없었다.

"다리예요?"

아주머니는 여자와 함께 큰 소리로 웃었다. 다리가 아닌 듯했다. 나는 매우 모욕당한 기분이 들었다.

"아줌마, 또 올게요."

나는 기다리라는 아주머니의 말을 못 들은 척하고 문밖으로 달려나왔다.

나는 두 사람이 보던 그림이 어떤 것인지 판단할 지식이 없었다. 그러나 두 사람의 말과 거동이 매우 이상하게, 심지어는 불쾌하게 느껴졌다. 그리고 왠지 모르지만 이 일을 어머니에게 묻고 싶지는 않았다.

*

일곱 살이 되었다.

아버지가 도쿄에서 돌아왔다. 나는 번의 학문소(學文所) 자리에 새로 생긴 신학교에 다니게 되었다. 집에서 학교로 가려면 집 앞의 해자 서쪽 끝에 있는 작은 성문을 지나가야만 했다. 성문 옆 초소로 쓰이던 곳에 쉰 살 정도의 할아범이 살았다. 그에게는 아내와 아들도 있었다. 아들은 나이가 나와 비슷한데 누더기를 걸친 채 항상 콧물을 흘리고 다녔다. 그 집 앞을 지날 때마다 그 아이는 손가락을 입에 물고 나를 쳐다보았다. 나는 혐오감과 약간의 두려움을 가지고 그 아이를 보며 지나갔다.

어느 날 성문을 지날 때, 항상 밖에 서 있던 아이가 보이지 않았다. 나는 그 아이가 어떻게 되었나 생각하면서 지나가려고 했다. 그때 집 안에서 할아범의 목소리가 들렸다.

"이놈아, 그거 가지고 놀지 말랬잖아."

나는 흠칫 멈춰 서서 소리가 나는 쪽을 바라보았다. 할아범은 주저앉아서 짚신을 삼고 있었다. 아이가 짚을 두드리는 나무망치를 가져가려고 하자 꾸짖은 것이었다. 아이는 나무망치를 내려놓고 내 쪽을 바라보았다. 할아범도 나를 보았다. 짙은 갈색의 주름진 얼굴에 큰 매부리코가 달려 있고 볼은 홀쭉했다. 부리부리하게 큰 눈의 흰자위에는 붉은색과 노란색이 섞여 있었다. 할아범이 내게 말했다.

"도련님, 도련님은 아버지와 어머니가 밤에 뭘 하는지 알고 있나요? 도련님은 잠꾸러기라 모르겠죠? 아하하하."

할아범의 웃는 얼굴이 아주 무서웠다. 아이도 잔뜩 주름진 얼굴로 따라 웃었다. 나는 대답도 하지 않고 도망치듯이 지나쳤다. 뒤에서는 아직도 할아범과 아이의 웃음소리가 들려왔다.

걸어가면서 할아범의 말을 생각했다. 남자와 여자가 부부가 되면 그 사이에 아이가 생긴다는 것은 알고 있었다. 그러나 어떻게 해서 생기는지는 몰랐다. 할아범의 말은 그것에 관한 얘기인 듯했다. 거기에 무언가 비밀이 담겨 있는 것 같다고 생각했다.

비밀을 알고 싶기는 해도 할아범이 말했듯이 밤에 눈을 뜨고 아버지와 어머니를 감시하고 싶은 생각은 없었다. 할아범이 그런 말을 한 것은 어린 생각에도 신성을 모독하고 더럽히는 것이라고 판단했다. 신사 안에 맨발로 뛰어 들어가라는 말을 들은 느낌이었다. 그래서 그런 말을 한 할아범이 아주 미웠다.

이런 생각은 그 후 성문을 지날 때마다 떠올랐다. 그러나 아이의 의식은 끊임없이 외부로부터 새로운 사실의 습격을 받으므로, 오랫동안 그 생각만 할 수는 없었다. 집에 돌아왔을 때는 대개 그런 생각은 잊어버렸다.

*

열 살이 되었다.

아버지가 조금씩 영어를 가르쳐주기 시작했다.

도쿄로 이사를 가게 될지 모른다는 말이 때때로 나왔다. 그런 말이 나올 때 귀를 기울이면, 어머니는 남들에게 말하지 말라고 주의를 주었다. 아버지는 만약 도쿄에 가게 되면 쓸데없는 물건은 가져갈 수 없으니 물건을 잘 골라놔야 한다며 자주 창고에 들어가 무언가 뒤적거렸다. 창고는 아래층에 쌀이 있고, 이층에는 궤짝 같은 것이 있었다. 아버지의 이 작업도 어디서 손님이 오면 곧 중단되었다.

왜 남에게 말하면 좋지 않은지 궁금해서 어머니에게 물어보았다. 어머니는 모두가 도쿄에 가고 싶어하니까 남에게 말하는 것은 좋지 않다고 했다.

어느 날 아버지가 외출했을 때 창고의 이층에 올라가 보았다. 뚜껑을 연 채로 놔둔 궤짝과 여러 가지 물건이 흩어져 있었다. 더 어렸을 적에 항상 방 안의 벽에 장식해두었던 갑주함[9]이 웬일인지 한가운데 나와 있었다. 갑주는 5년여 전 조슈(長州) 정벌 때부터 신용이 땅에 떨어졌던 것이다.[10] 아버지가 고물상에 팔아버릴 생각으로 예전부터 창고에 보관해오던 것을 꺼내둔 모양이었다.

---

9 갑옷과 투구를 넣어두는 함.
10 1866년 제2차 조슈 정벌을 말한다. 에도 막부와 조슈 번 사이의 전쟁으로 막부군이 패배하면서 막부가 멸망의 길로 접어든다. 조슈 번의 신식 총이 막부군의 갑주를 꿰뚫어 살상에 이르게 했다.

나는 무심코 갑주함의 뚜껑을 열었다. 갑옷 위에 책이 한 권 놓여 있었다. 펼쳐보니 아름답게 채색된 그림책이었다. 그런데 그림 속 남자와 여자가 이상한 자세를 하고 있었다. 나는 더 어릴 적에 오하라 아줌마의 집에서 본 것과 같은 종류의 책이라고 생각했다. 그러나 그것을 처음 보았을 때보다 지식이 꽤 늘었으므로 그때보다는 뭐가 뭔지 잘 알 수 있었다.

미켈란젤로의 벽화도 대담한 원근법을 사용하여 인물을 그렸다고는 하나, 이런 그림 속의 인물은 그것과는 달리 꽤 무리한 자세를 취하고 있다. 그래서 어디에 팔이 있고 다리가 있는지 어린 아이가 판별하기 어려운 것도 무리는 아니었다. 이번에는 팔도 다리도 잘 보였다. 예전부터 알고 싶었던 비밀이 이것이라고 생각했다.

나는 흥미롭게 그림을 몇 장인가 계속 펼쳐보았다. 그러나 이 부분에서 말해두어야 할 것이 있다. 그것은 이러한 행동이 인간의 욕망과 관계있다는 것을 그때는 전혀 몰랐다는 것이다.

쇼펜하우어는 이렇게 말했다.

"맑게 깨어 있는 의식으로 자식을 낳으려고 도모하는 사람은 없다. 자기 씨의 번식을 시도하는 사람은 없다. 그래서 자연이 번식 행위에 쾌락을 동반시켰으니 사람은 이를 욕망하게 되었다. 이 쾌락, 이 욕망은 인간이 번식을 도모하도록 한 자연의 계책이며 미끼이다. 이런 미끼를 주지 않아도 번식에 지장이 없는 것은 하등생물이다. 각성된 의식이 없는 생물이다."

나는 이 그림에 그려진 인간의 행동에 그런 미끼가 동반되었다는 것은 전혀 몰랐다. 내가 흥미롭게 거듭하여 그림을 본 것은 단지 아직 모르는 것을 알아가는 재미에 불과했다. 호기심이며 지식 욕이었다. 오하라 아줌마가 그림책을 보여준 그 여자와는 전혀 다른 눈으로 봤던 것이다.

그런데 그림을 계속 보는 동안 의혹이 생겼다. 그것은 몸의 어느 부분이 엄청나게 크게 그려졌다는 것이었다. 더 어렸을 적에 다리가 아닌 것을 다리라고 생각한 것도 무리는 아니었다. 대개 이런 그림은 어느 나라에나 있지만, 어느 한 부분을 이렇게 크게 그리는 것은 다른 나라에 그 예가 없다. 이것은 일본의 우키요에 화가가 발명한 것이다.

옛날 그리스의 예술가는 신의 형상을 제작할 때, 이마를 크게 하고 얼굴 아래쪽을 작게 했다. 이마는 영혼이 깃든 곳이므로 그 것을 부각시키기 위해서였다. 얼굴 아래쪽, 즉 입과 음식을 씹는 데 사용하는 위아래 턱, 이 등은 몸의 천한 부분이므로 작게 표현했다. 만약 이것들을 키우면 점차 원숭이를 닮아가니 캄페르[11]의 안면각(顔面角)이 점점 작아지는 것이다.

그리고 복부보다 가슴을 키웠다. 배가 턱이나 치아와 같다는 것은 더 설명할 필요가 없을 것이다. 음식의 섭취보다는 호흡이 더 높은 작용이다. 게다가 옛사람들은 가슴, 자세하게 말하면 심장이 피를 순환시키는 것이 아니라 정신의 작용을 한다고 보았다. 그렇게 이마와 가슴을 부각시킨 것과 같은 이치로, 일본의 우키요에 화가는 이런 그림을 그릴 때 몸의 일부를 크게 표현한 것이다.

---

11 Piter Camper(1722~1789). 네덜란드의 의학자로 예술해부학에서 안면각을 발견함. 안면각은 미간에서 위턱까지 그은 선과 코 밑에서 귓구멍 중심으로 그은 선이 만든 각도를 말한다. 각도가 클수록 지능이 높다고 한다.

나는 아무래도 그것이 이해되지 않았다.

《육포단(肉蒲團)》이라고 중국인이 쓴 음란하고 외설스런 책이 있다. 더구나 중국인의 버릇대로 이야기의 전개에 권선징악을 억지로 끼워 맞췄는데, 실로 말도 안 되는 내용이다. 그 책에 미앙생이라는 주인공이 자기 몸의 어느 부분이 작은 듯하다며 남들이 소변 보는 것을 훔쳐보는 장면이 나온다. 나도 그즈음 남이 길가에서 소변을 보고 있으면 훔쳐보았다. 아직 성 밑에는 공중변소가 없었기 때문에 모두 길가에서 소변을 보았다. 모든 이의 것이 다 작았으므로 나는 그림이 거짓이라는 것을 알고 대단한 발견을 했다고 생각했다.

이것이 내가 이상한 그림을 본 후에 현실세계의 관찰을 시도한 하나의 예다. 또 하나의 관찰은 좀 쓰기 거북하나 진실을 위해 감히 쓴다. 나는 여자 몸의 그 부분을 본 적이 없었다. 그즈음 성 밑에는 목욕탕이 없었다. 집에서 누가 목욕을 시켜줄 때나 친척집에서 잘 때, 남이 목욕을 시켜줄 때도 나 혼자 벌거벗었지 목욕을 시켜주는 여자는 옷을 입고 있었다. 여자는 길에서는 결코 소변을 보지 않았다. 그러니 나도 어쩔 도리가 없었다.

학교에서도 여자는 다른 교실에서 배우니 같이 노는 일이 전혀 없었다. 어쩌다 말이라도 걸면 친구들 사이에서 금세 조롱거리가 되었다. 그래서 여자친구도 없었다. 친척 중에 여자아이가 있어서 명절이나 제사 때 찾아오기는 해도, 외출복 차림에 화장을 하고 와서 얌전히 무언가 먹고 돌아갈 뿐이었다. 친한 아이도 없었다. 단지 집 뒤에 막부 시절 하급 무사를 지낸 자가 살았는데 그 집에 내 또래 여자아이가 있었다. 이름은 가쓰(勝)였다. 그 아이는 나비 모양으로 작은 머리를 틀어 올리고 때때로 우리 집에 놀러왔다. 흰 얼굴에 뺨이 통통하고 아주 순진한 아이였다. 이 아이가 불쌍하게도 내 시험의 대상이 되었다.

장마가 끝났을 때였다. 어머니는 여전히 베를 짜고 있었다. 무더운 오후, 집에 와서 바느질을 하거나 부엌일을 돕는 할머니는 낮잠을 자고 있었다. 어머니의 베틀 소리만 조용한 집에 울려 퍼졌다.

나는 뒤뜰 창고 앞에서 잠자리 꼬리에 실을 묶어 날리고 있었다. 꽃이 가득 핀 배롱나무에 매미가 와서 울기 시작했다. 쳐다보았으나 높아서 잡기 힘들 것 같았다. 그때 가쓰가 왔다. 가쓰도 집안 어른들이 낮잠을 자고 있으니 심심해서 놀러왔던 것이다.

"놀까?"

이것이 가쓰의 인사였다. 나는 곧 꾀를 하나 냈다.

"응, 저 툇마루 위에서 뛰어내리는 놀이를 하자."

이렇게 말하고는 신발을 벗고 툇마루 위로 올라갔다. 가쓰도 따라와서 신발을 벗고 올라섰다. 내가 먼저 맨발로 이끼 낀 뜰 위에 뛰어내렸다. 가쓰도 뛰어내렸다. 나는 다시 툇마루로 올라가 옷을 걷어올렸다.

"이렇게 뛰어야 옷이 걸리지 않아."

나는 씩씩하게 뛰어내렸다. 보니까 가쓰는 주저하고 있었다.

"자, 너도 뛰어야지."

가쓰는 잠시 어쩔 줄 몰라하는 얼굴이었으나 순진한 아이라 이윽고 옷을 걷어올리고 뛰었다. 나는 눈을 동그랗게 뜨고 쳐다보았다. 그러나 두 개의 흰 다리가 흰 배에 이어져 있을 뿐 아무것도 보이지 않았다. 나는 크게 실망했다.

오페라 안경으로 발레하는 여자의 다리 사이를 훔쳐보고는 단지 얇은 천에 반짝이는 금실만 보여서 실망했다는 신사의 이야기를 떠올려보면 나는 지극히 순진한 편이었다.

*

그해 가을이었다.

내 고향은 봉오도리(盆踊)[12]가 꽤 활발한 곳이었다. 음력 7월 15일이 다가오자 올해는 춤이 금지될지 모른다는 소문[13]이 들렸다. 그러나 타지에서 온 현지사(縣知事)가 전래의 풍습을 거스르는 것은 좋지 않다며 묵인해주었다.

집에서 큰길 두세 개를 지나면 읍내였다. 그곳에 무대가 설치되어 저녁이 되자 흥을 돋우는 피리와 북소리가 집까지 들렸다.

춤을 보러 가도 좋은지 어머니에게 물었다. 일찍 돌아온다면 가도 좋다고 승낙했다. 나는 신발을 신고 달려나갔다.

그때까지도 종종 춤을 보러 간 적은 있었다. 더 어릴 적에는 어머니를 따라가서 보기도 했다. 춤을 추는 자는 표면상 마을 사람뿐이라고 하는데 모두 두건으로 얼굴을 가리고 춤을 추었다. 두건을 쓰지 않은 자는 종이 가면을 썼다. 서양에서 열리는 카니발은 1월이라 계절은 다르나 인간은 자연스럽게 비슷한 것을 창안

---

12 음력 7월 15일 밤에 남녀가 모여 추는 윤무.
13 메이지 신정부의 불교 배격 운동에서 비롯됨.

해낸다. 서양에도 추수 때의 춤이 별도로 있지만 그쪽에서는 가면을 쓰지 않는 듯하다.

많은 사람이 원을 그리며 춤을 추었다. 춤을 추려고 복면을 하고 왔지만 그냥 서서 구경하는 사람도 있었다. 구경하다가 마음에 드는 사람 쪽으로 언제라도 끼어드는 것이었다.

춤을 구경하는 중에 복면을 한 무리가 나누는 말이 문득 내 귀에 들렸다. 친한 두 남자인 듯했다.

"너 어제 아타고 산에 올라갔지?"

"무슨 말이야?"

"아냐, 본 사람이 있다던데."

이런 문답을 하고 있는데 옆에 있던 또 한 남자가 대화에 끼어들었다.

"아침에 거기 가보니 말이야, 뭐가 이것저것 떨어져 있더라고."

그러면서 모두가 크게 웃었다. 나는 더러운 물건에 손을 댄 듯한 기분이 들어 춤 구경을 그만두고 집으로 돌아왔다.

*

열한 살이 되었다.

아버지가 도쿄로 나를 데려갔다. 어머니는 집에 남아 있었다. 항상 일을 도와주러 오는 할머니가 와서 함께 지내게 되었다. 어머니는 나중에 뒤따라 도쿄로 온다고 했다. 아마 집이 팔릴 때까지 남아 있었던 것 같다.

옛 영주님의 도쿄 저택이 무코지마에 있었다. 아버지는 그곳에 딸린 나가야몽 중 한 칸에 들어가 할머니 한 분을 식모로 고용했다.

아버지는 매일 외출했다가 밤에 돌아왔다. 내가 갈 학교를 찾는다고 했다. 아버지가 외출하면 스무 살 정도의 여자가 부엌문으로 와서 앞치마를 부풀리고 돌아갔다. 할머니가 쌀을 훔쳐 딸에게 들려 보내는 것이었다. 나중에 어머니가 와 발각되면서 할머니는 쫓겨났다. 나는 아무것도 모르는 꽤 멍청한 아이였다.

함께 놀 만한 아이가 없었다. 저택에서 일하는 사람에게 나보다 두 살 정도 어린 아이가 있었지만, 처음 만난 날 저택의 연못에서 잉어를 낚자고 하기에 싫어져서 같이 놀지 않았다. 가후(家扶)[14]에게 열두세 살 정도 되는 아이를 비롯하여 딸이 두세 명 있었는데, 나를 보면 멀리서 손가락질하며 귓속말로 웃곤 했다. 이 여자아이들도 싫었다.

영주님의 집무실에 가보면, 가주(家從)[15]라는 사람들이 늘 두세 명 대기하고 있었다. 그들은 대개 담배를 피우거나 잡담을 나누었다. 내가 가도 별로 귀찮아하지 않았다. 덕분에 이런저런 이야기를 많이 들을 수 있었다.

대화 속에 가장 자주 나오는 말은 요시와라(吉原)[16]라는 지명과 오쿠야마(奧山)[17]라는 지명이었다. 요시와라는 그들이 항상 꿈꾸던 천국이었다. 그 천국의 장엄함이 얼마간 우리 저택의 힘으로

---

14 사무와 회계를 총괄하는 집사.
15 가후 아래의 사무직.
16 에도 시대 막부가 도쿄에 만든 공창가.
17 도쿄의 사창가. 천초사(淺草寺) 뒤편에 있다.

유지되고 있다고 했다. 가레이(家令)[18]는 저택의 돈을 높은 이자로 요시와라 사람에게 빌려주었다. 그런 까닭에 그들이 가면 특별 대우를 받는다고 했다. 그들은 제각기 요시와라에 다녀온 이야기를 했다. 듣고 있어도 반은 무슨 말인지 알아들을 수 없었다. 절반 정도는 알 것 같았지만 전혀 재미가 없었다. 그중에는 이런 말을 하는 남자가 있었다.

"다음에 너를 데려가줄까? 예쁜 누나가 귀여워해줄 거야."

이 말이 나올 때는 모두가 웃었다.

오쿠야마에 관한 이야기는 항상 한노라는 남자와 연결되었다. 가주들은 곰보나 납작코 혹은 뻐드렁니로 대개 만족스런 얼굴이 아니었다. 그들과 달리 한노라는 자는 얼굴이 희고 키가 큰 남자로, 머리를 길게 길러서 기름을 발라 목덜미까지 늘어뜨렸다. 이자가 무슨 직책이었는지 모르나 일단 가주들의 윗사람쯤 되는 대우를 받고 문서의 입안과도 같은 일을 했다. 가주들은 이렇게 말했다.

"한노에게 하는 것처럼 잘해준다면 우리도 오쿠야마에 가지. 하지만 돈을 내고 양궁(楊弓)[19]을 당겨도 말조차 붙여주지 않는걸. 정말 완전히 무시해."

한노는 이 무리의 아도니스였다. 그리고 나는 곧 이 남자를 흠모하는 아프로디테 또는 페르세포네라는 여자들을 볼 기회를 얻었다.

뜰의 매미가 점점 시끄럽게 울어대던 때였다. 아버지는 외출

---

18 저택의 일을 보는 우두머리 집사.

19 놀이용 작은 활을 양궁이라 하고 양궁을 즐기는 장소를 양궁점이라 했으나 실상은 매춘을 뜻함.

중이고 나는 하릴없이 방에 있었는데, 쿠리소라는 가주가 밖에서 나를 불렀다.

"시즈야, 있니? 지금 심부름 나가는데 같이 갈래? 천초사에 데려다줄게."

천초사는 아버지가 한 번 데려가준 적이 있었다. 나는 기꺼이 게다를 신고 따라 나섰다.

아즈마 교를 건너 나미키로 가서 물건을 샀다. 그리고 되돌아와서 천초사 앞에 늘어선 상점가를 하릴없이 걸어다녔다. 거북 장난감들을 실에 매달아 치켜들고, "움직이는 거북새끼, 골라 골라" 하며 떠드는 남자가 있었다. 거북의 머리와 꼬리, 네 다리가 흔들흔들 움직였다. 쿠리소는 판화를 파는 가게 앞에 멈춰 섰다. 나는 서남전쟁(西南戰爭)[20] 판화를 보고 있었는데, 쿠리소가 가게 앞에 내놓은 띠가 둘러쳐진 책을 꺼내 들고 주인아줌마에게 이렇게 말했다.

"아줌마, 이걸 속고 사가는 놈이 아직 있나요? 하하하하."

"그래도 간간이 팔려요. 정말 쓸데없는 내용이지만. 오호호호."

"진짜를 팔지 않겠소?"

"농담하지 마세요. 요즘은 순사들의 단속이 심해요."

띠를 두른 책은 표지에 여자 얼굴이 그려져 있고, 그 위에 '웃기는 책'이라고 큰 글자로 쓰여 있었다. 이것은 그 무렵 판화점에서 팔던 눈속임 책이었다. 짧은 이야기 같은 것을 대충 써놓고 일

---

20 1877년 정한론의 분열로 하야한 사이고 다카모리를 옹위하여 가고시마에서 거병한 불만 세력과 정부군 간의 전쟁. 그해 9월에 진압되었다.

부러 비밀스럽게 띠를 둘러 '이상한' 그림을 원하는 사람에게 팔았다.

나는 비록 어렸지만 문답의 의미를 거의 다 이해했다. 그러나 문답의 의미보다는 쿠리소가 자유자재로 도쿄 말을 쓰는 것이 내 관심을 끌었다. 그리고 쿠리소는 도쿄 말을 이렇게 잘하는데 저택에서는 왜 고향 말을 쓰는지 생각해보았다. 고향 사람끼리 고향 말을 쓰는 것은 너무나 당연하다. 그러나 쿠리소가 두 개의 혀를 사용하는 것은 그 때문만은 아닌 듯했다. 윗사람 앞에서 순박함을 가장하기 위해 고향 말을 쓰는 것이 아닐까. 나는 그때부터 이미 이런 생각을 했다. 나는 멍청하기는 했지만, 그리 순진하지 못한 면도 있는 아이였다.

관음당으로 올라갔다. 내 호기심의 눈길은 새카만 격자문 안의 흐릿한 촛불이 비치는 곳으로 향했다. 쭈그리고 앉아 몸을 새우처럼 굽혀 뭔가 중얼거리며 기도하는 노인들의 등 뒤로 해서 관음당 동쪽으로 돌아가, 때때로 짤그랑 하고 떨어지는 시줏돈 소리를 흘려들으며 관음당을 내려왔다.

근처에는 거지가 많았다. 그들 사이에 오색의 모래로 그림을 그려 보여주는 남자가 있었다. 좀 넓은 곳에 많은 구경꾼이 원을 그리고 둘러싸고 있는 것은 검술사였다. 쿠리소와 함께 잠시 서서 구경했다. 칼이 선반에 층층이 걸려 있었다. 아랫단으로 갈수록 긴 칼이 걸려 있었다. 검술사는 계속 무언가 떠들기만 할 뿐 아무리 기다려도 칼을 뽑지 않았다. 그러던 중에 쿠리소가 갑자기 뒤로 물러나기에 나도 따라서 물러났다. 돌아보니 구경삯을 받는 남자가 근처로 다가온 것이었다.

우리는 양궁점이 있는 좁은 골목으로 갔다. 어느 가게에나 흰 분을 바른 여자가 있는 것을 이상하게 생각하며 보았다. 아버지는 나를 여기에는 데려오지 않았다. 나는 이 여자들의 얼굴에서 이상한 점을 발견했다. 그녀들의 얼굴은 보통 인간의 얼굴이 아니었다. 지금까지 본 보통 여자와는 달리, 모두 일종의 스테레오 타입 같은 얼굴이었다. 요즘 말로 하자면, 이 여자들의 얼굴은 응결된 표정을 나타내고 있었다. 나는 그 얼굴을 보고 이렇게 생각했다.

왜 모두가 똑같이 저런 얼굴을 하고 있을까? 아이에게 즐거운 표정을 지으라고 하면 모두 이상한 얼굴을 한다. 이 여자들은 모두 그런 아이처럼 이상한 얼굴이다. 눈썹은 최대한 높게, 심지어는 머리털이 난 곳까지 올라가 있다. 눈은 최대한 크게 뜨고, 말을 하거나 웃어도 코 윗부분은 움직이지 않는다. 어째서 서로 약속이나 한 듯 이런 얼굴을 하고 있을까? 나는 이해가 되지 않았지만 그것은 판매용 얼굴이었다. 바로 창녀의 용모였다.

여자들이 큰 소리로 손님을 부르는데, "여보, 서방님"이라는 호칭이 가장 많았다. "여보세요" 하고 확실히 말하는 여자도 있었으나 대개 "여보"로 들렸다. "파랑 버선 서방님"이라고 부르는 여자가 있었다. 쿠리소가 그때 감색 버선을 신고 있었다.

"어머, 쿠리소 씨!"

한층 더 높은 소리가 들렸다. 쿠리소는 그 가게에 들어가 앉았다. 내가 당황하여 그냥 서서 보고만 있자 쿠리소가 손짓으로 들어와 앉게 했다. 여자는 얼굴이 둥글었다. 말을 하면 얇은 입술 사이로 검은 염색을 벗겨낸 치아가 보였다. 여자는 긴 담뱃대에 불을 붙이고 부리를 소매로 닦은 후 여전히 코 윗부분은 움직이지 않고 쿠리소에게 건넸다.

"왜 닦았어?"

"실례잖아요."

"한노한테만 안 닦고 주나 보지."

"어머나, 한노 씨한테도 늘 닦아서 줘요."

"그런가? 닦아서 준단 말이지?"

이런 식의 대화였다. 이 말에는 이중의 의미가 있었다. 쿠리소는 내가 이중의 의미에 대하여 전혀 상상도 하지 못한다고 생각하는 듯했다. 여자도 나를 공기처럼 취급했다. 그러나 나는 조금도 불만이 없었다. 나는 그 여자가 싫었다. 그러므로 말을 걸어줬으면 하는 마음도 없었다.

쿠리소가 양궁을 쏴보지 않겠느냐고 말했다. 나는 싫다고 했다.

쿠리소는 곧 양궁점을 나왔다. 그리고 사루와카초를 지나 하시바에서 나룻배를 타고 강을 건너 무코지마의 저택으로 돌아왔다.

그 무렵의 일이었다. 가주들 중에 긴바야시라는 침구사가 때때로 그들의 대기소에 와서 이야기를 나누었다. 그는 영주님을 치료하러 왔지만 고향 사람은 아니었다. 에도 토박이였다. 가주들은 대개 삼십 대인데 이 남자는 마흔 살이 넘었다. 나는 가주들에 비하면 그가 매우 똑똑하다고 생각했다.

어느 날 긴바야시가 긴자 쪽으로 간다며 데려가줄까 했다. 긴바야시는 볼일을 보고 난 후 교바시 쪽의 연예장으로 나를 데리고 들어갔다.

대낮이었으므로 손님은 그리 많지 않았다. 시내 큰 상점의 사모님 같은 여자가 딸을 데리고 와 품위 있게 앉아 있을 뿐, 대다

수는 일꾼 같은 남자였다.

무대에 이야기꾼이 나와 이런 이야기를 했다.

도쿠사부로라는 총각이 장기를 두러 나갔다. 밤늦게 돌아왔는데 문이 잠겨 집에 들어갈 수가 없었다. 이웃의 어떤 처녀도 집에 들어가지 못하고 서성대고 있었다. 처녀는 총각에게 말을 걸었다. 총각이 삼촌 집에 가서 재워달라고 할 수밖에 없다고 하자, 처녀가 자기도 데려가달라고 부탁했다. 총각은 못 들은 체하고 성큼성큼 걸어갔으나 처녀가 따라왔다. 삼촌은 난봉꾼이었다. 난봉꾼 삼촌은 도의심이 결여된 인물인 듯했다. 그는 총각이 애인을 데리고 온 것으로 속단했다. 총각이 아니라고 말해도 부끄러워서 말을 둘러댄다고 생각했다. 총각에게 마음이 있던 처녀는 오히려 다행이라고 생각했다. 삼촌은 두 사람을 이층으로 쫓아 올려보냈다. 이층에는 이불이 하나밖에 없었다. 처녀의 허리띠를 요 한가운데 세로로 놓고, 비유가 시대착오적이지만, 러일전쟁 후 사할린을 양분하듯 누워 잤다. 그러고는 한숨 자고 잠이 깨서 어쩌고저쩌고하는 내용이었다. 내 귀에는 아직 도쿄 말이 익숙하지 않은데 이야기꾼은 빠르게 지껄였다. 훗날 서양인의 강의를 들을 때처럼 주의를 집중하여 듣고 있자 긴바야시가 내 얼굴을 보며 웃었다.

"어때? 무슨 말인지 알겠어?"

"예, 대충 알겠어요."

"대충 알 정도면 충분해."

그때까지 떠들던 이야기꾼이 일어나서 허리를 굽혀 인사하고 무대 옆으로 내려왔다. 그리고 교대로 다음 이야기꾼이 나왔다. "교대했지만 그리 대단한 자는 아닙니다" 하고 겸손의 말을 했다.

"그 남자의 취미는 여자 사냥이었습니다" 하고 이야기를 시작했다. 그리고 일꾼이 순진한 친구를 데리고 요시와라에 갔다는 이야기를 했다. 이것은 요시와라 입문이라고도 할 만한 이야기였다. 나는 도쿄라는 곳은 무슨 지식이든 얻기 편리한 곳이라고 감탄하며 이야기를 들었다. 이때 나는 '오간코[21]를 먹다'라는 기묘한 말을 배웠다. 그러나 이 말은 그 후 어디에서도 들은 바가 없으므로 아마 내 기억에 쓸데없는 부담을 안긴 말들 중 하나가 아니었을까 생각한다.

*

그해 10월경이었다.

나는 혼고 이키자카에 있던 사립 독일어학교에 들어갔다. 아버지가 내게 광산학을 공부시키려고 생각했기 때문이다.

무코지마에서는 학교가 멀어 간다 오가와초에 살던 아버지의 선배 아즈마(東) 선생이라는 분의 집에서 기숙하며 통학했다.

아즈마 선생은 외국 유학을 다녀온 분으로, 식생활이 검소하여 육식을 많이 하는 것 말고는 그다지 음식 사치를 하지 않았다. 단지 술은 꽤 마셨다. 그것도 관청에서 돌아와 밤 열 시나 열한 시까지 번역 같은 것을 하고 난 후에 마셨다. 사모님은 여장부였다. 지금 돌이켜 생각해보면, 당시의 고위 관리로 밖에 첩을 두지 않고 집에 충실했던 남자는 적었던 것 같다. 아버지는 훌륭한 분의

---

21 여성의 음부를 뜻하는 은어.

집에 나를 맡겼던 것이다.

나는 아즈마 선생 댁에 있는 동안 성욕을 자극받은 적이 거의 없다. 굳이 기억의 끈을 당겨보자면 한번은 이런 일이 있었다.

내 책상이 놓여 있는 곳은 응접실과 부엌 사이였다. 날이 저물었는데도 하녀가 등불을 붙이러 오지 않았다. 나는 문득 일어나서 부엌으로 갔다. 그곳에서 서생(書生)[22]과 하녀가 대화를 나누고 있었다. 서생은 하녀에게 이런 내용을 설명했다.

여자의 몸은 언제라도 작동한다. 마음에 관계없이. 남자는 작동할 때와 그렇지 않을 때가 있다. 좋다고 생각하면 불쑥 도약한다. 싫다고 생각하면 위축되어 움직이지 않는다는 말이었다. 하녀의 귀가 빨갛게 물들고 있었다. 나는 불쾌해져서 내 방으로 돌아왔다.

학교 수업은 그리 어렵지 않았다. 아버지에게 영어를 배웠기 때문에, 아들러(Adler)라든가 하는 저자의 사전을 사용했다. 독영사전과 영독사전 두 권으로 되어 있었다. 심심할 때는 영어 멤버(member)[기관, 남근]라는 단어를 찾아 같은 의미의 독일어 짜이궁즈그리드(zeugungsglied)라는 단어를 보거나, 퓨덴더(pudenda)[여성 생식기]라는 단어를 찾아 샴(scham)이라는 단어와 함께 보며 혼자 재미있어 한 적도 있다. 그러나 성욕에 지배되어 그런 단어에 흥미를 느낀 것은 아니었다. 함부로 입에 올릴 수 없는 은어들이 흥미로웠던 것이다.

---

22 남의 집 가사를 돌보며 공부하는 사람. 당시 여유 있는 집에는 친척이나 고향의 젊은이가 가사를 도우며 공부하는 경우가 많았다.

그래서 영어 파트(fart)〔방귀〕나 독일어 포츠(furz)〔방귀〕라는 단어도 찾아봐서 기억하게 되었다. 어느 날 독일인 교사가 화학의 기초를 가르치며 황화수소를 만들어 보여주었다. 그리고 이 가스를 포함하고 있는 것이 무언지 아는가 물었다. 한 학생이 포일레 아이어(fäule Eier)〔썩은 달걀〕라고 대답했다. 실제로 썩은 달걀과 같은 냄새가 났다. 또 다른 사람은 없는지 물었다. 내가 일어나서 큰 소리로 외쳤다.

"포르츠!"

"Was? Bitte, noch einmal!(뭐라고? 한 번 더 말해봐!)"

"포르츠!"

교사는 그제야 알아들었는지 얼굴이 새빨개지며 그런 말을 쓰는 게 아니라고 친절하게 가르쳐주었다.

학교에는 기숙사가 있었다. 수업이 끝난 후에 가보았는데 여기서 처음으로 남색(男色)이라는 단어를 들었다. 나와 동급생으로 매일 말을 타고 학교에 다니는 가게노코지라는 소년이 기숙사 학생들의 이루어질 수 없는 사랑의 대상이었다. 가게노코지는 성적이 그리 좋지 않았다. 붉은빛이 감도는 뺨이 탐스럽게 볼록한 귀여운 소년이었다. 소년이라는 말이 남색의 수동적 대상이라는 의미로 사용된다는 것도 내게는 새로운 지식이었다.

나더러 방과 후에 들렀다 가라고 말한 남자도 나를 '소년'으로 간주했던 것이다. 두세 번 찾아갈 때까지는 맛있는 것을 사주고 친절하게 대해주었다. 그즈음 학생들 간식으로 유명한 콘베이도라는 콩튀김이나 양갱 등을 사주었다. 그 친절은 처음부터 좀 끈적거리는 느낌이 들어 싫기는 했지만, 연장자에게 예의를 지켜야 한다는 생각에 꾹 참고 교제했다.

그러던 중에 어느덧 손을 잡고 볼을 비비며 귀찮게 해서 참을 수가 없었다. 나는 남색에 소질이 없었다. 그래서 방과 후에 들르는 것이 싫어졌으나 그때까지의 관성으로 다시 들르곤 했다. 어느 날 찾아가니 이불이 펴져 있었다. 그 남자가 평소보다 한층 귀찮은 행동을 했다. 피가 머리로 올라왔는지 얼굴이 붉은색이었다. 그는 이윽고 내게 이렇게 말했다.

"얘, 잠시만 이 안에 같이 눕자."

"싫어요."

"그런 말 하지 말고, 자 이리 와."

그가 내 손을 잡았다. 그가 뜨거워지면 질수록 나는 혐오와 공포가 심해졌다.

"싫어요, 난 갈래요!"

이런 억지 문답을 하고 있는데 옆방에서 말을 거는 남자가 있었다.

"안 돼?"

"응."

"그럼 도와주지."

남자가 옆방에서 복도로 뛰어나왔다. 그리고 내가 있는 방의 문을 드르륵 열고 뛰어들었다. 성질이 난폭하여 애초부터 교제하지 않았던 남자였다. 생긴 모습 그대로 행동하는 남자이고 나를 유혹한 남자는 위선자였다.

"선배 말을 듣지 않으면 이불을 씌워서 두들겨 패주지."

말과 함께 손이 움직였다. 내 머리부터 이불을 뒤집어씌웠다.

228

내가 힘껏 젖히려고 하자 위에서 덮어 눌렀다. 투닥거리는 소리가 나니 두세 명이 구경을 왔다. "그만둬라, 그만둬"라는 소리가 들렸다. 위에서 누르는 힘이 약해졌다. 나는 그때 후다닥 튀어 일어나 도망쳤다. 그때 책보와 잉크병을 잊지 않고 잡아채온 것은 나 자신도 민첩했다고 생각한다. 나는 그 후로 기숙사에 가지 않았다.

그때 나는 매주 토요일이면 아즈마 선생 댁을 떠나 무코지마의 아버지 집으로 갔다가 일요일 저녁에 돌아왔다. 아버지는 어느 관청의 판임관(判任官)이라는 하급 관리로 근무하고 있었다. 나는 아버지에게 기숙사 사건을 말했다. 아버지가 필시 깜짝 놀랄 거라고 생각했는데 조금도 놀라지 않았다.

"음, 그런 놈들이 있어? 앞으로는 조심해라."

이렇게 말하고 태연했다. 그래서 나는 이것도 살면서 반드시 겪어야 할 고난의 하나라는 것을 깨달았다.

*

열세 살이 되었다.

전해에 어머니가 고향에서 올라왔다.

연초에 지금까지 배운 독일어를 그만두고 도쿄영어학교에 들어갔다. 문부성의 학제가 바뀐 데다 내가 철학을 하고 싶다고 아버지를 졸랐기 때문이다. 도쿄에 와서 잠시 독일어를 배운 것이 헛고생이라는 생각이 들었으나 훗날 크게 도움이 되었다.

나는 기숙사 생활을 하게 되었다. 학생은 열예닐곱 살이 아주 어린 편이고 대개는 이십 대였다. 복장은 거의 모두 고쿠라 하카마(小倉袴)[23]에 감색 버선을 신고 있었다. 소매는 어깨 근처까지 걷어올리지 않으면 나약하다는 말을 들었다.

기숙사에서는 대본소 사람의 출입을 허가했다. 나는 대본소 단골로 바킨이나 교덴의 희작(戱作)을 주로 읽었다. 누가 슌스이의 책을 빌려 읽으면 나도 따라 읽었다. 《매화전》의 주인공 단지로가 되어 여주인공 오초와 같은 여자의 사랑을 받는다면 유쾌할 것이라는 연애 감정이 그때 처음으로 싹텄다.

그리고 동급생 중에 얼굴이 희고 이목구비가 단정한 학생이 있었는데, 그에 비하면 나는 추남인지라 필시 여자에게 사랑받지 못하리라 생각했다. 이때부터 이런 생각이 내 의식 속에 잠재하여 항상 자신감을 가질 수가 없었다. 게다가 나이도 어려 무엇을 하더라도 동료에게 힘으로는 당할 수 없었으므로 겉으로 굴복하되 속으로는 반항하는 태도를 보이게 되었다. 프로이센의 군인 클라우제비츠는 "수동적 저항은 약한 국가가 취할 수단"이라고 했다. 나는 선천적인 실연자이며 환경 속의 약자였다.

성욕적으로 관찰해보면, 그때 학생 중에는 연파(軟派)와 경파(硬派)가 있었다. 연파는 '이상한' 그림을 보는 무리였다. 그 당시 대본소 사람은 책을 높이 쌓아 올린 궤짝 같은 것을 등에 지고 다녔다. 그 짐의 받침이 되는 상자에 서랍이 붙어 있었다. 대개 이 서랍에 이상한 그림이 들어 있었다. 대본소에서 빌리는 것 말고도

---

23 규슈 고쿠라 산의 무명천으로 만든 하카마. 하카마는 겉에 입는 주름 잡힌 하의로 감색 버선과 함께 당시 학생복의 전형.

장서로 그런 그림책을 소유한 학생도 있었다.

경파는 이상한 그림 따위는 보지 않았다. 히라타 산고로(平田三五郎)라는 소년 이야기의 필사본을 서로 빼앗듯이 다투어 읽었다. 가고시마 지방의 학교에서는 이것이 매년 정월에 가장 먼저 읽는 책이라 했다. 산고로라는 소년 무사와 그의 형뻘 되는 남자의 사랑의 역사로, 질투도 있고 삼각관계로 빚어진 갈등도 있었다. 마지막에는 두 사람이 연이어 전사하는 것으로 끝나는 내용으로 기억한다. 이 책에도 삽화가 있었으나 그리 흉측한 그림은 아니었다.

연파는 수적으로 우세했다. 왜냐하면 경파는 규슈 출신이 중심이었기 때문이다. 그 당시 예비문(豫備門)[24]에는 가고시마 출신이 적었으므로, 규슈인이라 하면 사가(佐賀)나 구마모토(熊本) 출신이었다. 여기에 야마구치 출신 일부가 가세했다. 그 외에는 주고쿠(中國) 일원에서 도호쿠(東北) 출신까지가 모두 연파였다.

그럼에도 경파가 학생 본연의 모습으로 간주되고 연파는 다소 떳떳하지 못한 구석이 있었다. 감색 버선에 고쿠라 하카마는 경파의 복장인데도 연파가 그것을 흉내 내었다. 연파는 같은 복장을 해도 소매를 걷는 자가 적었다. 어깨를 거들먹거리는 자도 드물었다. 지팡이도 가느다란 것을 사용했다. 휴일에 외출할 때는 주로 비단옷을 입고 흰 버선을 신었다.

그리고 흰 버선을 신은 그 발이 어디로 향하는가 하면, 시바나

---

24 도쿄대학 예비문으로 제일고보의 전신. 도쿄대학이 설립됨에 따라 도쿄영어학교가 도쿄대학 예비문으로 바뀌었다.

아사쿠사의 양궁점, 네즈, 요시와라, 시나가와 등 악명 높은 곳이었다. 평소 감색 버선 차림으로 외출해도 연파는 곧잘 목욕탕에 갔다. 경파도 가기는 하나, 이층에는 올라가지 않았다. 그에 비해 연파는 이층을 목적으로 갔다. 이층에는 반드시 여자가 있었다. 그즈음 학생 중에는 이런 목욕탕 여자와 부부의 연을 맺은 자도 있었다. 하숙집 딸 같은 여자보다는 당연히 한 단계 아래의 여자였다.

나는 경파의 사냥감이었다. 그때 기숙사 안에서는 나와 하뉴 쇼스케(埴生庄之助)라는 학생이 가장 어렸다. 하뉴는 도쿄에 있는 안과 의사의 아들이었다. 얼굴이 희고 눈이 또렷하게 맑고 입술은 아주 붉었다. 몸은 늘씬했다. 나는 얼굴이 검고, 몸이 무골인 데다 시골 출신이었다. 그럼에도 뜻밖에 경파는 하뉴가 아니라 나를 쫓아다녔다. 왜냐하면 하뉴는 천성적으로 연파여서 화를 면했다고 나는 생각했다.

학교에 들어간 것은 1월이었다. 기숙사에서는 이층 방을 배정 받았다. 같은 방에 와니구치 유즈루(顎口弦)라는 자가 있었다. 만 학도여서 급우 중 최연장자에 속했다. 희고 긴 곰보 얼굴에 주걱 턱이었다. 말랐지만 키가 컸다. 만약 이 남자가 경파라면 나는 도저히 도망갈 수 없으리라 생각했다.

다행히 와니구치는 경파가 아니었다. 아무래도 연파에 가까워 여색에 관한 것은 뭐든지 체득한 듯했다. 그렇다고 해도 보통의 연파는 아니었다. 연파는 여자에게 호감을 사려고 했다. 와니구치는 애초부터 호감을 사려고 해도 사지 못할 터였지만, 여자를 먼지나 쓰레기처럼 간주했다. 그에게 여자란 단지 성욕을 만족시켜주는 도구에 불과했다. 그는 기회가 있을 때마다 그 욕구를 채웠다. 그는 마치 뱀이 차가운 눈빛으로 개구리를 노려보듯이 여자를 노리고 있다가 기회를 잡으면 솜씨 좋게 덮쳤다. 그러므로 그는 추남이지만 여자 문제는 결코 부자유스럽지 않았다. 여자는 돈으로 마음대로 할 수 있는 물건이며, 여자에게 사랑받을 필요까지는 없다고 말했다.

와니구치는 여자만 무시하는 것이 아니었다. 모든 것을 무시했고 그의 안중에는 신성한 것이 절대적으로 없었다. 때때로 아버지가 기숙사에 찾아왔다. 아버지가 내 자식은 아직 어린아이와 다름없으니 잘 부탁한다고 인사하면, 와니구치는 단지 "아, 예"라고만 하고 응대하지 않았다. 그리고 잠자코 아버지가 내게 훈계하는 것을 듣고서는 나중에 이렇게 아버지 말투를 흉내 내었다.

"열심히 공부하그라. 와니구치 군이든 누구든 연장자의 말은 잘 듣그라. 만약 이해가 되지 않는 게 있그든 어떤 이유로 그리해야 카는지 가르쳐달라 하그라. 나는 이제 돌아갈꾸마. 토요일에 기다릴 테니 오그라. 아하하하."

그리고 아버지를 '오그라'라고 불렀다. "오늘쯤 '오그라'가 오겠지. 또 모나카를 얻어먹겠네" 따위의 말을 했다. 남이 부모를 생각하는 마음을 배려해주지 않았다. "'오그라'가 네 어머니랑 붙어서 너를 만든 거야. 아하하하"라고 말했다. 고향의 성문 옆에 살던 할아범과 다를 바가 없었다.

와니구치의 학업 성적은 중간 정도였다. 독일인 선생은 답을 못하는 학생을 칠판 앞에 세워두곤 했다. 어느 날 와니구치가 답을 하지 못하자 선생이 칠판 앞에 서 있으라고 했다. 와니구치는 칠판에 등을 기대고 반항적인 자세를 취했다. 칠판에서 '쿵' 하고 소리가 났다. 선생이 불같이 화를 냈다. 결국 사감에게 일러서 와니구치의 외출을 금지시켰다. 그러나 그 후로는 선생도 와니구치를 꺼리게 되었다.

선생이 꺼릴 정도이니 급우 중에 와니구치를 두려워하지 않는 자가 없었다. 와니구치는 나를 보호하지는 않았으나 그와 있으면 내게 무례한 행동을 하는 자가 없었다. 그는 외출할 때 내게 이렇게 말하고 나갔다.

"내가 없으면 네 구멍을 노리는 얼간이들이 올 테니 조심해라."

나는 경계했다. 기숙사는 기다란 건물로 양쪽에 출구가 있었다. 적이 오른쪽에서 오면 왼쪽으로 도망치고, 왼쪽에서 오면 오른쪽으로 도망쳐야 한다. 그래도 걱정되어 언젠가 무코지마 집에서 단도를 하나 가지고 와서 품속에 늘 지니고 다녔다.

2월에는 오랜만에 좋은 날씨가 이어졌다. 방과 후에는 매일 하뉴와 운동장에 나가 놀았다. 우리 둘이 모래판에서 스모를 하는 것을 보고 다른 학생들이 마치 강아지들 같다며 놀렸다. "야, 검둥이와 흰둥이가 싸우네. 흰둥아 지지 마라" 하고 말을 걸며 지나가는 자도 있었다. 하뉴와 나는 이런 식으로 놀아도 말은 별로 나누지 않았다. 나는 빌린 책을 닥치는 대로 읽으며 소년다운 공상의 세계에 살았다. 하뉴는 교실 밖에서는 가만히 있지 못하는 성격이므로 책 따위는 읽지 않았다. 같이 논다는 것도 기껏 스모 정도였다.

몹시 추운 날이었다. 하뉴와 운동장에 나갔는데, 오늘은 추우니 달리기나 하자기에 같이 달리며 놀다가 돌아와 보니 와니구치에게 동급생 두세 명이 찾아와서 상담을 하고 있었다. 간식이 문제였다. 대개 간식은 콩튀김이나 군고구마로, 학생들이 돈을 각출하여 사환에게 심부름값 2전을 주고 사오게 했다. 오늘은 특별히 거하게 먹자며 장님탕이라는 것을 만든다고 했다. 각자 나가서 무언가를 하나씩 사와 끓는 냄비 안에 집어넣어 먹는 요리를 장님탕이라 했다. 한 선배가 나를 힐끗 보더니 와니구치에게 가나이는 어떻게 할 거냐고 물었다. 와니구치는 나를 옆눈으로 보고는 이렇게 말했다.

"고구마를 먹을 때와는 다르지. 어린애는 끼지 않는 게 좋아."

나는 딴 곳을 바라보며 못 들은 척했다. 그렇게 누구를 끼워줄 것인지 말 것인지 회의를 하더니 잠시 후에 모두 밖으로 나갔다.

와니구치의 성격은 평소 잘 알고 있었다. 그는 권위에 굴복하지 않았다. 남과 억지로 타협하는 법이 없었다. 여기까지는 괜찮았다. 그러나 그가 아무것도 신성하게 여기지 않으므로 옆 사람이 고통을 느끼는 경우가 있었다. 나는 그가 각박한 사람이라고 생각했다. 그가 한문에 소양이 있어 항상 책상 위에 《한비자》[25]를 놓아두었던 것도 이런 생각에 일조했을 것이다.

지금 생각하면 각박하다는 평은 정곡을 찌른 표현이 아니다. 그는 시닉(cynic)한 것이었다. 나중에 테오도르 피셔[26]가 쓴 《키니스무스(Cynismus)》[27]를 읽는 동안, 나는 와니구치를 떠올렸다. 시닉

---

25 한비(?~B.C. 233)의 저서. 전제군주를 위해 신하를 통솔하는 법을 설한 법가의 대표작. 이기심을 인간의 본성으로 보았다.

26 1807~1887. 독일의 철학자, 미학자, 시인.

27 영어로 시니시즘(cynicism). 냉소주의를 뜻함.

이라는 단어는 그리스어 키온(kyon)〔개〕에서 나왔다. 견학(犬學)이라는 번역어가 있으니 '개 같다'고 해도 좋을 것이다. 개가 더러운 것에 코를 처박는 것처럼, 개 같은 사람은 무엇이나 더럽히지 않으면 마음이 편치 않다. 그래서 신성한 것을 인정할 수가 없는 것이다. 사람은 신성한 것을 많이 가진 만큼 약점이 많다. 고통도 많다. 개 같은 사람을 만나면 당할 수밖에 없다.

와니구치는 늘 남에게 고통을 주었다. 남의 고통을 그는 아무렇지도 않게 생각했다. 각박한 면은 여기에서 생겨난다. 강자가 약자를 보면 가소롭다. 가소로우면 재미있다. 개 같은 사람은 남의 고통을 즐긴다.

남들이 모여 장님탕을 먹는 것을 혼자 멍하니 보는 것은 내게도 고통이었다. 와니구치는 그것을 알면서도 재미삼아 무리에 끼워주지 않았던 것이다.

모두가 먹는 동안 나는 밖에 나가 있으려고 했다. 그러나 나가면 도망치는 것 같았다. 내 방인데도 남들이 멋대로 행동하게 놔두고 도망치는 것은 억울했다. 그렇다고 입 안에 고이는 침을 삼키고 있으면 그들에게 웃음거리가 될 터였다. 나는 밖에 나가 모나카를 10전어치 사왔다. 그때는 모나카를 10전어치 사면 큰 봉투에 가득했다. 나는 그것을 책상 밑에 던져놓고는 전등을 켜고 책을 보았다.

그러는 중에 장님탕 무리가 하나둘 돌아왔다. 그들은 숯에 석유를 끼얹어 불을 일으켰다. 식당에 냄비를 가지러 가고 간장을 훔치러 갔다. 사온 가다랑어포를 칼로 깎았다. 물이 끓기 시작했다. 각자 사온 것을 꺼내 냄비에 넣었다. 하나둘 냄비에 들어갈 때

마다 웃음소리가 일어났다. 누군가 이제 다 끓었다고 하자 누구
는 아직 덜 끓었다고 했다. 냄비 안에서 젓가락들의 백병전이 시
작되었다. 술은 그때 수입품 가게에서 팔던 진이라는 것이었다.
폭이 넓고 검은 병에 담긴 술이었다. 값이 싼 듯했으므로 필시 좋
은 술은 아니었을 것이다.

그들은 때때로 내 쪽을 바라보았다. 나는 아무렇지도 않은 척
하며 책상 밑에서 모나카를 하나씩 꺼내 먹었다. 진이 모두를 취
하게 했다. 피가 머리로 올라와 대화의 주제가 자꾸 배꼽 아래로
내려갔다. 장님탕 무리에는 경파와 연파가 섞여 있었다. 연파의
미야우라가 경파의 헨미에게 이렇게 말했다.

"어떤가, 헨미? 변소에 들어가 아래쪽을 보면, 우리가 여자 옷
자락 사이로 살짝 드러난 팬티를 볼 때와 같은 느낌이냐?"

헨미가 화를 냈으리라 생각하면 큰 오산이다. 그는 진지하게
이렇게 대답했다.

"그것이 말이야, 그 항문에서 나온 거로구나 생각하며 볼 때도
있지."

"아하하하. 여자라면 하자고 할 때 손을 잡는데, 소년은 어떻
게 하지?"

"역시 손이지만 이런 식으로……."

헨미는 미야우라의 손을 잡고는 손가락으로 손바닥을 눌렀다.
승낙할 때는 그 손가락을 잡고 거절할 때는 잡지 않는다고 설명
했다.

누군가 헨미에게 노래를 부르라고 권했다. 헨미는 곧 노래를
부르기 시작했다.

"구름 사이로 도깨비가 엉덩이를 내밀고 낭랑하게 긴 방귀를 뀌는구나······."

누군가 민요를 불렀다. 누구는 시를 읊었다. 또 누구는 요지경 변사를 흉내 내고 성대 모사를 했다. 그러는 사이에 냄비와 술병이 점차 비어갔다. 연파 중 한 사람이 근처에서 좋은 곳을 발견했다는 말을 했다. 그럼 지금 가보자고 누가 그랬다. 저번에는 통금 시간 오 분 전이라 못 나갔는데 지금은 아직 십오 분이나 남았으니 무사히 나갈 수 있다. 나가기만 하면 내일 보호자의 확인서를 가지고 돌아오면 된다. 미리 도장이 찍힌 확인서를 갖고 있으니 문제없다는 것이었다.

장님탕 무리는 왁자지껄 떠들며 자리에서 일어났다. 와니구치도 함께 나가버렸다.

모나카를 질리도록 먹으며 책을 보고 있는데 계단을 살금살금 올라오는 자가 있었다. 엽총 소리에 익숙해진 새는 사냥꾼이 다가올 때까지 가만 있지 않는다. 나는 등불을 끈 다음 창문을 열고 지붕 위로 나가서 창문을 살며시 닫았다. 서리인지 안개인지 기와가 약간 축축했다. 나는 덧문 뒤에 웅크리고 앉아 품에 간직한 단도의 손잡이를 꽉 쥐었다.

기숙사 창은 모두 덧문이 닫혀 있고 사환의 방만 불이 켜져 있었다. 발소리가 내 방으로 들어왔다. 그리고 여기저기 돌아다니는 듯했다.

"여태 불이 켜져 있었는데 어디 갔지?"

헨미의 목소리였다. 나는 숨을 죽였다. 잠시 후 발소리는 방을 나와 계단을 내려갔다. 단도는 다행히 사용하지 않고 끝났다.

238

*

열네 살이 되었다.

수업은 여전히 무난했다. 나는 시간만 나면 책을 빌려 읽었다.
점차 책 읽는 속도가 빨라져 바킨과 교덴의 작품은 거의 다 읽었
다. 그리고 다른 작가의 작품도 읽어보았으나 아무래도 재미가 없
었다. 남이 빌려놓은 인정본(人情本)[28]을 읽었다. 왠지 남녀 관계가
아름다운 꿈처럼 머리에 떠올랐다. 그것은 그다지 깊은 인상을 주
지 않고 스쳐 지나갔다. 하지만 그런 인상을 받을 때마다 그 아름
다운 꿈과 같은 것은 용모가 훌륭한 남녀나 받는 복이지, 나 같
은 사람은 도달할 수 없다는 생각이 들었다. 그것이 내게는 고통
이었다.

하뉴와는 여전히 같이 놀았다. 늦봄이었다. 월요일 오후 하뉴
와 산책을 나갔는데, 하뉴가 좋은 곳에 데려가주겠다고 했다. 어
디냐고 물으니 근처에 있는 작은 요릿집이라 했다. 나는 그때까지
국숫집이나 고깃집에는 간 적이 있으나, 아버지를 따라 식사하러
오기야라는 곳에 간 것 말고는 요리라는 간판이 걸린 집에 들어간
적이 없었으므로 매우 놀랐다.

"그런 곳에 너 혼자 갈 수 있어?"

"혼자가 아니지. 너랑 같이 가려는 거야."

"그거야 알지. 내가 혼자라고 하는 건 어른 없이 갈 수 있느냐
는 말이야. 넌 혼자 간 적이 있어?"

---

28 서민들의 연애와 인정의 갈등을 그린 작품.

"응, 있어. 요전번에 가봤어."

하뉴는 우쭐댔다. 우리는 요릿집으로 들어갔다. "어서 오세요" 하고 하녀가 말했다. 그녀는 우리를 보고 다른 하녀와 눈짓하며 웃었다. 나는 좀 어색해져서 돌아가고 싶었으나, 하뉴가 척척 들어가기에 할 수 없이 따라 들어갔다.

하뉴는 요리와 술을 주문했다. 술을 먹을 수 있느냐고 물으니 마시지는 않지만 주문한다고 했다. 하녀는 요리를 가지고 올 때마다 웃으며 옆에서 잠시 지켜보았다. 긴장을 풀지 못하고 전채인지 뭔지를 먹고 있는데 하뉴가 이런 말을 했다.

"어제는 정말로 유쾌했다."

"뭐가?"

"숙부의 신년회에 초대받아 갔어. 거기에 게이샤와 오샤쿠[29]가 많이 와 있었는데 아직 다른 손님들이 오기 전이라 같이 놀았지. 그중에 한 오샤쿠가 내게 뜰을 구경시켜달라고 하는 거야. 나는 그녀를 데리고 뜰로 나갔어. 연못가를 돌아 동산 쪽으로 갔는데 그 여자가 슬그머니 내 손을 잡는 거야. 그래서 손을 맞잡고 걸었지. 아주 기분 좋았어."

"그래?"

나는 더 이상 맞장구치지 못했다. 내 머릿속에 꿈처럼 아름다운 그림이 떠올랐다. 과연 하뉴라면 예쁜 오샤쿠와 손을 잡고 걸어도 잘 어울릴 것이라고 생각했다. 하뉴는 미소년이지만 미남자에 어울리는 멋진 옷을 입었다.

---

29 나이 어린 견습 게이샤.

이런 생각과 동시에 나는 그것이 아무래도 나와는 인연이 먼 것처럼 느껴졌다. 그리고 이상하게도 인정본을 읽고 공상에 빠지던 때와 같은 고통은 느껴지지 않았다. 나는 이 사실을 접하고도 오히려 그것을 당연하게 생각했다.

하뉴는 잠시 후 계산을 치르고 요릿집을 나왔다. 내 생각에 하뉴는 여자 손을 잡은 기념으로 축하 파티를 열어 나를 대접했던 것 같다.

그때의 일을 생각해보면 의아하다. 왜냐하면 인정본을 읽을 때와 하뉴가 오샤쿠의 손을 잡고 걸은 이야기를 했을 때 떠오른 아름다운 상상은 물론 연애의 맹아라고 생각한다. 하지만 그것은 성욕 그 자체와는 밀접한 관련이 없었다. 성욕이라는 것은 이 경우에 적절하지 않을 듯하다. 연애의 맹아와 성욕은 아무래도 별개인 것 같다.

인정본을 보면 입맞춤이 서양의 그것과는 전혀 다른 성질로 서술되어 있다. 연애와 성욕이 관련이 있다는 것을 내 사고능력으로 모르는 바는 아니다. 그러나 연애가 그리운 데 비하여 성욕은 발동하지 않았다.

내 기억에 남아 있는 사건이 그것을 직접 증명한다. 나는 그때 나쁜 짓을 배웠다. 매우 거북하지만 이것을 얘기하지 않고서는 이런 글을 쓰는 보람이 없으니 그냥 쓴다. 서양의 기숙사에는 학생들이 이것을 하지 못하도록 양손을 이불 위에 꺼내놓고 자게 하는 규칙이 있다. 사감은 밤에 순찰을 할 때 그 손을 주목한다. 어떻게 그런 짓을 배웠는지는 잘 모르겠다. 모든 더러운 것을 즐겨 입에 올리는 와니구치가 항상 그 이야기를 했던 것은 사실이다.

소년의 얼굴을 볼 때 너는 그것을 하는가 묻고, 소녀의 얼굴을 볼 때마다 네 몸의 어느 한 부분에 털이 났는가 꼭 물어보는 사람이 많다. 교육이라는 것을 받은 적이 없는 비천한 남자라면 어쩔 수 없다. 점잖은 얼굴을 한 신사 중에 그런 남자가 많다. 기숙사에 있는 연장자 중에도 그런 남자가 많았다. 그것이 나와 같은 소년을 놀리는 상투어였던 것이다.

나는 그것을 시도해보았다. 그러나 남에게 들은 것처럼 유쾌하지는 않았다. 그리고 나중에 두통이 심했다. 심지어는 그 이상한 그림 같은 것을 상상하며 다시 시도해보았다. 이번에는 두통만이 아니라 가슴도 두근거렸다. 그 후로는 거의 해본 적이 없다. 즉, 나는 안에서 촉발되어 한 것이 아니라 배워서 했던 것이다. 임시변통의 벼락 지식으로 해서 잘 되지 않았던 것 같다.

어느 일요일 무코지마의 집으로 돌아가 보니 아버지가 평소와 달리 엄한 얼굴로 묵묵히 앉아 있었다. 어머니도 걱정스러운 모습으로 내게 말을 부드럽게 건네고 싶은 것을 자제하는 듯했다. 기분 좋게 돌아간 나는 맥이 빠져서 잠시 양친의 얼굴을 바라보았다.

아버지가 담뱃대를 평소보다 세게 땅땅 쳐서 재를 털고는 입을 열었다. 아버지는 궐련은 피우지 않았다. 항상 운정(雲井)이라는 잎담배를 피웠다. 막상 아버지의 말을 들어보니 내가 죄악이라고 생각지 않았던 일이 아버지의 귀에 들어간 것이었다. 그것은 그 손에 관계되는 것이 아니었다. 하뉴와의 교제 건이었다.

같은 학교 상급반에 누나미라는 선배가 있었다. 나는 얼굴도 모르지만 그자는 나와 하뉴가 강아지처럼 노는 모습을 웃으며 보았던 듯하다. 누나미의 보호자가 무코지마에 사는데 바로 아버

지의 바둑 친구였다. 그를 통해서 아버지는 이런 말을 들었다고
했다.

가나이는 기숙사에서 제일 어리다. 그런데도 성적은 좋다고 한
다. 그에게는 하뉴라는 친구가 있다. 하뉴도 공부를 꽤 잘한다.
그러나 두 사람은 성격이 전혀 다르다. 가나이는 침착한 소년이고
앞으로 크게 성장할 것으로 보인다. 반면에 하뉴는 조숙한 수재
인데 너무 예민하여 전도가 불투명하다. 둘은 아주 사이가 좋아
같이 놀지만 달리 상대가 없으므로 어린아이들끼리 노는 것이리
라. 그런데 요즘 하뉴와의 교제가 아주 위험해진 듯하다. 하뉴는
가나이보다 두 살 정도 많을 것이다. 그 아이는 도쿄에서 자라 도
시의 악영향을 받은 듯하다. 최근에는 혼자 요릿집에 가서 하녀들
에게 접대받는 것을 즐기는 모습을 본 자가 있다. 술도 마시기 시
작한 듯하다. 더욱 심한 것은 어느 양궁점 여자에게 허리띠를 사
주었다는 것이다. 그 아이는 타락할지도 모른다. 아무래도 가나이
가 함께 타락하지 않도록 떼어놓아야 할 것이다.

이런 말을 누나미가 보호자에게 한 것이었다. 아버지는 이 말
을 한 후 하뉴랑 나쁜 짓을 하지 않았는지, 했다면 사실대로 고백
하고 앞으로 그러지 않겠다고 약속하면 그것으로 괜찮다고 했다.
어쨌든 하뉴와는 앞으로 교제하지 말라고 타일렀다. 어머니도 말
했다. 누나미도 네가 나쁜 짓을 했다고는 말하지 않았다. 네가 무
슨 나쁜 짓을 했을 리가 없다. 앞으로 하뉴라는 아이와 놀지 않으
면 된다.

나는 죄송스러웠다. 그래서 솔직하게 하뉴가 요릿집에 데려갔
다고 말했다. 그러나 그것이 하뉴의 축하연이었다는 것만은 말하

지 않았다.

하뉴와 절교하는 것이 아주 어려울 것으로 생각했으나 실제로는 자연스럽게 해결됐다. 하뉴는 곧 낙제했고, 퇴학을 당했다. 나는 그의 모습을 더는 보지 못하게 되었다.

내가 외국에서 돌아와 결혼을 한 직후였다. 어느 날 내가 집에 없을 때 하뉴 쇼스케라는 명함을 두고 간 사람이 있었다. 그는 주식 매매를 하는 사람이라는 말을 남기고 돌아갔다고 했다.

*

그해 여름방학은 무코지마에서 지냈다.

그때 좋은 친구가 생겼다. 그는 이즈미바시의 도쿄의학교 예과에 다니는 비토 에이치(尾藤裔一)라는 동년배 소년이었다. 에이치의 부친은 영주님 저택에서 회계를 담당하는 사람으로, 문안(文案)을 담당한 한노 등과 같은 대우를 받았다. 집도 우리와 이웃해 있었다.

아버지는 저택 가까운 곳에 작은 밭이 딸린 집을 사서 이런저런 채소 키우는 것을 즐겼다. 에이치가 그곳으로 놀러오든가 내가 에이치의 집으로 가든가 하며 거의 붙어다녔다.

에이치는 누런색을 띤 평평한 얼굴에 내성적인 소년으로 한학을 잘했다. 당시의 유명한 한학자 기쿠치 산케이(菊池三溪)를 좋아했다. 나는 에이치에게 산케이의 시집 《청운루시초(晴雲樓詩抄)》와 기담집 《본조우초신지(本朝虞初新誌)》를 빌려 읽었다. 그리고 산케이의 작품이 나왔다고 해서 나도 아사쿠사에 가 문예잡지 《가게

쓰신시(花月新誌)》를 사서 읽었다. 둘이서 한시를 짓거나 한문 소품도 써보며 같이 놀았다.

에이치는 어린 도덕군자였다. 하뉴와 이야기를 할 때는 나를 방치하고 조금도 구속하지 않았으나, 에이치와 무슨 대화를 할 때는 조금이라도 천박하고 외설스런 말이 나오면 정색을 하고 화를 냈다. 그의 신조는 모름지기 사람은 과거에 급제한 후 스승의 딸 같은 여자의 사랑을 받으며 그녀를 정식 부인으로 맞이할 때까지 색을 가까이해서는 안 된다는 것이었다. 그리고 천하에 이름을 알린 명사가 되면 소동파처럼 기생에게도 사랑받게 될 터이니 그때는 비단 손수건에 시라도 써줘야 한다고 했다.

에이치의 집에 가면 에이치가 부친을 따라 나가 집에 없을 때가 있었다. 그럴 때 종종 긴 머리를 목덜미까지 늘어뜨린 한노와 마주쳤다. 밖에서 에이치를 부르면 한노는 내가 들어가기 전에 안에서 문을 열고 나와 돌아가버렸다. 에이치의 어머니가 뒤에서 따라 나와 한노를 배웅하고는 나를 상냥하게 맞았다.

에이치의 어머니는 계모였다. 언젠가 에이치와 함께 《청운루시초》를 읽는데, 계모에게 괴롭힘을 당하는 처녀의 일화를 읊은 시가 있었다. 나는 문득 생각이 나서, "너, 엄마가 친엄마가 아니라는데 괴롭히지 않니" 하고 물었다. "아니, 괴롭히지 않아"라고 대답했으나 에이치는 계모 이야기를 하는 것을 싫어하는 듯했다.

어느 날 에이치의 집에 놀러갔을 때였다. 8월의 화창한 날 오후 두 시경이던가. 집집마다 대나무 울타리로 둘러친 작은 뜰이 붙어 있었다. 에이치의 집 뜰에는 어디서 사다 심은 듯한 나무가 너댓 그루 여기저기 있었다. 해가 모래땅에 쨍쨍 내리쬐었다. 영주님 저택의 정원 숲에서 시끄럽게 우는 매미 소리가 들렸다. 문을 닫은 에이치의 집은 조용했다. 나는 대나무 울타리 사이의 작은 문을 열고 평소처럼 에이치를 불렀다.

"에이치."

대답이 없었다.

"에이치, 없냐?"

문이 열렸다. 머리를 목덜미까지 늘어뜨린 한노가 나왔다. 그는 흰 얼굴에 민틋하게 내려온 어깨를 가진 남자로 키가 크고 유창한 도쿄 말을 썼다.

"에이치는 나갔다. 우리 집에도 좀 놀러오지."

이렇게 말하고 이웃의 자기 집으로 돌아갔다. 겉옷의 뒷면에 화려한 무늬가 가득했다. 에이치의 계모가 무릎걸음으로 문지방을 넘어왔다. 연두색 끈으로 묶은 머리를 양손으로 매만지면서 내게 말을 걸었다. 계모는 도쿄에 온 지 얼마 되지 않았다고 하나 그녀도 유창한 도쿄 말을 썼다.

"어머, 가나이구나. 어서 들어오너라."

"예. 그런데 에이치가 없으면……."

"아버지가 낚시하는 데 데려간다니 따라가버렸네. 에이치가 없어도 괜찮지 않니? 자, 이리 와 앉아라."

"예."

나는 마지못해 마루에 앉았다. 계모는 일어나기 귀찮은 듯 무릎걸음으로 다가와 한쪽 무릎을 세우고 내 옆에 바싹 붙어 앉았다. 땀과 분, 머릿기름 냄새가 났다. 나는 몸을 조금 옆으로 돌렸다. 계모는 뜻 모를 미소를 지었다.

"너는 에이치 같은 아이랑 잘 놀아주네. 그런 무뚝뚝한 아이는 없을 거야."

계모는 눈, 코, 입이 아주 큰 사람이었다. 그리고 입이 네모난 듯 느껴졌다.

"저는 에이치가 아주 좋은데요."

"나는 싫단다."

계모는 볼을 바짝 대고 옆에서 내 얼굴을 들여다보았다. 숨이 얼굴이 닿았다. 묘하게 뜨거운 느낌이었다. 그와 동시에 나는 갑자기 계모가 여자라는 사실을 떠올리고 왠지 무서워졌다. 아마 나는 창백해졌을 것이다.

"저, 또 올게요."

"어머, 그냥 있지 그래."

나는 서둘러 일어나서 서너 번 인사를 하고 달려나갔다. 영주님 저택 숲속의 연못물이 작은 둑을 넘쳐 흘러내려오는 도랑이 있었다. 그 도랑 가의 쇠뜨기가 무성한 모래땅에 선 큰 나무가 조금 서쪽으로 그림자를 드리우고 있었다. 나는 그곳까지 달려가서 모래 위에 드러누웠다. 바로 위쪽에 능소화가 불타오르는 듯 만발해 있었다. 매미가 시끄럽게 울어댔다. 그 밖에는 아무 소리도 들리지 않았다. 팬(Pan) 신은 아직 눈을 뜨지 않은 시각[30]이었다. 나는 여러 가지 상상을 했다.

그 후로는 에이치와 말을 해도 계모에 대해서는 전혀 이야기를 꺼내지 않았다.

---

30 그리스 신화에서 목축, 수렵, 숲의 신으로 대낮에 낮잠을 잔다.

*

열다섯 살이 되었다.

연말 시험에 낙제생이 대거 나와 모든 학급에서 퇴학생이 나올 정도였다. 그리고 이 희생자들의 과반수가 연파에서 나왔다. 하뉴 같은 어린 학생조차 함께 퇴교되었다.

헨미도 퇴학당했다. 그러나 그는 최근에 급격하게 연화되어 옷 소매를 길게 하고, 하카마의 아랫자락을 길게 늘어뜨렸으며, 하늘로 솟았던 종려나무 같은 머리털에 향유를 발라 차분하게 만지고 다녔다.

이때 내게 고가(古賀)와 고지마(兒島)라는 두 명의 친구가 생겼다.

고가는 광대뼈가 튀어나온 각진 붉은 얼굴에 몸집이 컸다. 아다치라는 미소년을 특별히 보호하는 것을 비롯하여 옷차림에 이르기까지 누가 보더라도 경파 가운데 빛나는 존재였다. 그가 전해 가을부터 내게 접근하려고 노력했다. 나는 단도의 손잡이를 움켜쥐지 않을 수 없었다.

그런데 퇴학 소동 후에 기숙사의 방 배정이 달라져 고가와 같은 방을 쓰게 되었다. 와니구치는 얼굴에 조롱의 빛을 띠고 이렇게 말했다.

"너, 고가 방에 가서 사랑받겠그만. 아하하하."

와니구치는 예전처럼 아버지의 말투를 흉내 냈다. 이 남자는 나를 전혀 보호해주지 않았다. 오히려 내게 관심을 보이지 않은 것이 다행이었다. 그의 시니컬한 언동은 내게 시종 불쾌감을 주었으나 어쨌든 그도 기묘한 성격을 가진 사람이었다. 동급생 시인이

248

그에게 보낸 시의 마지막에, "깊고 고요한 밤/대나무 창에 기대어/한비자를 읽다"라고 쓰여 있었다. 남들은 그를 두려워했다. 그것이 내게는 간접적인 보호막이 되었다.

그런데 이러한 보호막을 잃고 매우 위험한 고가의 방으로 옮겨 가야 했다. 불현듯 소름이 끼쳤다.

나는 사자 굴에 들어가는 셈치고 이사를 했다. 하뉴가 내 눈을 보고 아래 선이 위로 올라간 삼각형이라고 했는데, 그 역삼각형 눈이 더욱 모나게 보였을 것이다. 고가는 책도 뭣도 놓여 있지 않은 헌 책상 앞에서, 쥐색으로 바랜 헌 모포 위에 책상다리를 하고 앉아 가만히 나를 바라보았다. 큰 얼굴에 비해 작고 동그란 눈에 희색이 흘러넘쳤다.

"나를 무서워하며 도망쳐 다니던 주제에 결국 내 방에 왔구나. 아하하하."

그는 파안대소했다. 익살스럽기도 하고 위엄이 있기도 한 묘한 얼굴이었다. 아무래도 나쁜 놈 같지는 않았다.

"배정을 받았으니 할 수 없지."

꽤 무뚝뚝하게 대답했다.

"너는 내가 헨미와 같다고 생각하지? 나는 그런 인간이 아니야."

나는 잠자코 내 자리를 정돈하기 시작했다. 나는 어릴 때부터 물건을 어지르는 것을 아주 싫어했다. 학교에 들어간 후로는 학과용과 다른 것들을 정확히 구분해놓았다. 그때는 내 공책이 아주 많아져서 다른 사람의 두 배는 되었다. 한 과목당 두 권인데 그것을 모두 교실로 가져가서 선생님의 설명을 들으며 중요한 내용과 단지 참고가 되는 내용을 두 권에 각각 나누어 적었기 때문이다. 그 대신 다른 학생들처럼 기숙사에 돌아가서 정서하는 일은 없었다. 기숙사에서는 그날의 강의 중에 나온 술어의 그리스 라틴 어원을 조사하여 붉은 잉크로 페이지 옆에 주를 달았다. 교실 밖에서의 공부는 거의 그것뿐이었다. 누가 술어가 외기 어렵다고 하면 나는 이해가 가지 않았다. 왜 어원을 조사하지 않고 기계적으로 외우려고 하는지 말해주고 싶었다.

나는 공책과 참고서를 같은 순서로 책꽂이에 꽂아놓았다. 검정색과 붉은색 잉크병이 쓰러지지 않도록 빈 과자상자에 나란히 담아 펜과 함께 책상 안쪽에 놓았다. 그리고 커다란 흡묵지를 펼쳐서 책상 앞쪽에 두었다. 그 왼쪽에 두꺼운 표지로 된 수첩을 두 권 쌓아놓았다. 한 권은 자기 전에 그날의 일을 꼼꼼히 정리하는 일기였다. 또 한 권은 공부와 관계없는 일을 기록하는 비망록으로, 잘 알지도 못하면서 '감주(紺珠)'³¹라는 두 글자를 전서(篆書)로 써놓았다. 그리고 책상 아래에는 무사에 대한 고사를 모은 《정장잡기(貞丈雜記)》 열 권 정도를 숨겨놓았다. 그때 대본소가 보유한 가장 고상한 책이 이런 유의 수필이었다. 나처럼 바킨이나 교덴의 소설을 졸업하면 대개 수필밖에 읽을 것이 없었다. 이런 책에서 무언가 좋은 말을 발견하면 '감주'에 기록했다.

고가는 빙긋이 웃으며 내가 하는 행동을 바라보다가, 책상 밑의 《정장잡기》를 보고 이렇게 말했다.

"그건 무슨 책이야?"

---

31 문지르면 기억이 되살아난다는 감색 구슬.

"《정장잡기》야."

"무슨 내용인데?"

"이 부분에는 의상에 관한 이야기가 실려 있어."

"그런 걸 읽어서 뭐하려고?"

"뭘 하려는 게 아니야."

"그럼 쓸데없는 거잖아."

"그렇다면 내가 이 학교에 들어와 학문을 하는 것도 쓸데없는 일 아냐? 관리나 교사가 되기 위해서도 아니잖아."

"너는 졸업하면 관리나 교사가 되지 않을 셈이냐?"

"그거야 될지도 모르지. 하지만 그러려고 학문을 하는 것은 아니야."

"그럼 알기 위해 학문을 한다. 즉, 학문을 위한 학문을 한다는 말이군."

"음. 뭐, 그렇다고 해야지."

"흠, 너 참 재밌는 아이다."

나는 화가 났다. 처음으로 대화를 나누는데 말끝에 '재밌는 아이'라니, 결말이 너무 무례하다고 생각했다. 나는 역삼각형 눈으로 상대를 노려보았다. 고가는 태연하게 싱글싱글 웃었다. 나는 맥이 빠져서 이런 순진한 남자는 미워할 수가 없다고 생각했다.

그날 저녁 무렵이었다. 고가가 함께 산책을 가자고 했다. 와니구치는 오랜 시간 같은 방에 있어도 같이 산책하자는 말을 한 적이 없었다. 어쨌든 따라가보자고 생각해 승낙했다.

기분 좋은 초여름날 저녁이었다. 우리는 간다(神田) 거리를 걸었다. 헌책방 앞에 이르자 나는 걸음을 멈추고 안을 들여다보았다. 고가도 함께 쳐다보았다. 그 무렵에는 일본인의 시집은 한 권에 5전 정도면 살 수 있었다. 야나기하라 초입에 광장이 있었다. 거기에 커다란 우산을 펼쳐 세워놓고 그 밑에 열두세 살 정도의 예쁜 소녀가 갓포레 춤을 추며 구걸을 하고 있었다. 빅토르 위고의 《노트르담》을 읽을 때 에메랄드라든가 하는 보석 같은 이름의 소녀가 떠올라, 그녀도 저 우산 아래에서 춤을 추는 소녀와 같은 처지라고 생각했다. 고가는 이렇게 말했다.

"어떤 여자애인지 모르지만 참 불쌍하군."

"더 심한 것은 중국인일 거야. 갓난아이를 네모난 상자에 넣어 네모나게 살찌워서 구경거리로 만들었다는 이야기가 있으니 이건 아무것도 아니지."

"어떻게 그런 이야기를 알지?"

"《우초신지》에 나와."

"희한한 것을 읽고 있군. 재밌는 아이다."

이런 식으로 고가는 '재밌는 아이'를 연발했다. 료고쿠를 향해 야나기하라를 걷던 도중에 고가가 장어집 앞에서 발을 멈췄다.

"너, 장어 먹니?"

"먹어."

고가는 장어집으로 들어갔다. 큰 꼬치를 주문하고 술이 나오자 혼자서 맛있게 마셨다. 그러던 중에 목에 뭔가가 걸렸다. "카악" 하고 뱉으니 뭔가가 툇마루 밖 뜰의 대나무 울타리를 넘어 건너편 길로 날아갔다. 나는 놀란 눈으로 쳐다보았다. 그것은 장어였다. 나는 아버지와 함께 장어집에 가서 장어덮밥을 먹은 적이 한 번 있었다. 고가가 얼마치를 구워달라고 주문하는 것에 우선 놀랐으나 그가 먹는 모습을 보고 또 한 번 놀랐다. 고가는 꼬치를 빼고 큰 조각을 젓가락으로 집어서 한입에 넣었다. 말하지는 않았지만 재밌는 놈이라고 생각하며 그를 바라보았다.

그날은 곧바로 기숙사로 돌아왔다. 고가는 잠자리에 들면서 내일 아침에 깨워달라고 부탁하고는 쿨쿨 자버렸다.

새벽 네 시경부터 밖이 훤해졌다. 나는 여섯 시에 일어났다. 얼굴을 씻고 와서 책을 읽었다. 일곱 시에 식당에서 식사 준비를 알리는 딱따기 소리가 들려왔다. 고가를 깨웠다. 고가는 졸린 듯이 눈을 떴다.

"몇 시야?"

"일곱 시."

"아직 일러."

고가는 다시 몸을 휙 돌려서 쿨쿨 잤다. 나는 밥을 먹고 왔다. 삼십분이었다. 여덟 시에는 일과가 시작된다. 다시 고가를 깨웠다.

"몇 시야?"

"일곱 시 삼십분이야."

"아직 괜찮아."

십오 분 전이었다. 나는 간밤에 시간표를 보고 준비해둔 공책과 잉크를 들고서 고가를 깨웠다.

"몇 시야?"

"십오 분 전이야."

고가는 말없이 튀어 일어났다. 그러곤 종이와 수건을 들고 뛰어갔다. 그때부터 변소에 가고, 얼굴을 씻고, 밥을 먹고, 교실로 달려가는 것이었다.

고가 고쿠스케의 평소 생활은 이런 식이었다. 때때로 고가의 친구인 고지마 주지로가 놀러왔다. 고지마의 얼굴은 판화점에 걸린 그림 속의 겐지(源氏)[32]를 닮았다. 고지마는 온몸이 창백했다. 별명이 구렁이였는데 그렇게 부르면 화를 냈다. 그도 그럴 것이 그 별명은 고지마의 몸 어느 부분을 누가 목욕탕에서 보고 붙인 것이라 하니 화를 내는 것도 무리는 아니었다. 고지마는 술을 먹지 못했다. 말하고 행동하는 것이 모두 귀공자 같았다. 유명한 양학자(洋學者)로 칙임관(勅任官)[고위 관리]이 된 자의 동생이었다. 열두 번째 자식이므로 주지로(十二郞)라고 했다.

어떻게 고가와 고지마가 친해졌을까 의아했다. 그래서 계속 관찰하니 둘 사이에 공통점이 보였다.

고가는 부친에 대한 효심이 지극했다. 그런데 부친은 신동이라 불리던 고가의 동생이 요절한 것을 안타까워하며 동생보다 못난 고가를 불효자식으로 취급했다. 고가는 그런 취급을 받을수록 잃어버린 동생의 자리를 대신해 부친을 안심시켜주고자 했다.

고지마는 부친이 일찍 사망하고 모친만 있었다. 모친은 열몇 명의 자식을 혼자서 낳았다. 이 집안도 열세 번째 주사부로(十三郞)라는 아이가 신동으로 사랑을 많이 받았다. 그러나 주사부로는 천재인 대신에 약간 방종한 끼가 있어 어느 신문열람소[33] 여종업원이 반해서 난리가 났는데 그 내용이 신문에 연재소설로 실려버

---

32 11세기에 나온 장편소설 《겐지 이야기》의 주인공. 미남 귀족으로 많은 여인을 섭렵했다.

33 메이지 초기에 만들어진 신문 공동 열람소. 대본소가 부업으로 요금을 받고 차를 내주었다.

렸다. 열람소 주인에게 고용된 여자는 나이가 서른 살이나 더 많은 주인에게 협박을 당하여 첩과 비슷한 처지였다. 그녀가 주사부로를 사모하자 주인이 질투심에 사로잡혀 여자를 학대했다. 여자는 주사부로에게 울면서 달라붙었다. 그 주사부로가 칙임관 댁의 도련님이니 당연히 신문의 호재가 되었다. 그 때문에 주사부로는 어느 훌륭한 집안의 양자로 가려던 계획이 취소되었다. 모친은 주사부로 때문에 마음이 아팠다. 주지로는 모친을 위로하기 위해 열심히 노력했다.

이런 이야기는 내 성욕적 생활과 전혀 관계가 없는 듯하지만 실은 그렇지 않다. 이것은 중대한 관계가 있다.

나는 고가와 점차 친해졌다. 고가를 통해 고지마와도 친하게 지냈다. 그래서 삼각동맹이 성립되었다.

고지마는 숫총각이었다. 그의 성욕적 생활은 제로였다.

고가는 평소 술을 마시면 쿨쿨 자버렸다. 그러나 한 달에 한 번 정도 난폭하게 날뛰는 날이 있었다. 그런 날에는, 오늘 밤 난폭해질 테니 너는 얌전히 자라고 말하고는 발소리를 쿵쿵 내며 복도를 걸어갔다. 누군가의 방 앞에 가서 이름을 불러도 문을 열어주지 않으면 주먹으로 문을 깨부수는 적도 있었다. 저학년의 미소년 아다치의 방에 들어가는 것은 그런 밤이었다. 그런 날에는 외박할 때도 있었다. 다음날 돌아온 고가는 축 늘어져서 어제는 짐승이 되었다고 말하며 후회했다.

고가의 내면에는 성욕적 짐승이 잠자고 있었다. 그 짐승은 묶여 있으나 때때로 속박을 풀고 날뛰었다. 그러나 고가는 마치 요즘 신사가 자기 가정만은 깨끗하게 지키려는 것처럼 자기 방은 신성하게 지켰다. 나는 다행히도 그 신성한 방에 함께 있었다.

고가와 고지마와 나, 우리는 기숙사 전체를 깔보았다. 시간만 나면 셋이 모였다. 평소 성욕적 짐승을 그대로 방치한 학생들은 우리 삼인조 앞에서는 절대 용서받지 못했다. 토요일 오후에 흰 버선을 신고 외출하는 무리는 인간 취급을 받지 못했다. 나의 성욕적 생활이 지연된 것은 오로지 이 삼각동맹 때문이었다. 나중에 생각해보니, 만약 고가가 없었다면 이 동맹은 음울하고 핏기 없는 것이 되었을지도 모른다. 다행히 때때로 날뛰는 고가가 함께했으므로 서로 제재를 가하는 가운데서도 활기를 잃지 않았던 것이다.

어느 토요일이었다. 셋이서 요시와라에 가보기로 했다. 고가가 안내하고 나섰다. 셋 다 고쿠라 하카마에 감색 버선, 박달나무 게다를 끌고 나갔다. 우에노 산에서 네기시를 지나 도오리신초 오른쪽으로 돌아갔다. 오하구로 천변을 지나 요시와라의 대문 쪽으로 갔다. 우리는 요시와라를 종횡으로 활보했다. 우연히 마주치는 연파 학생에게는 재난이었다. 흰 버선이 살금살금 골목길로 도망치는 것이 보이면 우리는 크게 웃어주었다. 나는 그들과 헤어진 후 이마도에서 배를 타고 무코지마로 건너갔다.

*

그해 여름방학도 전해처럼 무코지마의 집에서 보냈다. 그때는 아직 학생이 온천이나 해변으로 피서를 가는 풍습이 없었다. 고향 집에 돌아가 지내는 것이 대부분이었다. 나 같은 하급 관리의 자식은 부모가 있는 집에 돌아가 지내는 것보다 더 유쾌한 것을 상상할 수 없었다.

여전히 비토 에이치와 놀았다. 에이치의 계모는 사라졌다. 나쁜 소문이 나돌아 한노는 면직되어 고향으로 돌아갔다. 에이치의 계모도 친정으로 쫓겨났다.

에이치와 한문으로 작문을 겨루다가 그것이 계기가 되어 정식으로 한문 선생에게 배우고 싶어졌다.

그즈음 무코지마에 분엔(文淵) 선생이라는 분이 있었다. 그는 두 마장 정도의 논을 지나 스미다 강 상류가 바라보이는 곳에 살았다. 이층짜리 안채가 있고 정원의 연못 쪽으로 바깥채인 서재가 있었다. 창고에는 중국 책이 가득하여 서생이 품에 가득 안고 들락거렸다. 선생은 나이가 마흔두셋이었던 것으로 기억한다. 서른 살가량의 부인과 예쁜 딸 두세 명이 안채에 살고 있었다. 선생은 복도와 연결된 서재에서 주로 지냈다. 직책은 편수관(編修官), 월급은 백 엔, 자가용 인력거로 통근했다. 아버지는 부러운 듯, "저 사람은 청복(淸福)³⁴한 자야"라고 말했다. 그때는 백 엔의 월급으로 청복을 얻을 수 있었다.

나는 아버지에게 부탁하여 분엔 선생 댁에 한문을 배우러 가기로 했다. 서생이 선생의 서재로 안내했다. 어떤 긴 문장을 써서 가져가도 선생은 "어디 볼까" 하고 받아서 주필(朱筆)을 해주었다. 선생은 처음부터 읽으면서 고쳐갔다. 읽는 것과 고치는 것이 동시였다. 중요한 글자가 있으면 표시를 하고 지나가므로 그냥 넘어가는 법이 거의 없었다. 종종 시마다 머리를 한 열예닐곱 살 소녀

---

34 욕심이나 번뇌 없이 소박하게 사는 것. 물질적인 복은 탁복(濁福).

가 선생의 식사 시중을 들었다. 돌아와서 어머니에게, 오늘은 선생님 댁의 큰 따님을 보았다고 하니, 그녀는 딸이 아니라 시녀라고 했다. '시녀'라는 말에는 특별한 의미가 있었던 것이다.

어느 날 선생의 책상 밑에 한문책이 보여 꺼내보니 《금병매》였다. 나는 바킨의 《금병매》만 읽었으나 한문 《금병매》가 내용이 크게 다르다는 것은 알고 있었다. 그래서 선생도 겉으로만 꽤 점잖은 체한다고 생각했다.

*

그해 가을이었다. 고가의 기분이 영 좋지 않았다. 병이라고 생각하면 그것도 아니었다. 어느 날 함께 산책하러 나가서 이케노하타를 걷는데 고가가 이렇게 말했다.

"오늘은 네즈로 탐험하러 가는데 같이 갈래?"

"같이 돌아온다면 좋아."

"당연히 돌아오지."

고가가 걸으면서 탐험의 목적을 말했다. 아다치가 네즈의 야와타루(八幡樓)라는 집의 유명한 유녀와 열애에 빠졌다. 여자가 가게에 돈을 대신 내가며 아다치를 부르므로 아다치는 거의 공부를 전폐했다. 여자는 자기 방에 아다치의 속옷 등도 마련해놓았다. 여자의 물건에는 모두 자기 문양과 아다치의 문양이 나란히 새겨져 있었다. 아다치의 얼굴을 이삼일 보지 못하면 히스테리를 일으켰다. 고가가 아무리 말려도 여자가 끌어당기는 힘이 강하여 아다치는 어느덧 야와타루로 몸이 향했다. 고가는 아사쿠사에 있는 아다치의 부모에게 일렀다. 아다치와 그의 어머니는 비통한 대화를 나누었다. 아다치가 기숙사로 돌아오기를 기다려 고가가 어찌 되었냐고 물었다. 아다치는 도리가 없다는 듯 말했다.

"오늘 어머니가 우셔서 난처했어. 어머니가 울면서 죽어버리겠다고 하시는 걸 들으니 마음이 아팠어. 그런데 그 여자도 울면서 죽어버리겠다고 하니 어쩔 수가 없잖아."

고가는 이 이야기를 하면서 분개하여 눈물을 흘렸다. 나는 걸으면서 이 이야기를 듣고 "어떻게 그럴 수가 있지" 하고 말했다. 말은 그렇게 했지만 머릿속으로는 분개하지 않았다.

연애라는 아름다운 꿈은 의식 깊은 곳에 끝없이 잠재해 있었다. 처음 《매화전》을 빌려 읽은 후에, 다시 한학자 친구가 생겨 명대의 괴담집 《전등여화(剪燈餘話)》를 읽었고, 청대의 소설 《연산외사(燕山外史)》와 명대의 설화집 《정사유략(情史類略)》을 읽었다. 이러한 책에 쓰여 있는 청춘남녀의 순진무구한 연애가 몹시 부러웠다. 질투가 났다. 그리고 내가 미남으로 태어나지 않았기 때문에 이런 아름다운 것이 내 손이 닿지 못할 거리에 있다는 걸 생각하니 머릿속에서 고통이 끊이지 않았다.

그러므로 아다치는 자못 유쾌하리라 생각했다. 설령 고통이 있어도 달콤한 것이지, 내 머릿속 깊은 곳에 잠재된 것처럼 쓰라린 고통은 아니라고 생각했다. 그와 동시에 나는 이런 생각을 했다. 고가의 극히 단순한 성격은 사랑할 만하다. 그러나 그가 아다치 때문에 번뇌하는 원인을 생각해보면 조금도 동정할 가치가 없다. 아다치는 오히려 부자연스러운 동성애를 탈피하여 자연의 품으로 달려간 게 아닌가.

고가가 이런 이야기를 고지마에게 했다면 고지마는 함께 눈물을 흘렸을 것이다. 효도는 달리 비할 바 없이 좋은 것이다. 그 덕분에 성욕을 조금이라도 억제할 수 있다면 좋다. 그러나 그렇지 못한 인간이 있는 것도 이상하지 않다. 고지마의 성욕은 대지의 변소 구덩이로 스며들어 사라졌다. 고가의 성욕은 때때로 청소하는 변소의 항아리와 같았다. 이 두 사람과 동맹을 맺고 있는 내가 그런 식으로 성욕의 만족을 구하지 않은 것은 과연 훌륭해서인가? 그것이 매우 의심스러웠다. 만약 고지마처럼 미남으로 태어났다면, 나는 그와 같이 행동하지 않았을지도 모른다. 나는 신성한 동맹의 제단 앞에서 이런 이단적 생각을 했다.

나는 고가의 뒤를 따라서 처음으로 네즈 유곽 입구의 아이조메 교를 건넜다. 고가는 서쪽의 작은 집에 들어가 가게 사람과 말을 나누었다. 나는 문지방 옆에 서 있었다. 그 집은 손님을 유곽에 소개해주는 찻집이었다. 고가는 아다치가 언제 여기에 왔는지 등을 확인하고자 했다. 찻집 사람은 마지못해 대답했다. 고가는 잠시 후 힘없이 밖으로 나왔다. 우리는 잠자코 돌아왔다.

아다치는 얼마 후 퇴학당했다. 1년 정도 지나서 아사쿠사 구에 많은 하녀와 과부를 설레게 하는 미남 순사가 있다는 소문을 들었다. 다시 몇 년 후 고가는 아사쿠사의 오쿠야마에서 허름한 옷에 볼이 홀쭉 팬 미남자를 만났다. 오쿠야마에서 천막을 치고 서커스로 돈을 버는 여자가 있었는데, 그녀의 정부가 아다치의 말로였다고 한다.

*

열여섯 살이 되었다.

나는 그즈음 대학의 예비교였던 영어학교를 졸업하고 대학의 문학부에 들어갔다.

여름방학이 끝난 후에는 하숙생활을 하게 되었다. 나는 고가, 고지마와 함께 거의 매일 밤 연예장에 갔다. 한때 나쁜 습관이 붙어서 연예장에 가지 않으면 잠이 오지 않은 적도 있었다. 야담이 질리면 만담을 들었다. 만담이 질리면 여성 이야기꾼의 설화 낭송을 들었다. 연예장에서 돌아올 때 배가 고파 메밀국수집에 들어가면 유곽의 기둥서방과 창녀가 많았다. 우리는 등불 밑에서 괴상하고 해괴한 그들의 모습을 보며 전율했다. 그러나 "(유곽) 안에까지 싸게"라며 권하는 인력거는 끝내 타지 않았다.

아마 숫총각으로 영어학교를 졸업한 학생은 고지마와 나 정도였으리라. 문학부에 들어간 후에도 삼각동맹의 제재는 여전해 고지마와 나는 전과 다를 바가 없었다.

이 나이 때는 별로 쓸 만한 사건도 없이 지나가버렸다.

*

열일곱 살이 되었다.

그해에 아버지가 어떤 사람의 도움으로 고스게(小菅) 감옥소의 관리가 되었다. 어느 관청의 하급 관리였으나 윗사람이 많아서 승진이 어려웠기 때문이다. 감옥의 관리에게는 관사가 나와서 그곳에 살면 무코지마의 집을 남에게 빌려주고 세를 받을 수 있었다. 월급도 좀 더 많았다. 그래서 아버지는 마음을 정하고 고스게로 이사했다. 나는 토요일에 고스게로 가고 일요일 저녁에 하숙집으로 돌아오곤 했다.

나는 여전히 삼각동맹의 제재를 받았다. 휴일 전날 고스게의 집에 돌아갈 때마다 토리신마치를 지났다. 요시와라 쪽으로 굽어지는 모퉁이의 남쪽은 돌담에 둘러싸인 작은 신사로, 북쪽은 고물상이었다. 고물상은 항상 문이 반쯤 닫혀 있었다. 그 문 한구석에 네모난 종이가 붙어 있었는데 간판장이가 쓴 듯한 글씨로 '아키사다(秋貞)'라고 쓰여 있었다. 고스게를 왕래할 때마다 이 문 앞을 지나는 것이 하나의 즐거움이었다. 그리고 이 문 입구에 그 집 딸이 서 있으면 일주일 동안 왠지 기분이 좋았다. 그녀가 보이지 않으면 일주일 동안 뭔가 허전한 느낌이 들었다.

그녀는 그리 뛰어난 미인은 아니었던 것 같다. 하지만 발그스레한 얼굴에 반짝반짝 이슬이 듣는 듯했고, 또렷하게 맑은 눈은 뭐라 형용할 수 없는 애교가 엿보였다. 막 감은 듯한 깨끗한 머리를 시마다 모양으로 올리고 머리끈 같은 치장도 하지 않았다. 여름에는 화사한 겉옷을 입었고, 겨울에는 목깃에 흰 천을 댄 비단 기모노 차림이었다. 그리고 항상 깨끗한 앞치마를 두르고 있었다.

나는 이때부터 대학을 졸업할 때까지, 아니 다시 2년 후에 해외 유학을 떠날 때까지 그녀를 내 아름다운 꿈의 주인공으로 삼았던 게 틀림없다. 봄의 요염한 자연과 가을의 쓸쓸한 자연에서도 내 정서를 움직이는 것이 있으면, 문득 '아키사다'라는 이름이 입술에 떠올랐다. 실로 한심했다. 왜냐하면 '아키사다'는 가게 안에서 때때로 감색 앞치마 차림으로 일하는 메마른 노인의 이름이자 상호에 불과했던 것이다. 그녀의 이름이 무엇인지도 몰랐다. 그러나 이상하다고 보면 이상하기는 했다. 내가 그녀의 얼굴을 기억한 뒤로 햇수로 5년간, 그녀는 여전히 시집을 가지 않고 처녀로 남아 있었다. 내 공상 속에서 처녀로 있는 것은 이상하지 않으나 그녀가 현실에서도 처녀로 남아 있는 것은 이상한 일이었다. 나는 그 아름다운 꿈속에서, 혹시나 그녀가 고스게를 왕복하는 인력거를 세우고 내가 말을 걸어주기를 기다렸던 것은 아닐까, 하는 생각도 했다. 그러나 나는 꿈이 아닌 현실의 의식 상태에서 그것을 굳게 믿을 정도의 시인도 되지 못했다. 세월이 꽤 지난 후, 우연히 그녀의 정체에 대해 듣게 되었다. 그녀는 바로 근처 절의 주지가 돈을 대주는 여자였다.

하찮은 이야기가 나온 김에 하나 더 비슷한 이야기를 하자. 아버지가 살던 고스게의 관사 옆에 열세 살 정도의 여자아이가 있었다. 그 아이는 거문고를 배웠다. 선생은 시타야의 스기세이라는 여자였다. 그러나 거리가 멀어서 항상 선생의 여제자가 가르치러 왔다. 어머니 말로는 이웃 여자의 연주나 가르치러 온 여자의 연주나 그다지 좋은 소리가 들린 적이 없었다. 그런데 어느 날 전혀 다른 소리가 들렸다. 달리 말하면, 지금까지가 잠꼬대 소리였다면 새로운 소리는 눈이 번쩍 뜨이는 음이었다. 어머니가 이웃 아줌마에게 사정을 물어보니, 연주자는 단지 취미로 거문고를 배우는 스기세이의 제자로 고겐초에 사는 여자였다. 가르치러 오는 여자가 병이 나서 대신 왔다는 것이었다. 그러던 중에 그 거문고의 고수가 어머니에게 칭찬받았다는 얘기를 전해 듣고 조만간 직접 찾아와서 들려주겠다고 했다.

그 후 때때로 휴일에 집에 돌아가 있으면 그녀와 마주치곤 했다. 어릴 적에 수두증이라도 걸렸는가 싶을 정도로 머리가 큰 여자로, 머리숱이 좀 적고 얼굴이 창백하며 눈 밑이 보라색을 띠었다. 성격은 매우 명랑했다. 거문고에 관한 한 실로 천부적인 실력을 선보였다. 그녀가 만약 거문고로 출세하고자 했다면 아마 나중에 스승에게 파문당하여 별도로 자기만의 유파를 일으켰을지도 모른다.

그녀가 점차 어머니와 친해지자 대화 도중에 에둘러 말하는 것 같지만 실은 매우 대담하게, 내 아내가 되고 싶다는 뜻을 비쳤다. 어머니는 아들이 졸업하면 유학을 보내야 하는데 졸업시험 점수에 따라 국비로 가게 될지 어떨지 모르겠다고 했다. 그녀는 "제가 돈이 있으면 모두 다 학비로 드리겠는데요"라는 말도 했다.

어머니도 그녀의 영리한 면을 마음에 들어했다. 그래서 신원을 조회해보았다. 이름은 오레이(お麗), 꽤 높은 자리에 있던 무사 가문의 딸로 부친을 일찍 여의고 고겐초의 셋집에서 모친과 함께 살고 있었다. 그러나 이상한 점은, 그 집에 오빠라는 자가 있었는데, 사람이 너무 순한 것인지 오레이가 그자를 하인처럼 부렸다. 그는 데릴사위로 들어왔던 것이다. 하지만 오레이는 그자와 결혼하는 게 싫어 집을 그에게 넘겨주고 다른 곳에 시집가고 싶다고 했다. 오레이의 희망은 적어도 학사쯤 되는 남자를 남편으로 맞이하는 것이었다. 그리고 내가 바로 그 대상에 적합하다는 것이었다.

어머니는 오빠라는 자가 있는 것이 영 마음에 들지 않았다. 나는 머리 좋고 명랑한 이 여자가 싫지는 않았으나 아내를 일찍 얻고 싶은 마음이 없었으므로, 이 혼담은 어떻게 진행될 것도 없이 물이 모래땅에 스며들듯 흐지부지 사라졌다.

이것은 성욕의 문제는 물론 아니다. 그렇다고 해서 연예 문제라고도 할 수 없다. 말하자면 막 시작되다가 사라진 혼담에 불과하지만 생각이 나서 써둔다. 오레이는 원하던 대로 어떤 학사의 부인이 되어 요코하마 근처에 산다고 한다.

*

열여덟 살이 되었다.

여름방학 때의 일이다. 졸업시험이 다가와 어딘가 조용한 곳에 가서 공부하고 싶었다. 다행히 무코지마의 집이 세든 사람이 없어 비어 있었다. 그곳에 책을 가지고 들어갔다. 어머니가 이삼일에 한 번씩 와서 이것저것 챙겨주었다. 식재료만 갖다주면 스스로 끓여 먹겠다고 말했지만 어머니는 미덥지 않아 했다.

이 이야기를 이웃집 정원사가 들었다. 아버지가 밭에 채소를 심을 때 이런저런 조언을 해줘서 친하게 지내는 정원사였다. 정원사의 부인이 친절하게도 이런 제안을 했다. 정원사에게 오초(お蝶)라는 열네 살짜리 딸이 있다. 열여섯 살로 보일 만큼 덩치가 크지만 아직 아이다. 요리는 썩 잘하지 못한다. 그러나 도련님보다는 잘할 것이다. 이 아이를 빌려주겠다. 어머니는 동의했다. 나는 애초부터 여자를 둔다는 것에 반대했으나 오초가 코를 흘리며 아기를 업고 있는 것을 본 적이 있었다. 그 아이라면 괜찮겠다 싶어 동의했다.

오초는 아침에 와서 밤에 돌아갔다. 통통히 살이 오른 큰 얼굴에 작은 눈코가 붙어 있었다. 이제 코는 흘리지 않았다. 나의 하녀가 된다고 하니 스스로 머리를 올려 시마다 머리를 했다. 큰 얼굴 위에 작은 상투가 얹혀 있는 모습이 꽤 가관이었다.

식사 때는 오초가 시중을 들었다. 나는 그 모습을 보고 아무래도 이름처럼 나비(蝶)가 아니라 모기 같다고 생각했다. 보려고 애쓰지 않아도 자연히 얼굴이 보였다. 좀 위로 붙은 눈썹 밑에 옆으로 찢어진 눈이 있는데 양 눈 사이가 아주 좁았다. 고개를 숙이고 그 눈으로 애교를 부리며 나를 보는 모습이 우스꽝스러웠다.

오초는 열심히 일했다. 나는 저녁때 시중을 들게 하는 것 말고는 무엇을 해도 신경쓰지 않았다. 반찬은 무엇으로 할까요 하고 물으면 아무거나 좋으니 네 집에서 먹던 것을 만들라고 했다. 그런 식으로 이 주일 정도가 지났다.

어느 날, 올해는 친척집에 가 있겠다던 비토 에이치가 갑자기 찾아왔다. 마침 학과 공부에 질려 있던 때여서 기쁘게 말을 걸었으나 에이치는 아주 시무룩했다. 이상했다.

"너, 무슨 일 있어?"

"본과에 들어가는 걸 관두기로 했어."

"왜?"

"실은 너를 만나지 않고 고향으로 돌아가려고 생각했어. 그런데 아버지께 하직 인사를 오니 네가 와 있다고 하시기에 만나러 왔지."

오초가 차를 가지고 왔다. 에이치는 차를 한 모금 마시고 이야기를 이어갔다. 에이치의 학비는 부친한테서 나오는 게 아니었다.

266

고비키초에서 장사하는 큰아버지가 대고 있었다. 그런데 요즘 큰아버지 집이 어려워져서 결국 학업을 중단하게 되었다. 그래서 고향으로 돌아가 소학교 교사라도 하려고 생각했다. 그러나 교사가 된다고 해도 별도로 뭔가 하고 싶었다. 서양 학문을 하기에는 소양이 부족한 데다가 새 책을 사기도 쉽지 않았다. 그래서 임시방편으로 큰아버지가 준 돈의 대부분을 한문 서적을 사는 데 써버렸다. 고향에 돌아가 그 책들을 읽으며 지내겠다는 것이었다.

나는 매우 안타까웠다. 그러나 뭐라고 해줄 말이 없었다. 의미 없는 위로의 말을 한다면 에이치는 오히려 화를 낼 터였다. 할 수 없이 아무 말도 하지 않았다.

잠시 후 에이치가 돌아간다고 했다. 그리고 일어나면서 느닷없이 이런 말을 내뱉었다.

"큰아버지 가게가 망한 것은 큰엄마 때문이야."

"큰엄마가 어떤 사람인데?"

"큰아버지 집에 있던 하녀였어."

"흠."

"그 여자가 끝내 떨어지지 않는 거야. 내조까지 바라는 건 무리일지도 모르지만, 엉뚱한 여자가 달라붙어서 떨어지지 않는 것은 일생일대의 불행이야. 자, 그럼 잘 있어."

에이치는 휑하니 돌아갔다.

나는 멍하니 뒷모습을 바라보았다. 부엌문에 걸린 발 사이로 문을 나서는 친구의 모습이 보였다. 흰 겉옷에 밀짚모자를 쓴 에이치는 오후의 햇볕이 쨍쨍 내리쬐는 울타리 옆길로 검고 짧은 그림자를 끌며 멀어져 갔다.

에이치는 나를 은근히 비난하고 돌아갔다. 나는 좀 화가 났다. 이 정도 일이야 남에게 싫은 소리를 들을 이유가 없다고 생각했다. 그것도 사람에 따라 다르다. 만사 나보다 둔하다고 생각한 사람치고는 너무 심한 말이었다. 게다가 오초가 무슨 대단한 존재인가. 나는 여자라고 생각해본 적이 전혀 없었다. 사람을 모르는 데다 오해해도 도가 지나치다고 생각했다.

책상으로 돌아가 읽다 만 책을 펼쳤다. 그러나 아무래도 에이치가 한 말이 마음에 걸렸다. 나는 오초를 아무렇지도 않게 생각했다. 그러나 오초는 나를 어떻게 생각할까? 나와 오초는 거의 말을 나누지 않으니 오초가 뭐라고 말한 기억이 없다. 무언가 기억에 남는 것이 없는지 생각하니 문득 그날 아침 일이 생각났다. 아침 산책을 나갈 때 오초는 모기장을 개고 있었다. 삼십 분 정도 걷다가 돌아와 보니, 오초는 개어놓은 모기장을 앞에 두고 눈은 허공을 향한 채 멍하니 앉아 있었다. 이미 치웠으리라 생각했는데 뜻밖이었다. 그때 나는 좀 게을러졌구나 생각했다. 그때 오초는 삼십 분 동안 무슨 생각을 하고 있었을까? 생각이 여기에 미치니 무언가 발견한 듯한 기분이 들었다.

이때부터 나는 오초를 주의 깊게 보았다. 다른 눈으로 오초를 지켜보았다. 밥을 차려줄 때도 그녀의 표정에 주의했다. 그러다 보니 이런 일도 있었다. 처음에 오초는 고개를 숙이고 있었지만 때때로 내 얼굴을 보았다. 그런데 요즘은 내 얼굴을 전혀 보지 않는다. 태도가 확실히 달라진 것이다.

정원을 걸을 때 그때까지는 부엌 앞을 지나도, 안에서 달그락거리는 소리를 들어도 그쪽을 보지 않고 지나쳤으나 이번에는 보면서 지나갔다. 오초가 무언가를 썼다가 손을 멈추고 허공을 보며 가만히 있는 것이 눈에 띄었다. 무슨 생각을 하는 듯했다.

식사 시중을 들러 왔을 때 내 관찰의 눈은 더욱 예리해졌다. 그녀는 아무 말 없이 얼굴도 들지 않았으나, 그녀의 신경 상태가 내게 감응되어오는 느낌이었다. 그녀의 몸이 전기나 뭔가가 축적된 물체라도 되는 것처럼 느껴졌다. 그리고 나는 점차 불안해졌다.

책을 보다가도 부엌 쪽에서 소리가 나면 오초가 무엇을 하는지 생각했다. 오초는 부르면 곧 왔다. 그것이 당연하지만 부르기를 기다렸구나 하는 생각이 들었다. 저녁이 되면 인사를 하고 부엌 쪽으로 갔다. 오초가 게다를 신고 나가 문을 닫는 소리가 들릴 때까지 나는 귀를 기울였다. 그 시간이 너무 길게 느껴졌다. 돌아가는 길에 내가 불러 세우기를 기다렸던 건 아닐까? 나의 불안은 더욱 커졌다.

그즈음 나는 이런 생각을 했다. 에이치는 예민한 남자가 아니다. 그러나 그는 부친의 집에 있을 때도, 큰아버지의 집에 있을 때도 내 집과는 다른 분위기에서 살았다. 그래서 잠깐 차를 가지고 나왔을 뿐인 오초의 태도를 보고 무슨 발견을 한 게 아니었을까?

어느 날 어머니가 왔다. 나는 이제 무코지마가 지겨우니 고스게로 돌아가고 싶다고 말했다. 어머니는 그렇다면 왜 엽서라도 보내지 않았느냐고 했다. 나는 막 편지를 보내려던 참이었다고 둘러댔다. 실은 어머니가 와서 갑자기 생각난 것이었다. 나는 어머니에게 오초와 정원사 댁에 인사를 전해달라 부탁했다. 그러고는 책을 두세 권 들고 서둘러 고스게로 돌아갔다.

오초의 정신이나 신경에 무언가 변한 것이 있는지, 연애 감정이 싹텄는지 성욕이 동했는지, 그렇지 않으면 내 상상력이 실체도 없는 것을 그려낸 것인지, 결국 아무것도 모른 채 끝나버렸다.

*

열아홉 살이 되었다.

7월에 대학을 졸업했다. 사람들은 내 나이만 보고 겨우 스무 살에 학사가 됐다며 대단하다고 말했다. 실은 스무 살도 채 되지 않았는데 말이다. 결국 여자라는 존재도 모른 채 졸업했다. 이것은 확실히 고가와 고지마 탓이었다. 그리고 고지마도 나보다 나이는 위였지만 그 역시 여자를 몰랐던 것 같다.

그즈음 연회가 자주 열렸다. 우에노의 마쓰겐이라는 요릿집이 단골집이었다. 그곳에 졸업생 일동이 교수님들을 모셨다.

스키야마치, 도보초에서 게이샤와 오샤쿠가 많이 왔다. 연회에서 게이샤를 본 것은 이때가 처음이었다.

지금도 학생들이 졸업할 때마다 사은회라는 것을 한다. 그러나 그때를 돌이켜보면 손님이나 게이샤나 지금과는 모습이 많이 달랐다.

지금은 학사가 되면 특별히 우대받지는 않더라도 그렇게 소홀한 대접도 받지 않는 듯하다. 그때 게이샤는 나 같은 사람은 인간으로 취급하지 않았다.

그날 밤 마쓰겐의 연회는 또렷하게 내 기억에 남아 있다. 방 안쪽에 나란히 앉은 교수들 앞으로 졸업생들이 돌아가면서 잔을 받으러 갔다. 교수들 중에는 일부러 졸업생들 앞에까지 와서 이야기하는 이도 있었다. 자리가 꽤 혼란스러웠다. 멍하니 앉아 있는데 왼쪽에서 누가 내 얼굴 앞으로 잔을 내밀었다.

"손님."

게이샤의 목소리였다.

"음."

나는 잔을 받으려고 했다. 그런데 잔을 든 게이샤가 그것을 획 뺐다.

"손님 말고요!"

게이샤는 꾸짖듯이 나를 흘끔 보고는 내 오른쪽에 잔을 내밀었다. 어이가 없었다. 오른쪽에 있던 사람은 모 교수였다. 그는 게이샤에게 거의 등을 돌리고 오른쪽에 앉은 사람과 말을 나누고 있었다. 내 눈에는 교수의 겉옷 뒤에 찍힌 문양이 보였던 것이다. 교수는 그제야 눈치채고 잔을 받았다. 내가 아무리 멍청해도 남에게 내민 잔을 옆에서 가로채지는 않는다. 나는 사람 등에다가 잔을 내미는 자가 있으리라고는 생각지도 못했던 것이다.

나는 이때 완전히 정신이 들었다. 예컨대 지금까지 소용돌이 속에 있다가 뭍으로 날아올라서 너울대는 파도를 바라보는 듯했다. 연회석이 객관적으로 눈에 들어왔다.

교실에서 엄숙한 얼굴만 보이던 모 교수가 환하게 웃었다. 내바로 옆의 졸업생을 붙잡고 어떤 게이샤가 "손님, 내 이름은 볼(ball)이에요. 꼭 기억해요"라고 말했다. 아마 오다마라는 이름이었을 것이다. 자리에 앉아 있던 오샤쿠들이 전부 일어나 흥겨운 춤을 추었다. 아무도 보는 이가 없었다. 누구는 잔을 던져 주고받고, 누구는 춤추는 오샤쿠들 사이로 뛰어들어 춤을 추었다. 어떤 게이샤는 근처에 놓인 샤미센이 밟힐 것 같다며 서둘러 치웠다. 아까 나를 놀린 게이샤는 가장 언니뻘인 듯 계속 큰 소리로 떠들며 좌중을 챙기고 돌아다녔다.

내 왼쪽 두세 사람 건너에 고지마가 멍하니 앉아 있었다. 정신이 들기 전의 내 모습과 별반 다르지 않았다. 그 앞에 게이샤가 한 사람 앉아 있었다. 균형 잡힌 날씬한 몸매에 얼굴도 아름다웠다. 만약 눈 주위를 돋보이게 화장했다면 서양 그림에 나오는 여신의 얼굴이 되었으리라. 연회가 시작될 쯤 주안상을 들고 들어올 때부터 내 주의를 끈 여자였다. 동료가 고이쿠(小幾)라고 부르는 것까지 내 귀에 들렸다. 고이쿠가 계속 고지마에게 말을 걸었다. 고지마는 마지못해 대답했다. 들으려고 한 것은 아니나 그들의 대화가 내 귀에 들려왔다.

"손님, 뭘 제일 좋아하세요?"

"긴돈[35]이 제일 맛있지."

고지마는 진지하게 대답했다. 스물세 살 당당한 미남 대장부의 대답으로는 어울리지 않았다. 요즘 사은회에 나오는 졸업생 중에는 찾아봐도 이런 자가 없으리라는 것은 확실하다. 머리가 매우 맑아진 나는 안타깝기도 하고 우습기도 했다.

"그래요?"

고이쿠는 상냥한 목소리를 남기고 자리에서 일어났다. 나는 일종의 흥미를 느끼고 상황을 지켜보았다. 잠시 후 고이쿠가 큰 덮밥

---

35 삶아 으깬 고구마에 설탕을 넣고 밤이나 강낭콩을 섞어 만든 것으로 어린아이가 좋아한다.

같은 것을 가져와 고지마 앞에 놓았다. 그것은 긴돈이었다.

고지마는 연회가 끝날 때까지 내내 긴돈을 먹었다. 고이쿠는 그 앞에 붙어 앉아서 긴돈 속에 든 밤이 하나하나 고지마의 아름다운 입속으로 들어가는 것을 지켜보았다.

나는 고이쿠를 위해 고지마가 가급적 많은 긴돈을 천천히 먹기를 바라며 먼저 슬며시 일어나 집으로 돌아갔다.

나중에 들으니 고이쿠는 시타야 제일의 미인이라 했다. 고지마는 그저 이 미인이 정성스럽게 바친 긴돈을 먹었을 뿐 둘 사이에는 아무 일도 없었다. 고이쿠는 지금 모 정당에 속한 저명한 정치인의 부인이다.

*

스무 살이 되었다.

졸업한 학사 동기들은 줄줄이 취직 자리를 찾아갔는데 대개 지방의 교사직을 얻어 내려갔다. 나는 졸업 성적이 좋았기 때문에 국비로 유학을 떠나게 되리라는 말이 있었다. 그러나 그것이 좀체 결정되지 않아서 아버지가 걱정했다. 나는 태연하게 고스게의 관사에서 뒹굴며 책을 읽었다.

놀러오는 사람도 거의 없었다. 고가는 모 관청의 참사관이 되어 결혼도 한 후 처가에서 출퇴근했다. 고지마는 그전에 오사카의 어느 회사에 입사가 결정되어 도쿄를 떠났다. 그를 배웅하러 신바시에 갔을 때 고가가 내 귀에 속삭였다.

"내 처가 되겠다는 여자가 있다네. 이상하지 않은가?"

이 말은 겸손함에서 나온 말이 아니었다. 고지마에 비하여 세상 물정에 꽤 밝은 고가도 역시나 삼각동맹의 한 축인 만큼 순진한 남자였다. 나는 이상하다고는 생각지 않았다.

나에게도 혼담을 가져오는 사람이 있었다. 어머니는 설령 유학을 떠난다고 해도 처를 얻어두는 게 좋겠다고 했다. 아버지는 별다른 의견이 없었다. 그래서 어머니가 권했지만 나는 건성으로 대답했다. 어머니는 내 생각을 알지 못했다. 나는 또 생각은 있지만 말하고 싶지 않았다. 말하더라도 몹시 표현하기 어려울 듯했다. 어머니는 계속 권유했다. 어느 날 결국 빠져나갈 수가 없어 이런 말을 했다.

아내는 어차피 언젠가 얻게 될 것이다. 그런데 내가 싫은 여자는 곤란하다. 싫은지 좋은지는 내가 결정하면 그만이다. 그러나 여자 입장에서도 싫은 남자를 만나면 곤란할 것이다. 낳아준 부모에게 이렇게 말하는 것은 불효인 듯하나, 여자가 내 외모를 보고 좋게 생각하기란 좀 상상하기 어렵다. 자신의 평범함을 잘 아는 어떤 여자가 나를 보고 이 정도면 참을 만하다고 말해줄 수도 있다. 그러나 굳이 참아줄 필요는 없다. 그런 거라면 내가 거절하겠다.

그렇다면 내 영혼은 어떤가? 아주 훌륭한 영혼을 가졌다고는 생각지 않지만 지금까지 여러 사람을 만나본바, 내 영혼은 부끄러워 감추고 싶을 정도라고는 생각지 않는다. 영혼의 시험을 본다면 내가 반드시 낙제한다고는 생각지 않는다.

그리고 결혼 풍습을 보자면 외모의 맞선은 있으나 영혼의 맞선은 없다. 외모의 맞선이라는 것조차 중매쟁이가 하는 말을 들으면 항상 상대방 얼굴은 볼 필요도 없다고 한다. 여자는 남자가 좋은지 싫은지 말하지 않는다. 단지 내가 봐서 좋은지 싫은지 말하면 된다는 것이다. 여자 부모는 딸을 파는 사람이고 나는 그것을 사는 사람이라도 된 듯하다. 여자는 물건 취급을 받는다. 만약 로마법에 여자에 대해 쓰여 있다면, 노예처럼 여자라는 단어에도 '재산'이라는 말을 붙여야 할 것이다. 나는 예쁜 장난감을 사러 갈 마음이 없다.

대충 이런 말을 어머니가 가급적 알아들을 수 있도록 설명했다. 어머니는 내가 영혼에서는 낙제하지 않으나 외모로는 낙제할 듯하다는 말이 크게 불만이었다. "난 너를 병신으로 낳은 기억이 없다"라며 분을 참지 못하는 어조로 말했다. 나도 매우 미안했다.

그리고 남자가 여자를 고르는 것처럼 여자도 남자를 고르는 것이 정당한 맞선이라는 주장도 어머니는 인정하지 않았다. 어머니 말씀은 이랬다. 대개 그런 말은 남녀동권이라든가 하는 말과 같은 성질의 것이다. 옛날부터 여염집 여자는 맞선을 본 남자를 거부하는 경우가 있었다. 하지만 무사 가문의 여자는 남자의 혼을 보고 시집가는 것이므로 얼굴을 놓고 이러쿵저러쿵 말하지 않는다. 그것이 일본만의 풍습일지라도 좋은 게 좋지 않은가. 네 아버지가 했던 얘기 중에 서양의 왕이 부하를 이웃 나라에 보내 신붓감을 보게 한다는 얘기가 있었다. 그렇다면 서양에서도 왕같이 훌륭한 사람들은 일본식으로 아내를 맞이하지 않느냐? 서양 풍습은 가급적 말하지 않으려고 했는데 어머니가 서양의 예를 인용하기에 좀 당황스러웠다.

하고 싶은 말은 많았으나 더 반박하는 것도 좋지 않다 싶어 그것으로 입을 다물어버렸다.

이런 이야기가 나오고 며칠 후, 아버지와 친하게 지내는 안나카라(安中)는 의사가 와서, 유명 귀족을 조상으로 둔 어느 명가의 규수를 얻으라고 권했다. 규수는 반초(番町)의 이치조(一條)라는 화가의 집에 있었다. 언제라도 보여줄 수 있다고 했다. 어머니는 당연히 내게 맞선을 권했다.

나는 갑자기 나가볼 마음이 생겼다. 이상했다. 규수를 보려는 것이 아니라 맞선이라는 것을 경험해보고자 했던 것이다. 좀 무책임한 행동 같지만, 나는 어떤 규수도 얻지 않겠다고 결심한 것은 아니었다. 마음이 내키면 얻으려는 생각은 있었다.

3월경이던가, 아직 추운 날이었다. 나는 안나카 씨를 따라서 반초에 있는 이치조 씨의 집으로 갔다. 검은 문이 음산한 느낌을 풍기는 집이었다. 주인의 방으로 보이는 8조 다다미 방으로 안내를 받았다. 안나카 씨와 화로를 둘러싸고 잡담을 하는데 주인이 나왔다. 쉰 살 정도로 보이는 활달한 남자였다. 그는 그림에 관련된 이야기를 했다. 잠시 후 안주인이 규수를 데리고 나왔다.

주인 부부는 여러 가지 이야기를 하며 좌중을 이끌어갔다.

"천천히 마음껏 얘기를 나누게. 술을 좀 내올까?"

나는 술을 마시지 않는다고 했다. 주인이 그렇다면 무엇을 먹겠느냐며 고개를 갸웃거렸다. 그즈음 나는 충치를 앓았기 때문에 집에서는 자주 메밀수제비를 먹었다. 그래서 근처에 메밀국수 간판이 있는 걸 봤는데 메밀수제비가 먹고 싶다고 했다. 주인이 거참 재미있는 주문이라고 말하며 웃었다. 부인이 하녀를 불러 지시했다.

규수는 이때까지 무릎에 손을 얹고 부인 오른쪽에 얌전히 앉아 있었다. 동그랗고 통통한 얼굴에 눈초리가 좀 올라가 있었다. 아래를 보지 않고 정면을 향하고 있었는데 조금도 주눅든 모습이 아니었다. 얼굴에는 이렇다 할 표정이 없었다. 그러다가 메밀수제비를 주문하는 것을 듣고 불현듯 빙긋이 웃었다.

나는 메밀수제비 주문이 고지마의 긴돈에 뒤지지 않는다는 생각이 들어 혼자 웃었다. 잠시 메밀수제비로 이야기꽃을 피웠다. 주인도 메밀수제비를 먹어본 적이 있다고 했다. 언젠가 병에 걸려 거친 음식을 먹을 수 없어서 한 달이나 메밀수제비만 먹었다는 것이다. 부인이 그때는 정말로 질렸다고 말하더니 깜박 실수했다는 듯 내게 사과했다.

나는 메밀수제비를 얻어먹고 돌아왔다. 주인 부부는 물론 규수도 현관까지 나와 배웅을 해주었다.

돌아오는 길에 안나카 씨가 답을 재촉했으나 뭐라고 말할 수가 없었다. 나로서도 잘 알 수 없었기 때문이다. 규수가 대단한 미인이라고는 생각하지 않았다. 그러나 꽤 훌륭한 규수라고 생각했다. 확실히 품격은 있었다. 모르긴 해도 비뚤어진 면이 없고 솔직한 성격인 듯했다. 그런데 막상 아내로 맞아볼까 하면 전혀 그러고 싶지 않았다. 그렇다고 결코 싫지는 않았다. 만약 내 신상에 관계가 없는 사람이라면 좋은 여자라고 평할 것이다. 그러나 아무래도 아내로 맞이하고 싶은 마음은 생기지 않았다. 훌륭하기는 하나 그런 규수는 그녀 외에도 많을 것이다. 왜 특별히 그녀여야 하는지 알 수 없었다. 그런 생각을 하면 아내로 맞아들일 수 있는 여자가 없으리라고 스스로 반박도 해보았다. 그래도 아내로 맞이하고 싶은 마음은 없었다. 이럴 때 남들은 어떻게 결심하는지 궁금했다. 남들은 혹시 성적 자극을 받아 결혼을 결심하는 게 아닐까? 그것이 내게는 결여되어 있으므로, 좋아도 그런 마음이 들지 않는 게 아닐까? 내가 골똘히 생각하고 있는 것을 보고 안나카 씨가 "조만간에 다시 찾아가지"라고 했다. 우리는 규단 언덕 위에서 헤어졌다.

집에 돌아오자 어머니가 기다리고 있다가 어땠냐고 물었다. 나는 대답을 주저했다.

"그래, 어떻게 생긴 여자니?"

"글쎄요, 용모가 단정한 규수예요. 눈이 좀 올라갔고요. 저는 잘 모르지만, 검은 옷에 흰 목깃을 댔더라고요. 허리띠에 은장도를 끼워놓아도 어울릴 듯한 여자예요."

내가 문득 이렇게 묘사한 것을 듣고 어머니는 매우 마음에 들어했다. 은장도를 지니고 있을 법하다는 것이 믿음직스러웠던 것이다. 어머니는 아주 적극적으로 권했다. 안나카 씨도 두세 번 대답을 들으러 왔다. 그러나 나는 끝내 대답을 하지 않았다.

훗날 이 규수는 내가 아는 궁내성 관리의 부인이 되었으나 1년쯤 뒤에 병으로 죽었다.

*

같은 해 초겨울이었다.

이윽고 내년에는 유학을 가게 되리라는 말이 나왔다. 나는 여전히 고스게의 집에서 빈둥거렸다. 센주(千住)에 한시회가 있어서 회원들의 집에서 차례로 월차회를 열었다. 어느 날 모임에서 미와자키 세이하(三輪崎霽波)라는 시인과 친해졌다. 세이하가 말하길, 자기는 〈자유신문〉의 문예란을 담당하고 있는데 뭐든지 좋으니 글을 써달라고 했다. 나는 거절했다. 그래도 세이하는 계속 부탁했다. 그렇다면 익명으로 해도 좋으냐고 물으니 괜찮다고 했다. 나는 비밀을 철저히 지켜준다는 조건으로 승낙했다.

그날 밤, 돌아와서 무엇을 쓰면 좋을까 누워서 생각했으나 이렇다 할 생각이 떠오르지 않았다. 다음날은 잊어버렸다. 그다음 날 아침, 집에서 오래전부터 구독하던 〈요미우리신문〉을 보니 내 이름이 나와 있었다. 철학과를 우등으로 졸업한 가나이 시즈카 씨가 〈자유신문〉에 글을 쓴다는 등의 내용이 쓰여 있었다. 나는 놀라서 그젯밤의 일을 떠올렸다. 그리고 이렇게 생각했다. 나는 비밀을 지켜주는 조건으로 기고한다고 했다. 그 비밀을 상대방이 지키지 않았으니 기고하지 않아도 된다.

그러자 세이하로부터 독촉 편지가 왔다. 약속을 어겼으니 기고하지 않겠다고 대답했다. 결국 세이하가 직접 찾아왔다.

"요미우리 기사는 정말 미안하게 됐네. 모쪼록 그 기사는 용서하고 써주게. 그렇지 않으면 내가 신문사에 식언한 것이 되니까."

"흠, 내가 그렇게 말했는데도 어째서 요미우리에 발설했나?"

"내가 왜 발설을 하겠나."

"그럼 어떻게 기사가 나왔지?"

"사정이 이렇다네. 내가 신문사에 말했지. 물론 자네에게 아무 말도 하지 않았을 때부터 신문사 내에서 말했던 거야. 내가 한시회에 초청되어 가서 자네를 만났다고 하니 사장을 비롯하여 모두가 자네에게 뭔가 꼭 써달라고 부탁하라더군. 나는 아무 생각 없이 알겠다고 했지. 그래서 자네에게 말했는데 계속 어렵다고 해서 내가 온갖 말로 설득했잖은가. 난 신문사에 돌아가 자랑스럽게 보고했지. 요미우리에는 회사 사람 누군가가 알렸나 봐. 그건 나도 몰랐네. 내가 죄를 다 짊어져도 좋네. 납작 엎드려서 사죄하지. 제발 좀 써주게."

"좋아, 쓰지. 그런데 나는 신문사의 생각을 모르겠네. 내가 지금까지 전례가 없는 최연소 학사인 데다가 우등으로 졸업했으니 신문이 내 이름을 냈겠지. 어떤 것이든 쓰게 해보려고 말이야. 그렇지만 신문사는 내 글이 수작인지 졸작인지는 관심이 없어. 화제를 모으긴 하겠지. 그러나 그것은 신문사 경영자로서도 실로 짧은 생각이 아닌가. 나의 이해득실을 말하는 게 아니라 신문사의 이해득실을 말하는 거네. 그렇게 하는 것보다 잠자코 내가 익명으로 쓴 글을 주고, 글이 졸작이면 그것으로 끝날 게 아닌가. 아무리 졸작이라도 왜 그런 글을 실었냐며 신문사가 비난받을 정도는 아니라 생각하네. 그렇지만 만일 내가 쓴 글이 호평을 받는다면 글쓴이가 누군지 궁금해하겠지. 그때 자네 신문사에서 나를 소개한다면 좋지 않겠는가. 신문사에 근무하는 안목 있는 자가 나를 발견했다고 하면 신문사의 명예가 아니겠는가. 나는 그렇게 잘 쓸 거라고는 생각지 않지만, 문학사 아무개라는 이름만 떠들어대는 것이 신문사의 본분이 아니라고 생각하니 말하는 것일세."

"그래, 자네 말이 당연하네. 그러나 그건 비현실적인 면이 있네."

"그럴까? 신문사라는 곳은 의외로 이해 못할 사람들이 모여 있는 듯하군."

"그런가? 졌네, 졌어. 아하하하."

세이하는 이런 이야기를 하고 돌아갔다. 나는 세이하가 돌아가자 곧바로 책상에 앉아 원고지 10여 매를 단번에 써서 우편으로 부쳤다. 이런 글을 쓰는 데는 퇴고도 뭐도 필요 없다는 오만함이 다소 없지는 않았다.

다음날 내 글이 제1면에 실린 신문이 도착했다. 밤에 도착한 원고라 이리저리 편집하는 데 애를 많이 먹었다는 말은 나중에 들었다. 세이하의 감사 편지가 들어 있었다.

그 신문은 지금도 어딘가에 있을 텐데 꺼내보려고 해도 좀체 찾을 수 없다. 아무래도 꽤 이상한 내용을 썼던 것으로 기억한다. 머리도 꼬리도 없는 듯한 글이었다. 그때는 신문에 잡록(雜錄)이라는 것이 있었다. 조야신문(朝野新聞)〉은 나루시마 류호쿠(成島柳北)의 잡록으로 판매가 늘었다. 진지한 고증에 재미가 있고, 기발한 논리를 펼치며 정곡을 찔렀다. 종종 그의 얘기가 인구에 회자됐다. 그즈음 나는 엑스타인(Eckstein)[36]이 쓴 《신문 문예란의 역사》를 모 교수로부터 빌려 읽었던 터라 일단 잡록의 체재로 서양의 문예란 형식으로 써본 것이었다.

내가 쓴 글은 약간의 관심을 끌었다. 두세 군데 신문에 연달아 내 글에 대한 독자 감상문이 실렸다. 내가 쓴 글은 서정적인 면도 있지만 작은 이야기나 고증 같은 면도 있었다. 지금이라면 사람들이 소설이라고 평했을 것이다.

누구는 소설이라고 멋대로 규정하고는 잡보보다 못하다고 말

---

[36] 1845~1900. 독일의 소설가.

했으리라. 정열이라는 말이 당시에는 없었는데 있었다면 정열이 없다고도 했을 것이다. 현학이라는 말도 유행하지 않았으나 유행했다면 이 경우에 사용되었을 것이다.

그 밖에 자기변호라든가 하는 죄명도 아직 없었다. 나는 어떤 예술품이든 자기변호 아닌 것은 없다고 생각한다. 인생 자체가 자기변호인 것이다. 모든 생물의 삶이 자기변호이다. 나뭇잎에 앉은 청개구리는 푸른색을 띠고 벽에 앉으면 흙색을 띤다. 풀숲에 출몰하는 도마뱀은 등에 녹색 줄무늬가 있다. 사막에 사는 것은 모래빛깔을 띤다. 의태(擬態, mimicry)는 곧 자기변호이다. 문장이 자기변호인 것도 같은 이치이다.

나는 다행히 그런 비난을 받지 않았다. 내가 쓴 글의 존재권도 의심받지 않고 끝났다. 그것은 존재권이 가장 의심스러우며, 지적으로나 심적으로 사람에게 아무것도 주지 못하는 비평이라는 것이 그즈음에는 아직 나오지 않았기 때문이다.

일주일 정도 지난 어느 날 오후, 세이하가 다시 찾아왔다. 신문사 사장이 글을 써준 데 대한 답례로 접대하라는 지시를 내렸으니 같이 나가자고 했다. 동석하는 사람은 하라구치 안사이(原口安齋)라는 시인이고 세이하는 사장을 대신하여 호스트 역할을 한다는 것이었다.

나는 인력거를 불러서 세이하의 인력거를 따라갔다. 우리는 간다 신사 옆의 요릿집에 들어갔다. 안사이가 먼저 와서 기다리고 있었다. 술이 나왔다. 게이샤도 왔다. 그런데 나는 술을 먹지 못했다. 안사이도 마찬가지였다. 세이하가 혼자 먹고 혼자 떠들었다. 세 손님은 장사(壯士)와 학생이 뒤섞인 모습으로, 가장 장사 같은 이가 세이하, 가장 학생 같은 이가 안사이였다. 두 사람은 감색 솜옷에 똑같은 하오리를 입고 있었다. 안사이는 점잖은 성격이지만 술자리에 익숙한 듯 세이하와는 떠들지 않고 게이샤와 이야기하며 잔을 주고받았다.

나는 소외된 느낌이었다. 그즈음 나는 아버지가 고향에서 행사 때 입던 가문의 문양이 들어간 검은 외투가 질기고 좋다고 하기에 어머니에게 고쳐달라고 하여 평상복으로 입었다. 그날도 그것을 입은 채로 세이하를 따라나섰다. 그리고 두 자 정도 되는 쇠담뱃대를 들고 있었다. 이것은 내가 더 이상 단도를 지닐 필요가 없어졌을 때, 마침 담배를 피우기 시작했으므로 호신용을 겸해 만든 것이었다. 나는 작은 주머니에서 꺼낸 담뱃잎을 채워 피웠다. 술도 마시지 않고 말도 하지 않았다.

그러나 그때의 게이샤는 이상한 학생도 많이 상대했던 터라 나를 보고 별로 놀라지 않았다. 거리낌 없이 큰 소리를 내며 세이하와 함께 떠들었다.

열한 시 반경이 되었다. 하녀가 와서 "인력거가 모였습니다"라고 말했다. '모였습니다'라는 말이 좀 이상했으나 별로 괘념치 않았다. 세이하가 앞장서서 문을 나가 인력거를 탔다. 안사이와 나도 각자 인력거에 올랐다. 나는 "오센주 지나 고스게로" 하고 인력거꾼에게 말했다. 인력거꾼은 대답도 하지 않고 인력거의 손잡이를 들었다.

세이하의 인력거가 제일 앞에서 달렸다. 다음이 안사이, 마지막이 나였다. 인력거 석 대가 연이어 날아가듯이 달렸다. 흔들리는 등불 아래 함성을 지르며 오나리미치를 지나 우에노를 향해

갔다. 거리의 가게는 거의 다 문을 닫은 뒤였다. 음식점의 등과 촛불을 파는 가게의 창문에 비치는 등불들이 마치 뒤로 달리는 것처럼 보였다. 거리에 사람이 적었다. 때때로 만나는 사람들은 약속이나 한 듯 일제히 우리가 탄 인력거를 뒤돌아보았다.

인력거는 어디로 가는 것일까? 나는 직접 경험하지는 않았지만 인력거꾼이 어딘가로 갈 때 이런 식으로 달린다는 것을 들은 적이 있었다.

히로코지를 지나 나카초로 돌아가는 모퉁이 근처에 이르렀을 때, 안사이가 인력거 위에서 뒤를 돌아보며 "도망가죠"라고 말했다. 안사이의 인력거는 나카초로 돌아갔다.

안사이는 사실 유전적 고질병을 앓고 있었다. 몸이 남들 같지 않았다. 지금 인력거로 가는 곳에는 따라갈 수 없었다.

나는 인력거꾼에게 "저 인력거를 따라가죠"라고 말했다. 고스게 쪽은 나카초로 가면 안 되지만, 어쨌든 세이하와 헤어지기만 하면 어떻게든 되겠지 싶었다. 나를 태운 인력거는 주저하면서 나카초 쪽으로 방향을 틀었다.

이때 세이하의 인력거가 다리 북쪽으로 건너갔다가 다시 되돌아왔다. 세이하가 인력거 위에서 큰 소리로 외쳤다.

"어이, 도망가면 안 돼!"

나를 태운 인력거는 다시 세이하의 인력거를 뒤따라갔다. 세이하는 자꾸 뒤돌아보며 내 인력거를 감시했다.

나는 다시 탈주를 시도하지 않았다. 내가 굳이 고집을 부렸다면 세이하도 차마 억지를 부리지 못했을 것이다. 그러나 나를 꼭 끌고 가려고 한 것만은 틀림없었다. 나는 우에노 사거리에서 세이하와 싸우고 싶지 않았다. 게다가 나는 지기 싫어하는 성격이다. 나는 세이하에게 바보 취급을 당하는 것이 불쾌했다. 이런 오기는 사람을 죄악의 구덩이에 빠뜨리기 쉽다. 대단히 위험한 것이다. 나도 이런 오기 때문에 가고 싶지 않은 곳에 가게 된 것이다. 그리고 내가 세이하를 따라가게 된 또 하나의 이유를 빠뜨릴 수가 없다. 그것은 미지의 것에 끌리는 호기심이었다.

두 대의 인력거가 대문으로 들어갔다. 세이하의 인력거꾼이 "어느 찻집인가요" 하고 물었다. 세이하는 꾸짖듯이 어느 집 이름을 외쳤다. 가재집이든가 새우집이든가 하는 갑각류 이름이었다.

열두 시가 훨씬 넘은 시각이었다. 좌우에 늘어선 집들은 모두 문이 닫혀 있었다. 인력거는 어느 커다란 집의 문 앞에 섰다. 세이하가 문을 두드리자 작은 쪽문이 열리고 한 남자가 나와 허리를 연방 굽실거리며, 찻집이 어쩌구저쩌구하며[37] 세이하와 작은 소리로 대화했다. 잠시 입씨름을 한 끝에 우리 두 사람은 문 안으로 안내를 받았다.

이층에 올라가자 세이하는 어디론가 가버렸다. 중년 여자가 나를 어느 방으로 안내했다.

좁고 긴 방의 양쪽은 장지문이 붙어 있고 그 옆은 바로 복도였다. 방의 넓은 쪽 벽면에는 여닫이문이 달린 검은 옷장이 있고, 옷장 서랍에는 화려한 황동 장식이 박혀 있었다. 홍등 빛에 그것들이 반짝반짝 빛났다. 넓은 쪽의 다른 한 면은 네 짝으로 된 접이

---

[37] 원래 유곽에 직접 가지 않고 '찻집'이라는 소개소를 경유하는 것이 관례였다. 윗문장에서도 인력거꾼이 어느 찻집이냐고 묻지만 세이하는 직접 가라고 한다.

문이었다. 전등은 화로 옆에 있고, 화로의 약한 불 위에 커다란 주전자가 놓여 있었다.

중년 여자는 나를 이 방으로 안내해놓고 어디론가 가버렸다. 나는 외투를 벗지 않고 쇠담뱃대를 든 채로 화로 앞 방석에 앉았다.

간다에서 먹기 싫은 술을 억지로 대여섯 잔 마신 탓에 목이 말랐다. 주전자에 손을 대보니 적당히 식어 있었다. 옆에 있는 잔에 부어 보니 짙은 엽차였다. 나는 단숨에 꿀꺽꿀꺽 마셨다.

그때, 내 뒤에 있던 접이문이 스르륵 열리고 여자가 나와서 등불 옆에 섰다. 연극 무대에서 본 적이 있는 오이랑[38]처럼 큰 머리 모양에 커다란 빗을 꽂고 화려한 치마를 바닥에 끌고 있었다. 이목구비가 단정한 흰 얼굴이 작아 보였다. 조금 전의 중년 여자가 따라와서 방석을 뒤집어놓자 그곳에 앉았다. 그리고 잠자코 웃는 얼굴로 나를 보았다. 나는 말없이 굳은 얼굴로 여자를 보았다.

중년 여자의 눈길이 내가 비워버린 찻잔에 가서 멈췄다.

"손님, 주전자에 든 것을 마셨나요?"

"응, 마셨지."

"어머나."

중년 여자가 묘한 얼굴로 여자를 보았다. 여자는 이번에는 환히 웃었다. 하얗고 가지런한 이가 불빛에 반짝였다. 중년 여자가 내게 물었다.

"어떤 맛이던가요?"

"맛이 좋던데."

---

38 요시와라 유곽에서 지위가 높은 고급 유녀.

286

두 여자는 다시 한번 눈을 마주쳤다. 여자가 환히 웃었다. 하얀 이가 또 한 번 빛났다. 주전자에 든 것은 차가 아니었던 것 같다. 내가 무엇을 마셨는지는 지금도 모른다. 아마도 탕약 같은 것이었으리라. 설마 외용약은 아니었을 것이다.

중년 여자가 여자의 머리 장식을 떼어서 옆에 놓았다. 그리고 일어나 검은 옷장에서 가운을 꺼내 여자에게 입혔다. 화려한 줄무늬의 자주색 비단 깃이 덧대어 있었다. 중년 여자는 유곽에서 소위 반신(番新)이라 부르는 도우미였을 것이다. 여자는 잠자코 가운에 손을 넣었다. 드물게 흰 손이었다. 반신이 이렇게 말했다.

"손님도 늦으셨으니 이제 저쪽으로."

"자는 건가?"

"예."

"나는 자지 않아도 되네."

반신과 여자는 세 번째로 눈을 마주쳤다. 여자가 세 번째로 환하게 웃었다. 하얀 이가 세 번째로 빛났다. 반신이 불쑥 내 옆으로 다가왔다.

"손님, 버선을."

탈의의 달인이 내 버선을 벗기는 솜씨는 실로 놀라웠다. 그리고 나를 부드럽게, 저항이 불가능하도록 접이문 저쪽으로 끌고 갔다.

다다미가 여덟 장 깔린 방이었다. 정면은 도코노마로, 자루 속에 넣어둔 거문고가 세워져 있었다. 검은 옻칠을 하고 금가루를 뿌린 옷걸이가 칸막이를 겸해 방 가운데에 서 있고 그 한쪽에 이부자리가 펴져 있었다. 달인은 부드럽게, 게다가 저항할 수 없도

성적 인생 287

록 나를 자리에 뉘어버렸다. 나는 고백한다. 반신의 솜씨는 정말로 교묘했다. 그러나 반항하는 것이 절대로 불가능하지는 않았다. 내 저항력을 마비시킨 것은 확실히 나의 성욕이었다.

나는 세이하에게 간다는 말도 없이 인력거를 불러 돌아왔다. 고소게에 돌아오니 집은 조용하게 문이 잠겨 있었다. 문을 두드리자 곧 어머니가 나와 열어주었다.

"꽤 늦었구나."

"예, 많이 늦었습니다."

어머니의 얼굴에는 어떤 표정이 있었다. 그러나 뭐라고 하지는 않았다. 나는 그때 어머니의 얼굴을 지금까지도 잊을 수가 없다. 나는 단지 "안녕히 주무세요"라고 말하고는 내 방으로 들어갔다. 시계를 보니 세 시 반이었다. 나는 그대로 이부자리에 들어가 푹 잤다.

다음날 아침 식사를 할 때 아버지가, 세이하라던가 하는 남자는 방탕한 생활을 하여 술을 먹으면 새벽까지 먹는다던데, 그게 사실이라면 그자와는 교제하지 않는 편이 좋겠다고 말했다. 어머니는 잠자코 있었다. 나는 세이하와는 성격이 맞지 않아 친하게 지낼 생각이 없다고 말했다. 사실이 그랬다.

내 방에 돌아와서 어제 일을 생각해보았다. 그것이 성욕의 충족인가? 연애의 성취는 그것에 도달하는 데 불과한 것인가? 시시했다. 하지만 그와 동시에 나는 뜻밖에도 후회되지 않았다. 양심의 가책도 느끼지 않았다. 물론 그런 곳에 가는 것은 나쁘다고 생각했다. 그런 곳에 가려고 작정하고 내 집의 문지방을 넘어서 나가는 경우가 있으리라고는 생각지 않았다. 그러나 그런 곳에 우연히 가게 된 것은 어쩔 수 없다고 생각했다. 예를 들면, 사람과 싸우는 것은 나쁜 일이다. 싸우고자 의도하여 밖에 나가는 일은 없다. 그러나 밖에 나가서 싸울 수도 있다. 그와 같은 이치라고 생각했다.

그리고 어떤 불안 같은 것이 내 마음속에 자리 잡았다. 혹시 나쁜 병이라도 걸리지 않을까 하는 걱정이었다. 싸운 뒤에도 시간이 지나서 타박상의 통증이 느껴질 수가 있다. 여자로부터 병을 얻었다면 그 정도로 끝나지 않는다. 자손에게까지 화가 미칠지도 모른다. 우선 다음날 느낀 심리적인 변화는 대략 이런 것으로, 생각보다는 미미했다. 게다가 마치 공기의 파동이 공간이 멀어짐에 따라 희미해지듯이, 이러한 심리적인 변화도 시간이 지남에 따라 엷어졌다.

그것과는 반대로, 내 감정에 하나의 변화가 생겨 그것이 날마다 또렷이 부각되기 시작했다. 그것이 뭐냐 하면, 나는 그전까지 여자를 대할 때 왠지 뒷걸음질치며 패기 없이 얼굴을 붉히거나 말을 더듬었다. 그런데 그것이 고쳐졌다. 이런 예는 옛날에 누군가가 어디서 말한 듯한데, 나는 이른바 기사의 작위를 받았던 것이다.

이 일이 있고 나서 한동안 어머니는 평소와 달리 나를 주의 깊게 보는 듯했다. 추측건대 세상에서 흔히 말하는 사랑의 열병에 걸리지 않았나 생각했으리라. 그것은 기우였다.

내가 만약 사실대로 쓰지 않는다면 요시와라에 간 적은 그때뿐이라고 말할 것이다. 그러나 조금도 거짓 없이 쓰고자 하므로 여기에 덧붙일 일이 있다. 그것은 훨씬 후의 일이다. 아내가 일찍 세상을 떠나고 두 번째 아내를 얻기 전이다.

어느 가을 저녁, 고가가 지금의 내 집에 놀러왔다. 돌아가는 길에 그는 우에노 근처까지 함께 가자고 했다. 그래서 문을 나섰는데 사이구사(三枝)라는 자가 마침 나를 찾아오던 참이었다. 그는 내 친척으로 고가도 아는 사이였기에 같이 가자고 했다. 그래서 셋은 아오이시 요코초(靑石橫町)의 식당 이요몽(伊豫紋)에서 저녁을 먹었다.

사이구사는 화류계에 정통한 것을 자랑하는 남자로, 이제부터 요시와라의 재미있는 곳을 보여주겠다고 했다. 아마 내가 독신이라고 과도하게 배려했던 것 같다. 고가가 웃으면서 가자고 했다. 나는 마지못해 동의했다.

우리는 요시와라의 대문 밖에 도착해 인력거에서 내렸다. 사이구사가 앞장서서 어슬렁거리며 걸어갔다. 무슨 거리인지 알 수 없는 좁은 골목길로 꺾어져 들어갔다. 집들의 격자문 앞에 여자가 나와서 밖에 서 있는 남자와 말을 나누고 있었다. 소격자(小格子)라고 하는 하급 유곽이었으리라. 남자는 대개 종업원용 겉옷을 걸치고 있었다. 사이구사는 한 남자를 보고 "잘생겼군" 하고 말했다. 씩씩하고 멋있게 생긴 남자였다. 사이구사의 이상적인 호남자는 겉옷을 걸친 자들 중에 있는 듯했다. 사이구사는 "잠깐 실례"라고 말하자마자 좁은 사거리에 앉아 콩을 볶고 있는 노인에게 가서 볶은 콩을 한 봉지 사다가 옷소매에 넣었다. 그리고 좀 더 걷다가 고가와 나를 돌아보고 "여기네" 하며 불쑥 어느 집으로 들어갔다. 단골집으로 보였다.

우리는 이층으로 올라갔다. 사이구사는 허리를 연방 굽실대는 남자와 콩을 집어 먹으면서 말을 나누었다. 잠시 후 나는 아주 좁은 방으로 안내되었다. 방 안에는 등잔불과 재떨이가 놓여 있었다. 이부자리도 깔려 있었다. 방석이 없어서 할 수 없이 이부자리

한가운데에 앉았다. 담배에 불을 붙여 피우고 있으니 뒤쪽의 문이 열렸다. 여자가 들어왔다. 얼굴이 창백하고 순하게 생긴 중년 여자였다. 웃으면서 여자가 말했다.

"왜 눕지 않으시고?"

"나는 자지 않을 생각이야."

"어머, 그래요?"

"혈색이 아주 안 좋군. 어디 아픈가?"

"예. 흉막염으로 이삼일 전까지 병원에 있었어요."

"그래? 그러면 손님 받는 게 힘들지 않나?"

"아뇨. 이제 괜찮아요."

"그래?"

잠시 얼굴을 마주보았다. 여자가 여전히 웃으면서 말했다.

"손님, 좀 이상해요."

"뭐가?"

"그렇게 계시니."

"그러면 팔씨름이라도 할까?"

"제가 금방 지죠."

"아냐. 나도 세지 않아. 여자 팔 힘도 무시하지 못한다던데."

"어머, 농담도 잘하시네."

"자, 이리로."

이불 위에 팔꿈치를 대고 오른손을 맞잡았다. 여자는 전혀 힘이 없었다. 아무리 힘을 줘보라고 해도 소용없었다. 나는 전혀 힘을 쓰지 않고 여자의 팔을 넘겨버렸다.

문밖에서 고가와 사이구사가 불렀다. 나는 두 사람과 함께 그곳을 나왔다. 이것이 나의 두 번째이자 마지막 요시와라 방문이었다. 말이 나온 김에 여기에 덧붙인다.

*

스물한 살 때였다.

이윽고 유학이 결정났다. 그러나 정식 사령장은 받지 못했다. 대학의 사정으로 여름에나 되리라는 것이었다.

여기저기 혼담을 나누며 어머니는 계속 애를 쓰고 있었다.

고가가 나중에 도움이 될 것이라며 나를 모 관청의 참사관인 모치즈키(望月)라는 이에게 소개했다. 그는 원로 정치인의 사위였다. 시타야의 다이시게(大茂)라는 마치아이(待合)[39]에서 주로 놀았다. 교제를 위해서는 때때로 나도 마치아이에 가야 했다. 게이샤를 너댓 명 불러서 잡담을 하다가 돌아오곤 했다. 그즈음에는 물가도 싸서 게이샤 한 명당 3~4천 엔이었다. 나는 고가가 근무하는 관청의 번역물을 받아서 작업했으므로 돈이 여유가 있었다. 그때는 법률 번역은 한 장에 3엔 정도 받았다. 그래서 50엔 정도는 항상 가지고 있었다. 그런데 모치즈키는 나와 같이 가면 언제나 그냥 술만 마시고 돌아갔다. 고가가 말했다.

"자네 앞이라 꺼리는 것일지도 몰라. 내가 거리낌 없게 만들어주지."

어느날 밤 고가가 주인아줌마에게 뭐라고 말했다. 내가 이때

---

39 남녀의 밀회나 게이샤와의 놀이에 방을 빌려주는 찻집.

고가에게 저항하지 않았던 것은 게이샤가 어떤 행동을 할 것인가 하는 호기심 때문이었다.

1월 말이던가. 추운 밤이었다. 여느 때처럼 셋이서 시타야의 젊고 예쁜 게이샤를 불러 모아 잡담을 하며 놀았다. 그곳에 주인아줌마가 들어왔다. 모치즈키가 일부러 묘한 소리를 냈다.

"할멈."

"뭐라고요! 모치즈키 씨, 얼굴이 아주 번질거리네요. 따뜻한 물로 닦으세요."

주인아줌마는 하녀에게 수건을 짜서 가져오게 하여 모치즈키의 얼굴을 닦았다. 남자답게 멋진 얼굴이 깨끗해졌다. 나 같은 얼굴은 닦아도 보람이 없으니 신경쓰지 않는 듯했다.

"가나이 씨, 이리로 좀."

아줌마가 일어났다. 나는 따라서 복도로 나갔다. 하녀가 기다리고 있다가 나를 다른 방으로 데려갔다. 본 적이 없는 게이샤가 기다리고 있었다. 술자리에 흔히 부르는 게이샤와는 다른 듯했다. 좀 쓰기 거북하지만, 나는 '허리띠도 풀지 않고'라는 말은 정숙한 아내가 허리띠를 풀고 잘 틈도 없이 남편을 간병할 때만 쓰는 말이 아니라는 것을 비로소 알게 되었다.

사실을 숨기지 않고 쓰건대, 그 후에도 마치아이에 갔으나 그곳다운 경험을 한 것은 그때가 처음이자 마지막이었다.

며칠 동안, 예의 불안이 의식의 밑바닥에서 고개를 들었다. 그러나 다행히 아무 일도 없었다.

따뜻해진 어느 날, 고가와 후키누키정에 강담사 엔초의 이야기를 들으러 갔다. 바로 옆에 쉰 살 정도의 뚱뚱한 노인이 게이샤를 데리고 와 있었다. 그녀가 바로 그 '허리띠' 게이샤였다. 그녀와 나는 서로 공기를 바라보듯 무덤덤하게 쳐다보았다.

*

같은 해 6월 7일에 유학 사령장을 받았다. 행선지는 독일이었다. 독일인 집에 독일어 교습을 받으러 갔다. 이키자카 독일어학교 시절의 공부가 큰 도움이 되었다.

8월 24일 요코하마에서 배를 탔다. 결국 아내도 얻지 못하고 떠난 것이다.

*

가나이는 어느 밤 여기까지 썼다. 집 안이 쥐죽은듯 조용했다. 창밖에는 장맛비가 내렸다. 정원의 수목에 내리는 둔탁하고 부드러운 빗소리 사이로, 물받이에 흘러내리는 빗물 소리가 좔좔 들렸다. 니시가타마치의 거리는 인적이 끊어져 우산을 때리는 빗소리도, 질척이는 길을 걷는 게다 소리도 들리지 않았다.

가나이는 팔짱을 끼고 생각에 잠겼다.

쓰다 만 내용의 다음이 두서없이 떠올랐다. 베를린의 운터덴린덴 대로 서쪽에 있는 작은 카페가 생각났다. 카페 크렙스(Krebs). 일본 유학생이 주로 모이는 곳으로 '게집'이라고 불렀다. 가나이는 몇 번을 가도 여자에게 손을 대지 않았다. 어느 날 밤 가장 아름다우며, 무슨 일이 있어도 일본인과는 나가지 않는다는 여자가 꼭 가나이와 함께 나가겠다고 했다. 가나이는 거절했다. 그러자 여자가 성질을 내며 커피 잔을 바닥에 던져 깨버렸다.

그리고 칼슈트라제의 하숙집이 떠올랐다. 집주인 할머니의 조카라는 여자가 매일 밤 잠옷 차림으로 와서 가나이가 누워 있는 침대 가장자리에 앉아서 삼십 분씩 이야기했다. "할머니가 안 자고 기다리니 그냥 이야기만 하고 온다면 괜찮다고 하셨어요. 괜찮죠? 싫지 않죠?" 피부의 온기가 이불을 통해 전해졌다. 가나이가 임차법 몇 조인가에 따라 석 달 치 하숙비를 지불하고 도망가자, 매일 밤 꿈에 나타난다고 쓴 편지가 계속 왔다.

라이프치히 문 입구의 홍등을 매단 집들이 떠올랐다. 밝은 색 파마 머리에 금가루를 뿌리고 붉은 옷을 대충 걸친 여자를 손님들이 한 사람씩 옆에 끼고 있었다. 가나이는 "나는 폐병이야, 옆에 오면 옮아"라고 소리쳤다.

빈의 호텔이 떠올랐다. 임시로 고용한 가나이를 데리고 걸어가던 상관이 손을 잡았다며 화를 낸 호텔의 하녀가 있었다. 가나이는 바보스런 적개심이 일어나 출발하기 전날 "오늘 밤 네 방에 갈게"라고 말했다. 그러자 그녀의 대답은 메아리처럼 빨랐다. "오른쪽 복도 끝이에요. 구두를 신고 오면 안 돼요." 그녀는 방 안에 향수를 질식할 정도로 뿌리고 복도를 걸어오는 가나이의 발소리를 기다렸다.

뮌헨의 카페가 떠올랐다. 일본인들이 무리지어 자주 가던 곳이다. 그곳 단골손님 중에 약간 무뢰한 같은 현지 미남과 함께 오던 대단한 미인이 있었다. 일본인들 모두 그녀를 극구 칭찬했다.

어느 날 밤 그 두 사람이 있을 때 가나이는 화장실에 갔다. 뒤에서 빠른 걸음으로 화장실에 들어오는 사람이 있었다. 곧 마른 두 팔이 가나이의 목에 감겼다. 가나이는 뜨거운 키스를 받았다. 가나이의 손에 명함이 한 장 쥐어졌다. 돌풍처럼 몸을 돌려 떠나는 이는 바로 그 여자였다. 번지가 쓰여 있는 명함에 '11시 30분'이라고 연필로 적혀 있었다.

가나이는 속된 것에 관여하지 않는 자기를 겁쟁이라고 놀리는 일본인들에게 보란 듯이 분풀이를 하고 싶어졌다. 그래서 모험 삼아 랑데부를 하러 갔다. 배에 임신한 흔적[임신선]이 있는 여자였다. 그녀가 전당포에 잡힌 무도회 의상을 찾기 위해 그런 짓을 했다는 것을 나중에 알게 되었다. 일본인들은 모두 놀랐다. 가나이도 꽤 나쁜 짓을 했던 것이다. 그러나 가나이는 한 번도 자신이 공세를 취할 정도로 강하게 성욕에 휘둘린 적은 없었다. 항상 진지를 지키고만 있다가, 어리석은 호기심과 과도한 오기 때문에 때때로 불필요하게 충돌한 것에 불과했다.

처음 펜을 들었을 때 가나이는 결혼할 때까지의 일들을 쓸 작정이었다. 가나이가 서양에서 돌아온 것은 스물다섯 살 되던 해 가을이었다. 곧바로 얻은 첫 아내는 장남을 낳고 사망했다. 그리고 한동안 혼자 지내다가 서른두 살에 열일곱 살이 된 지금의 아내를 얻었다. 그래서 처음에는 스물다섯 살까지의 일을 쓰려고 했던 것이다.

그런데 일단 펜을 놓고 생각해보니 이런 불필요한 충돌이 우연히 거듭되는 것을 쓰는 게 무의미하지 않을까 의심스러웠다. 가나이가 쓴 글은 일반적인 의미에서 말하는 자서전이 아니었다. 꼭 소설로 하려고 생각했는가 하면 그렇지도 않다. 그런 것은 아무래도 상관없다고 해도, 예술적 가치가 없는 글은 쓰고 싶지 않았다. 가나이는 니체가 말한 디오니소스적인 것만을 예술로 보지 않았다. 그는 아폴론적인 것도 인정했다. 그러나 연애를 떠난 성욕에 정열이 있을 리 없으며, 정열이 없으면 자서전에 적합하지 않다는 것을 가나이도 자각하지 않을 수 없었다.

가나이는 과감히 펜을 놓기로 결심했다.

그리고 곰곰이 생각했다. 세상 사람들은 내가 나이를 먹어 정열이 없어졌다고 한다. 그러나 나이를 먹었기 때문이 아니다. 나는 소년 시절부터 나 자신을 매우 잘 알고 있다. 지성이라는 것이 모르는 사이에 정열을 고갈시켰기 때문이다. 문득 쓸데없는 동기에 이끌려 받지 않아도 되는 작위를 받았다. 그것은 불필요한 짓이었다. 결혼할 때까지 작위를 받지 않는 편이 좋았다. 한 발 더 나아가 생각하면, 과연 결혼 전에 작위를 받지 않는 편이 좋다면 결혼도 하지 않는 편이 좋았을지도 모른다. 어차피 나는 보통 이상으로 냉담한 사람인 듯하다.

가나이는 이렇게 생각했으나 곧바로 생각을 바꿨다. 과연 작위는 불필요했을 것이다. 그러나 자신의 지성이 정열을 고갈시켰다는 것은 표면적인 이유에 불과하다. 얼음에 덮인 극지에서도 화산을 밀어 올리는 불꽃은 타오르고 있다. 미켈란젤로는 청년 시절 친구와 싸우다 코가 부러지는 바람에 연애에 대한 기대를 접었지만, 오히려 예순 살이 되고 나서 코로나[40]를 만나 소중한 연애를

---

40 Vittoria Colonna(1492~1547). 이탈리아의 시인. 후작의 미망인으로 미켈란젤로와 교제했다.

성취했다.

나는 무능하지 않다. 성적 불능이 아니다. 세상 사람들은 성욕이라는 호랑이를 방치해놓고, 그 등에 올라타서 파멸의 계곡으로 떨어진다. 나는 그 호랑이를 길들여 억제하고 있다. 발타라라는 아라한[41]이 있다. 그는 길들인 호랑이를 옆에 재운다. 동자는 호랑이를 무서워한다. 발타라는 현자를 상징한다. 그 호랑이는 성욕을 상징하는 것인지도 모른다. 단지 길들여놓았을 뿐으로, 무서워해야 할 호랑이의 위엄은 사라지지 않는 것이다.

가나이는 이렇게 생각을 고쳐먹고 차분히 글을 처음부터 다시 읽어보았다. 결말까지 읽었을 때에는 밤이 깊었고 비는 어느새 그쳐 있었다. 물받이에서 돌에 떨어지는 물소리가 오랜 사이를 두고 경(磬)을 치듯 울렸다.

글을 읽고 난 후 가나이는 이것을 세상에 내보낼 수 있을까 생각했다. 그것은 어렵다. 모두가 하는 것이지만 모두가 말하지 않는 것이 있다. 고상함이 지배하는 교육계에 자신이 몸담고 있는 한 그것은 어렵다. 그렇다면 아무렇지도 않게 자식에게 읽힐 수 있을까? 그것은 가능할 수도 있다. 그러나 이것을 읽은 아이의 마음에 나타날 변화는 미리 예측할 수가 없다. 만약 이것을 읽고 아이가 아버지처럼 된다면 어쩌지? 그것은 행복일까 불행일까? 그것도 알 수 없다. 시인 데멜(Dehmel)의 시에, "그[아버지]에게 복종하지 마라. 그에게 복종하지 말지어다"라는 글귀가 있다. 내 아이에게도 읽히고 싶지 않다.

---

41 소승불교에서 최고의 깨달음에 이른 존재.

가나이는 펜을 들고 표지에 라틴어로, "VITA SEXUALIS"라
고 크게 썼다. 그리고 옆에 있는 서류함에 휙 던져 넣었다.

작품 해설

모리 오가이는 나쓰메 소세키(夏目漱石)[1867~1916]와 더불어 일본 근대문학의 두 거봉으로 존경받고 있지만 우리나라에는 별로 소개되지 않았다. 그 이유로는, 소세키가 전업작가로 나서서 많은 작품을 남긴 것에 비해 오가이는 군의관 생활을 하며 여가를 이용해 작품 활동을 했기 때문에 긴 호흡을 필요로 하는 소설을 많이 남기지 못한 점을 들 수 있다. 오가이 사후에 발간된 그의 전집은 15권으로 방대하지만, 소설의 경우 일본 신조문고에서 발간된 권수로 비교하면 소세키는 17권, 오가이는 4권에 불과하다.

그렇지만 오가이는 소설뿐 아니라 다방면으로 활동하여 일본 근대문학에 지대한 영향을 끼쳤다. 동인과 함께 낸 번역시집《오모카게(於母影)》는 시단에 충격을 주며 근대시의 발전에 기여했고, 안데르센의《즉흥시인》과 괴테의《파우스트》등 많은 작품을 번역하여 일본에 소개했다. 또 잡지《시가라미조시(しがらみ草紙)》를 창간하여 활발한 비평 활동을 전개했고, 소설 외에 수필, 극작, 시가, 사전(史傳)에서도 많은 저작을 남겼다.

그렇듯 근대문학에 지대한 영향을 끼쳤을 뿐 아니라 군인으로서도 최고직인 군의총감(중장)에 올라 후대 중산층 교양계급의 전폭적인 지지를 받았다. 일본의 보기 드문 지성파 작가 미시마 유키오(三島由紀夫)[1925~1970]는 오가이에 대하여 다음과 같이 평했다.

> 오가이는 무조건적인 숭배의 대상이며, 특히 지식계급의 우상이었다. 대개의 대중문학을 철저히 무시하는 사람들, 사회에서 실제적인 직업에 종사하고 상당한 지위에 있으며 소설 따위는 부녀자의 소일거리 정도로 생각한 사람들조차 오가이만은 각별하게 취급하며 존경했다. 말하자면, 오가이는 메이지 이래 중산 지식 계급의 지적 우상임과 동시에 가장 이상적인 미학의 창조자이며, 다소 과장해서 말하면 '중산층 예술'의 규범이었다. (중략) 일본의 지식인이나 예술가가 사회와 실제적인 생활 또는 현세로부터 자칫 멀어져버리기 십상인 것을 보고 분하고 안타깝게 생각하는 사람들은 오로지 오가이에게 그 잃어버린 이상, 죽어버린 신의 모습을 결집했다. 그리고 서구적 교양과 동양적 교양의 융합을 거의 체념해버린 후대의 쇠약한 지식인들은, 오가이에게서 뚜렷이 드러난 성취를 보고 탄식과 함께 그를 숭배한 것이다.
> —《작가론》, 중공문고, 1974

문학을 하는 사람은 면도도 하지 않고 술과 담배를 가까이하며 갖가지 데카당스한 모습을 보이는 것으로 흔히 표현되지만, 오가이는 실제적 삶과 문학적 삶 모두에서 큰 성과를 거둔 작가이다. 그러한 점에서 오가이는 문학 그 자체보다는 문학을 즐기는 인간의 이상적인 전형으로서 교양 중산층의 지지를 받았다.

오가이는 한학과 서양의 문화를 융합한 독자적인 작품을 쓴 것으로 평가받고 있다. 그의 문체는 늘 절제되고 정확하고 명징하며 지적인 향기를 풍기는 남성적 문체의 전형으로서, 70년대 미시마 유키오나 최근의 히라노 게이치로(平野啓一郎)[1975~] 같은 지성적 작가의 우상이 되었다. 또한 오가이는 역자를 비롯한 우리나라 지적 중산층에게도 이상적 모델이 될 수 있다고 본다. 반드시 대학교수나 전업작가가 될 필요는 없다. 비록 많은 작품을 쓸수는 없다 해도 기본적으로 좋은 독자가 되고, 나아가 능력이 있어서 책을 한 권이라도 낸다면 그것으로 삶은 충분히 문학적이지 않을까.

그러면 이 책에 실려 있는 오가이의 작품을 하나하나 살펴보기로 하자.

〈기러기〉는 오가이의 대표적인 작품이다. 러브 스토리가 가진 장점 중 하나겠지만 한번 읽기 시작하면 눈을 떼지 못하게 하는 흡인력을 지닌 한편, 작품 곳곳에서 드러나는 인간에 대한 깊은 통찰은 작품에 무게까지 더해준다. 모든 등장인물에 대한 인간적인 애정이 해학적인 필치로 드러나 은근한 미소를 짓게 하며, 특히 여주인공 오다마의 성적 심리 묘사는 가히 자극적일 만큼 놀랍다. 이 작품에 대한 미시마 유키오의 글을 다시 옮긴다.

어느 작가도 오가이만큼 일본의 혼란스런 근대 그 자체를 예술적으로 포섭한 문체를 지닌 작가는 없었다. 물론 소설적 기교가 뛰어난 작가는 많이 나왔으며, 시적 집중도가 높은 작가도 있었다. 추상적

사고에 뛰어난 작가도 나왔으나, 오가이처럼 사물을 관통하는 뢴트겐적인 묘사력은 없었다. 그만큼 훌륭한 문체를 가진 오가이가 종합적인 대작을 쓸 여유가 없었던 것은 유감스러운 일이지만, 〈기러기〉는 그런 종합적 천재의 작품이라는 이상적 형태에 상당히 근접한 작품이다.
―《작가론》, 중공문고, 1974

스토리상 근대 소설의 전형 같기도 한 〈기러기〉는 가난 때문에 고리대금업자의 첩이 된 여인이 집 앞을 매일 지나는 의대생으로 인해 사랑과 자아에 눈뜨게 된다는 내용이다. 하지만 역자는 여주인공 오다마보다는 자신의 미래를 위해 여자를 외면한 이기적인 남자, 그리고 첩을 얻는 출세한 남자의 내면에 더 주목한다.

이기적인 남자의 모습은 오가이의 처녀작 〈무희〉에서도 나타난다. 〈무희〉는 독일에서 교제한 여자를 '피치 못할 사정'으로 버리고 출세를 위해 본국으로 귀환하는 주인공의 이야기이다. 실제로 오가이가 유학을 마치고 귀국한 직후, 엘리제라는 스물한 살의 독일 여성이 단신으로 일본까지 찾아왔다가 되돌아간 사건이 있었다. 비단 여자 문제에 국한된 것은 아니지만, 오가이는 자신의 마음 상태를 한 단어로 'resignation(체관, 諦觀)'이라고 표현했다.

나의 마음가짐을 무엇이라고 표현하면 좋을지 말하자면, resignation 이라고 말하는 것이 좋을 것이나, (남들이) 내가 얼마나 고통스러울까 생각하고 있을 때 나는 의외로 아무렇지도 않습니다. 물론 resignation 의 상태라고 말하는 것은 무기력한 것일지도 모릅니다. 그 점에 관해서는 나는 그다지 변명할 생각이 없습니다.

—〈나의 입장〉, 1940

체관이란 무엇인가. 체(諦)는 '살피다, 명료하게 알다'이고 불교에서 '진실, 깨달음'을 뜻한다. 관(觀)은 '보다'이다. 삶의 맹목적 충동을 이성으로 억제하고 해소하며, 나아가 발전적으로 승화시키는 삶의 자세가 바로 오가이가 말하는 체관이 아닌가 싶다.

무엔자카(無緣坂)는 오카다라는 엘리트 의대생과 오다마라는 숨겨진 여자의 이루어질 수 없는 운명, 즉 '무연(無緣)'을 애초부터 전제하고 있다. 또, 아리랑고개처럼 고개는 사랑하는 임이 멀리 떠나가는 곳이고 인연과 헤어지는 곳이다. 일본 가수 사다 마사시의 노래 〈무엔자카〉에는 이런 가사가 나온다.

어머니는 아직 젊었을 때 내 손을 이끌고 / 이 언덕을 넘을 때 언제나 한숨을 쉬셨지 / 한숨을 내쉬면 그뿐인걸 / 뒤를 돌아보아서는 아니 된다고 / 웃으시던 하얀 손은 언제나 부드러웠지.

뒤돌아보면 돌이 되어버린다는 서양의 신화도 우리에게 과거에 대한 집착을 버리라고 말한다. 연을 끊으라고 말한다. 지나온 청춘 시절 곡절도 많고 후회도 많겠지만 숨을 한번 크게 내쉬면 그뿐, 이미 지나온 길 뒤돌아보지 않고 무엔자카를 걸어가는 여인의 뒷모습이 떠오른다. 그것은 다시 오카다나 오다마의 모습으로 보이며, 나아가 작가 오가이의 체관적 삶의 뒷모습으로도 보인다.

저녁상에 오른 고등어조림에 질려 밥상을 물린 '나'는 오카다와 산책을 나간다. 그날은 마침 오다마가 화장까지 하고 집 밖에 나와 오카다를 기다리고 있었다. 오다마가 더 이상 '창가의 여자'가 아니라 집 밖에 나오게 된 것은, 며칠 전 오카다가 오다마의 집에 들어온 뱀을 퇴치해준 날 서로 말을 나누게 된 것이 뇌관처럼 오다마의 갈망을 밖으로 폭발시켰기 때문이다. 그러나 오카다는 그냥 지나쳐버린다. 이미 그는 독일 유학을 결정해놓은 상황이다. 아름다운 오다마의 시선을 애써 외면할 수밖에 없다. 두 청년은 시노바즈 연못을 따라 북쪽으로 가다가 이시하라를 만난다. 이시하라는 기러기를 잡고자 오카다에게 돌을 던져보라고 한다. 오카다는 내키지 않지만 이시하라의 비아냥거림에 '도망가게 한다'는 명목으로 돌을 던지는데, 불쌍하게도 기러기는 그 돌에 맞아 죽는다.

좀 더 어두워진 다음에 죽은 기러기를 건져오자는 이시하라의 제안에, '나'와 오카다는 다시 시간을 보내기 위해 산책을 한다. 둘은 메밀국수집 렌교쿠안에 들어간다. 시노바즈 연못에 무성한 '연잎에 맺히는 구슬'이라는 의미로 렌교쿠안(蓮玉庵)이라고 한다. 오카다가 던진 돌에 맞아 죽은 기러기는 오다마의 운명을 연상시킨다. 오다마의 옥(玉) 자가 들어간 가게에서 국수를 '먹고', 다시 이사하라의 집에서 죽은 기러기를 '먹는' 세 청년. 근대 일본의 전도양양한 청년들은 출세를 위해서 아름다운 여인의 유혹을 뿌리치는, 즉 먹히지 않고 먹어버리는 냉정한 이성을 보여준다. 또, 뱀(흔히 성욕으로 상징되는)에 먹히는 홍작이 스에조에게 먹히는 오다마를 연상시킨다고 할 때, 오다마는 돈 때문에 스에조에게 먹히고, 그리고 진정으로 사랑을 느낀 청년에게도 먹혀버리는 불쌍한 운명이 아닐 수 없다. 역자의 해설은 그렇게 여자를 버린 이기적인 남자의 이야기로 끝을 맺어야 할 것인가. 그렇지 않다.

역자는 작품의 배경지를 찾아간 적이 있다. 그때 우연히 벤텐 신사 옆에서 조총(鳥塚)이라는 비석과 작은 사당을 발견했다. 비석에 새겨진 글은 이랬다.

이 새무덤은 도쿄에 점포를 가진 식조육판매업자 등이 뜻을 모아 인간 생활의 식량이며 자손의 번영에 기여한 모든 조류의 영혼을 영구히 위로하기 위해 소화 37년(1962)에 건립했다.

이 비석을 보고 문득 떠오른 생각은, 가난한 아버지를 편히 모시기 위해 첩이 되고(먹히고), 다시 진정 사랑한 상대에게도 사랑받지 못한(먹힌) 가련한 운명의 오다마를 위로하는 비석이 바로 〈기러기〉라는 작품이 아닐까 하는 것이었다.

오가이는 첫 번째 부인과 이혼하고 마흔한 살에 두 번째 부인과 재혼하기까지 10여 년을 홀로 살았다. 그동안 오다마의 실제 모델이라고 하는 고다마세키(兒玉せき)라는 여자가 오가이의 첩이 되어 근처에 살았고, 그녀가 순사와 결혼한 사실도 있다고 한다. 1898년 7월 9일 《요로즈초호(万朝報)》라는 신문의 가십 기사에 다음과 같은 글이 실렸다.

모리 오가이는 고다마세키(32세)라는 여자를 그녀 나이 18, 9세 때부터 첩으로 삼아 매우 총애한바, 그녀를 새 부인으로 맞이하려 했으나 모친의 반대로 뜻을 이루지 못했다.

소설에서도 오다마가 아버지에게 중매쟁이의 말을 옮기기를, "그 사람 여자가 되는 것은 본처는 아니지만 본처랑 다를 바가 없다. 단지 사람들 눈이 있으니 첩을 집으로 들이지는 못한다"라고 했는데 이는 바로 오가이 자신의 경우를 말한다. 오다마를 첩으로 얻은 스에조가 단지 건조한 객체로 그려진 조연이 아니라, 또 한 사람의 주인공으로 내면의 모습까지 드러내며 큰 비중을 차지한 원인을 알 듯하다.

결국, 오가이는 〈기러기〉라는 소설로 씀으로써 고다마세키를 그리워하고 위로하는 비석을 세운 것은 아닐까. 오가이의 장녀 이름 마리(茉莉)는 독일 여자 엘리제(엘리제 마리 카트리네 비겔트)에서 따왔다고 하는 연구가 있다. 〈무희〉가 '엘리제를 위하여' 쓴 작품이라면, 〈기러기〉는 고다마를 위해 쓴 작품이라고 볼 수 있다. 또 〈성적 인생〉에서 나오듯, 오가이가 열일곱 살 학생 때 일주일에 한 번씩 지나가며 보았던 '그 집 앞의 그녀'를 기념한 작품이기도 하다. 비록 현실에서의 인연은 영원하지 못했지만 그의 마음속에서는 결코 무연(無緣)으로 끝나지 않았다. 오가이의 체관은 이런 식으로 작품으로 승화되었던 것이다.

이 책의 성격상 싣지 못했지만 〈기러기〉의 배경지를 찾아가고 싶은 독자는 역자의 블로그(http://blog.naver.com/japanliter)에 있는 '기러기-문학기행' 편을 참조하기 바란다. 오카다의 산책로 지도도 직접 그려서 올려놓았다.

〈다카세부네〉는 극히 짧은 단편이지만 오가이가 쓴 역사소설의 백미로 꼽힌다. 일본 교과서에 늘 실리는 작품으로 인지도가 높다. 인간에게 행복의 기준은 무엇이며, 안락사는 과연 허용될 수 있는지 생각할 거리를 제공해준다.

〈산쇼 대부〉는 사람을 사고팔며 인간으로 대우하지 않았던 시대를 배경으로 부모와 자식 간의 애정을 그린 작품이다. 개인의 발견과 존중이라는 근대적 가치, 부모자식 간의 영원한 사랑을 담담한 필치로 그렸다. 영화를 좋아하는 사람은 모르는 이가 없을 정도인 미조구치 겐지(溝口健二) 감독이 동명의 영화로 1954년 베니스영화제에서 은사자상을 수상했다.

〈성적 인생〉의 원제는 라틴어 '비타 섹슈얼리스(vita sexualis, 성욕적 생활)'로, 당시 잡지 《스바루》에 게재되었으나 외설적이라 하여 잡지 자체가 발매 금지 처분을 받은 바 있다. 한 철학자가 여섯 살 때부터의 성적 체험을 솔직하게 고백한 형식의 자전적 소설이다. 단순히 외설적 내용이 아닌 성욕에 대한 철학적 관조를 보여주어 지적 자극을 받을 수 있을 뿐 아니라, 유곽 요시와라, 학교 기숙사에서의 남색 체험 등 근대 일본인의 성적인 삶을 엿보는 재미가 있다. 국내에 처음 소개되는 작품이기도 하다.

옮긴이

모리 오가이 연보

1862년 이와미노구니(石見國. 지금의 시마네 현) 쓰와노(津和野)에
     서 장남으로 출생. 본명 모리 린타로(森林太郎). 부친과 가
     문은 대대로 쓰와노 번주의 전의(典醫)였음.

1867년 《논어》를 배움.

1868년 《맹자》를 배움.

1869년 번교(藩校)에서 사서(四書)를 배움.

1870년 오경(五經), 네덜란드어를 배움.

1872년 옛 번주 가메이(亀井)를 따라 도쿄로 가는 부친과 함께
     상경. 신문학사(新文學舍)에 들어가 독일어를 배움.

1873년 고향의 조모, 모친 모두 상경.

1874년 도쿄의학교(훗날 도쿄대 의학부) 입학.

1881년 봄, 늑막염에 걸림. 7월, 의학부를 8등으로 졸업. 12월에
     육군 군의부(軍醫副)가 됨. 도쿄육군병원 과료(課僚, 과장
     밑의 직급)에 취임.

1884년 10월, 독일에 도착해 라이프치히대학에서 공부.

1885년 1월, 하우프의 동화를 한시체로 발표. 2월, 독일어로 〈일

본병식론(日本兵食論)〉,〈일본가옥론(日本家屋論)〉을 저술.
5월, 육군 일등군의로 승진.

1889년   1월,《도쿄의사신지(東京醫事新誌)》를 주재. 그 후《요미우
리신문》에〈의학의 說에서 나온 소설론〉을 발표하며 본
격적인 문필활동 시작. 3월, 사진 중매로 해군 중장 아카
마쓰의 딸 도시코와 결혼. 7월, 동경미술학교 미술해부학
강사. 8월, 괴테, 바이런 등의 시를 수록한 번역시집《오모
가게(於母影)》공저. 10월, 문학평론지《시가라미조시(し
がらみ草紙)》창간.

1890년   1월,《의사신론(醫事新論)》창간. 첫 소설〈무희(舞姬)〉를
《국민지우(國民之友)》에 발표. 9월, 장남이 출생했으나 곧
처와 이혼.

1891년   8월, 의학박사 학위를 받음. 9월,《와세다문학》에서 쓰보
우치 쇼요(坪內逍遙)와 몰이상 논쟁을 벌임.

1892년   11월, 안데르센의《즉흥시인》연재.

1893년   11월, 육군 일등 군의정(대령)으로 승진, 군의학교장 취임.

1894년   8월, 청일전쟁 발발 후 군의부장으로 참전.

1895년   5월, 종전 후 귀국했다가 다시 대만에 부임. 8월, 대만총
독부 육군 군의부장으로 근무하다가 9월에 귀국.

1898년   10월, 근위사단 군의부장 겸 군의학교장 취임.

1902년   1월, 판사 아라키의 장녀 시게와 재혼.

1904년   2월, 러일전쟁 발발 후 2군 군의부장(소장)으로 출전.

1906년   6월, 야마가타 아리토모(山県有朋) 등과 가회(歌會) 도키
와카이(常磐會) 설립.

1909년	3월, 《스바루》에 구어체 소설 〈반일(半日)〉 기고. 7월, 문학박사 학위 받음. 〈성적 인생(ヰタ·セクスアリス)〉이 실린 잡지가 발매 금지됨.
1910년	2월, 게이오 대학 문학과 고문으로 추대. 나가이 가후(永井荷風)를 교수로 추천.
1911년	5월, 문예위원회 위원이 됨. 9월, 〈기러기(雁)〉를 《스바루》에 연재.
1912년	1월, 희곡 《파우스트》 번역 완성. 첫 번째 역사소설 〈오키쓰 야고에몬의 유서(興津弥五右衛門の遺書)〉 발표. 이후 역사소설을 많이 발표.
1913년	〈아베 일족(阿部一族)〉, 〈청년(青年)〉 발표.
1915년	〈산쇼 대부(山椒大夫)〉 발표. 11월, 군직 사임.
1916년	〈다카세부네(高瀬舟)〉 발표.
1919년	9월, 제국미술원(현 일본예술원) 초대원장 취임.
1921년	6월, 임시국어조사회장 취임, 신장병 징후가 나타나기 시작함.
1922년	6월, 위축신(萎縮腎) 진단. 폐결핵 징후도 발견됨. 7월, 친구 가고(賀古)에게 유서 대필 부탁. "나는 이와미 사람 모리 린타로(본명)로 죽고자 한다"는 유언을 남김. 7월 9일 오전 7시 사망. 유언에 따라 비석에는 일체의 칭호를 넣지 않고 '모리 린타로의 묘(森林太郎墓)'라고만 새김.

옮긴이 **김영식**

작가, 번역가. 중앙대학교 일문과를 졸업했다. 2002년 계간 《리토피아》 신인상(수필)을 받았고 블로그 '일본문학취미'는 2003년 문예진흥원 우수문학사이트로 선정되었다. 역서로는 다니자키 준이치로의 《슌킨 이야기》, 아쿠타가와 류노스케의 《라쇼몽》, 나쓰메 소세키의 《그후》《나는 고양이로소이다》, 나카지마 아쓰시의 《산월기》, 구니키다 돗포의 《무사시노 외》, 다카하마 교시의 《조선》 등이 있고 저서로는 《그와 나 사이를 걷다-망우리 사잇길에서 읽는 인문학》(문화체육관광부 우수교양도서) 등이 있다. 산림청장상, 리토피아문학상, 서울스토리텔러 대상 등을 수상했다.

블로그: blog.naver.com/japanliter

기러기

1판 1쇄 발행 2012년 4월 24일
2판 1쇄 발행 2024년 9월 10일

지은이 모리 오가이 | 옮긴이 김영식
펴낸곳 (주)문예출판사 | 펴낸이 전준배
출판등록 2004. 02. 11. 제 2013-000357호 (1966. 12. 2. 제 1-134호)
주소 04001 서울시 마포구 월드컵북로 21
전화 393-5681 | 팩스 393-5685
홈페이지 www.moonye.com | 블로그 blog.naver.com/imoonye
페이스북 www.facebook.com/moonyepublishing | 이메일 info@moonye.com

ISBN 978-89-310-2372-5 04800
ISBN 978-89-310-2365-7 (세트)

• 잘못 만든 책은 구입하신 서점에서 바꿔드립니다.

♣문예출판사® 상표등록 제 40-0833187호, 제 41-0200044호

■ 문예세계문학선

(뒷면 계속)